艰辛时刻

Mario Vargas Llosa
TIEMPOS RECIOS

|略萨作品：精装珍藏版|

〔秘鲁〕马里奥·巴尔加斯·略萨——著
侯健——译

著作权合同登记号 图字 01-2022-0502

Mario Vargas Llosa
TIEMPOS RECIOS

Copyright © MARIO VARGAS LLOSA, 2019
This edition arranged with Agencia Literaria Carmen Balcells S. A.
Simplified Chinese edition copyright © Shanghai 99 Readers' Culture Co., Ltd. All rights reserved.

图书在版编目(CIP)数据

艰辛时刻/(秘)马里奥·巴尔加斯·略萨著；侯健译. —北京：人民文学出版社，2023(2025.1重印)
(略萨作品：精装珍藏版)
ISBN 978–7–02–017642–7

Ⅰ.①艰… Ⅱ.①马… ②侯… Ⅲ.①长篇小说—秘鲁—现代 Ⅳ.①I778.45

中国版本图书馆CIP数据核字(2022)第231300号

责任编辑	朱卫净　陶媛媛
装帧设计	汪佳诗
出版发行	人民文学出版社
社　　址	北京市朝内大街166号
邮政编码	100705
印　　制	凸版艺彩(东莞)印刷有限公司
经　　销	全国新华书店等
字　　数	217千字
开　　本	890毫米×1240毫米　1/32
印　　张	8.875
版　　次	2023年1月北京第1版
印　　次	2025年1月第4次印刷
书　　号	978–7–02–017642–7
定　　价	79.00元

如有印装质量问题，请与本社图书销售中心调换。电话：010-65233595

献给三位朋友:
索莱达·阿尔瓦雷斯
托尼·拉夫尔
贝尔纳多·维加

我七十九岁之前从未听说过危地马拉这个鲜血淋漓的地方。

——温斯顿·丘吉尔

先　声

　　尽管不为大多数人所知，在历史著作中也不占据显眼的位置，但对危地马拉——或者从某种程度上来看，对整个中美洲地区国家在二十世纪的命运——产生过最为重大影响的两个人可能是爱德华·L.伯内斯和萨姆·塞穆莱。然而从出身、性格和志趣来看，恐怕再也找不出像他俩这样天差地别的人了。

　　塞穆莱一八七七年出生在距离黑海不远的地方，作为生活在排犹运动愈演愈烈的俄国土地上的犹太人，他在姑姑的带领下逃去了美国，那时他还不满十五岁。后来他们一起逃到住在阿拉巴马州塞尔玛的几位亲戚家避难。爱德华·L.伯内斯也来自犹太移民家庭，但是社会地位和经济地位很高，家里还出过一位显赫人物：他的舅舅西格蒙德·弗洛伊德。尽管两人并非严格的教徒，可毕竟同为犹太人。但除此以外，他们再没什么相似之处了。爱德华·L.伯内斯自称"公共关系学之父"，那门学问就算不是他首创的，也被他带到了难以预料的高度(以危地马拉为代价)，甚至成了二十世纪最主要的政治、社会和经济武器。这些都是事实，但过度的自我崇拜经常使他的言谈充斥着病态的夸张。他们的第一次相遇是在一九四八年，也是他们开始合作的年份。萨姆·塞穆莱向伯内斯提出了会面请求，后者在他当时位于曼哈顿中心地段的小办公室接见了塞穆莱。塞穆莱体形庞大，衣着很不上档次，没打领带，也没刮胡子，衣服已经掉色了，脚上是乡下人惯穿的鞋子；伯内斯则穿着考究，言谈得体，身上洒着亚德利香水，举手投足都像个贵族——所以很可能塞穆莱刚走进办公室时根本没有引起伯内斯太太的兴趣。

"我试着读了读您的大作《宣传》①，但我没怎么看懂。"塞穆莱像作自我介绍一样对那位公共关系学专家说了这番话。他的英语很蹩脚，好像每说一个词都要犹豫半天。

"我是用很浅显的语言写的。我觉得每个识字的人都能看懂。"伯内斯毫不客气地答道。

"很可能是我自己的问题，"大个子男人坦陈，似乎没有感到丝毫不快，"其实我读书不多。我小时候在俄国上过学，但没怎么学过英语，这您也看得出来。写信的时候就更糟糕了，我写的信里全是拼写错误。比起脑力劳动，我更喜欢动手实践。"

"好吧，如果是这样的话，我就不知道能为您做些什么了，塞穆莱先生。"伯内斯打断了他，同时做出想起身送客的动作。

"我不会耽误您太久，"塞穆莱反过来打断了伯内斯，"我开了家公司，做的生意是把香蕉从中美洲运到美国。"

"联合果品公司？"伯内斯有些吃惊地问道，开始饶有兴致地打量起这位衣衫褴褛的访客了。

"我们公司在美国和中美洲似乎都没什么好名声，或者说，在我们公司开展业务的地方，名声都不太好，"塞穆莱耸了耸肩，"显而易见，您能帮我们改变这种局面。我想雇您当我们公司公共关系部门的主管，或者随便什么您喜欢的头衔。为了节省时间，请告诉我您希望的报酬。"

两个几乎毫无相似之处的男人就这样开始了那段合作。一位是自视为专家、知识分子的文雅的宣传高手；另一位则是与文雅毫

---

① 原书名为 *Propaganda*，初版于1928年。此处中文译名取自2014年北京广播学院出版社译本，胡百精、董晨宇译。——编者注

不沾边的萨姆·塞穆莱,白手起家的冒险型企业家,以一百五十美元的积蓄成立了一家公司,摇身一变,成了百万富翁——尽管这一点从他的外表压根看不出来。当然了,香蕉不是他发明的,但因为他,香蕉才走进了数百万美国人的日常餐桌,进而在欧洲和世界其他地区流行起来。在那之前,在美国,很少有人愿意品尝这种进口水果。他是怎么做到的?很难确切地搞清楚,因为萨姆·塞穆莱的人生经历已经和传说及神话混杂在一起。比起美国工业化进程中的其他人物,这位初创企业家更像是从某本冒险故事书中走出来的。而且他和伯内斯不同,他不爱慕虚荣,很少谈论自己。

经过无数次的旅行,塞穆莱在中美洲丛林里发现了香蕉。敏锐的直觉告诉他,这种水果蕴含着巨大的商业价值。于是他开始用船把香蕉运往新奥尔良和其他美国城市。从一开始,香蕉就受到了广泛欢迎。不断增长的需求量使得塞穆莱成了专业香蕉种植者和国际贸易商。这就是联合果品公司的起源。这家公司到了五十年代初已经在洪都拉斯、危地马拉、尼加拉瓜、萨尔瓦多、哥斯达黎加、哥伦比亚和加勒比海的几个岛国成立了分部,贸易额超过了大部分美国企业,甚至在世界范围内也是数一数二的。缔造这个帝国的,毫无疑问只有一个人:萨姆·塞穆莱。现在,成千上万的人要靠他的公司维生了。

为了维持帝国的正常运转,塞穆莱必须没日没夜地在整个中美洲和加勒比海地区来回奔波,做出了一系列英雄般的业绩。他和其他同类冒险家一起,靠刀枪掠夺土地。他无数次席地而眠,成为蚊子的大餐;也无数次患上疟疾,受尽折磨。他收买权贵,欺骗天真的农民和原住民,与腐败的独裁政权合作——他利用后者的贪婪或愚蠢,不断攫取土地资产,在那片地区获得的土地甚至比一个正常的欧洲国家的国土面积还要大。他创造了成千上万个工作岗位,还修建铁路和港口，把野蛮与文明联通到了一起——至少每当联合果品公司遭受抨击时，萨姆·塞穆莱总是这样为自己辩护(在整个中美洲，人们都管那家公司叫"水果摊"，或是用绰号"章鱼"来称呼它)。抨击不仅来自妒忌他的人，也来自美国的竞争者，可实际上那些竞争者从来就没能成为联合果品公司的真正对手，因为塞穆莱在那片地区早就如暴君般垄断了香蕉种植和贸易。例如在危地马拉，联合果品公司对该国位于加勒比海沿岸的唯一港口巴里奥斯港有绝对控制权，从那里到太平洋沿岸海港的铁路和电力系统也都在塞穆莱的掌控下，甚至连太平洋沿岸的海港也是受联合果品公司控制的。

尽管两人差异明显，却组成了一支很好的团队。毫无疑问，伯内斯在改善联合果品公司在美国的形象方面贡献良多，使得华盛顿的上层政客和波士顿的百万富翁(他们得益于被视为贵族)都接受了它。他还使用许多间接方式为公司做宣传，主要依赖他良好的人际关系。他的人脉圈涵盖了各个阶层，但主要是外交官、政客、报社电台和电视台老板、企业家及业绩斐然的银行家。伯内斯是个聪明人，还很和善、勤劳。他最早取得的成就之一是促成了意大利著名歌唱家卡鲁索在美国的巡回演出。他优雅、热情、有教养、行事得体，让所有人觉得舒服，给人的感觉是：他比看上去更重要，也更具影响力。当然了，广告宣传和公共关系早在伯内斯出生前就出现了，但伯内斯提升了它们的地位，把它们变成了高层次的脑力游戏，所有公司都依赖它们。在那之前，广告被视为次等业务，只被看成是社会学、经济学和政治学的分支。他在许多知名学府做讲座、上课，还发表文章，出版著作，把他的职业描述得足以代表二十世纪，俨然现代和进步的代名词。他在《宣传》一书中写下了以下预言性的句子："对大众的意识和习惯进行刻意的、经过策划的操纵，是民主社会最重要的基础之一。那些操纵了这种未知机制的人组成了一个无形政府，他们手中掌握着控制我们国家的真正权力……少数精英需要持续地、系统地对民众进行洗脑教化。"从某种程度来看，他的这些话后来确实成了现实。这本著作被许多评论家认为是对民主的否定，不过伯内斯抓住机会将其中的理论高效地运用到了危地马拉事件中。事件发生时，他已经作为宣传专家为联合果品公司服务了十年。

他的顾问工作极大改善了公司形象，帮助公司在政界获得了更多支持和更大影响力。"章鱼"也一向不加掩饰地把自己在工商业领域的业绩描述为对整个社会有益，尤其是对那些它正在当地开展业务的"野蛮国家"而言——声称它一直在帮助那些国家摆脱"蛮荒状态"（这是伯内斯的说法），为当地成千上万的人提供工作岗位，那些人因此提高了生活水平，融入了二十世纪的现代化进步之中，也融入了文明社会之中。伯内斯说服塞穆莱在该公司开展商业活动的国家兴建一些学校，建立医疗辅助机构和其他类似的东西，再给那里的老师和学生提供游学奖学金。这些都会成为该公司为当地现代化建设作出贡献的证明。同时，经过一番精心策划，公司还在科学家与科技工作者的帮助下，慢慢地推广宣传香蕉既适合在早餐时食用，也可以在全天任何时段食用，这对于人体健康、对于拥有强健的运动员式的体魄是必不可少的。伯内斯还成功地把巴西歌手、舞者卡门·米兰达（众多电影和演出中的"香蕉女郎"）带到美国，她佩戴以成串香蕉制作的头饰进行的表演大获成功，借助流行歌曲卓有成效地推动了那种水果的销售。在这些宣传攻势的作用下，香蕉成了美国人生活中的重要组成部分。

伯内斯也成功地使得联合果品公司走进波士顿的贵族圈子及最有权势的政客的生活圈子，萨姆·塞穆莱在那之前从未设想过这种可能性。波士顿最富有的人不仅拥有金钱，还握有权力。他们带有偏见，通常来说都是些反犹倾向，因此要做成此事还真不容易。伯内斯成功地说服了亨利·卡伯特·洛奇①加入公司董事会，还成功地使得纽约知名度极高的苏利文与克伦威尔律师事务所的约翰·福斯特和艾伦·杜勒斯兄弟出任公司的法律顾问，这些都大费周折。伯内斯知道，钱可以敲开任何一扇门，连种族偏见也抵挡不住金钱的威力。一九四四年，危地马拉爆发了所谓的"十月革命"，联合果品公司开始感觉自己在当地的生意处于危机之中时，他再次促成了各方之间的艰难联合。伯内斯的头脑和人脉发挥了无与伦比的作用，他参与颠覆了所谓的危地马拉"共产主义政府"，推动了另一个所谓的"民主政府"——或者也可以说，是更符合该公司利益的政府——上台。

在胡安·何塞·阿雷瓦洛执政时期（1945—1950），警钟就开始敲响了。不仅因为阿雷瓦洛博士推崇过度理想化的精神社会主义并与联合果品公司为敌，还因为他的政府通过了一项劳动法，允许工人和农民组建或加入工会——在那之前，这项权利在联合果品公司所管辖的地区一向是不被允许的。这种情况引起了塞穆莱和其他董事的注意。在波士顿召开的董事会议上，大家一致同意派爱德华·L.伯内斯到危地马拉去一趟，评估一下当前局势和未来走向，看看那个国家有史以来第一次真正意义上的自由选举所选出的政府作出的决定到底对联合果品公司意味着多大的危险。

L.伯内斯在危地马拉待了两个礼拜，一直住在位于市中心的泛美酒店，离总统府只有一步之遥。由于他不懂西班牙语，只能在翻译的帮助下和一些庄园主、军人、银行家、议员、政治家、长居该

---

① 波士顿政治世家祖孙两代参议员都叫这个名字，此处应指小亨利，曾担任美国驻联合国代表，1960年竞选副总统。——编者注

国的外国人、工会领袖、记者和美国大使馆的外交人员（当然有他们了）及联合果品公司的工作人员进行了交流。尽管蚊虫叮咬、气候炎热让他吃尽了苦头，可他还是很好地完成了任务。

在波士顿重新召开的董事会议上，伯内斯谈论了他对危地马拉事件的印象和判断。他以调查笔记为基础写出了一份报告，以专业的犀利口吻毫无羞耻地写道："危地马拉变成共产主义国家，成为苏联渗透中美洲、掌控巴拿马运河的桥头堡这一危机还十分遥远。我可以断定，这种可能性暂时是不存在的，"他向参会人员保证，"在危地马拉，很少有人知道马克思主义和共产主义是什么，就连那些创办光明学校来传播革命思想、自称共产主义者的家伙也不理解那些概念。那种危机并不存在。不过，对我们更有利的是：让人们以为它是存在的，尤其在美国。真正的危机在别处。我和阿雷瓦洛总统及其亲信有过私人交流。他和诸位、和我一样，是坚定的反共产主义者。证据就是：总统及其幕僚坚称，危地马拉新宪法禁止与其他国家有联系的政党在本国存在，他们曾在不同场合作出过如下声明：'共产主义是民主国家面临的最大威胁。'后来他们还查封了光明学校，流放了那些创办人。然而有些矛盾的是，他们对民主的过度推崇却将对联合果品公司造成巨大的威胁。先生们，这一点，大家心知肚明就好，不要四处声张。"

他笑了笑，用戏剧演员在舞台上的那副眼神扫视董事会成员，他们之中有几位很有教养地报以微笑。短暂的停顿过后，伯内斯继续谈道："阿雷瓦洛希望把危地马拉变成民主国家，像美国一样。他尊崇美国，将美国视为典范。有梦想的人往往是危险的。这样看来，阿雷瓦洛博士很危险。他的计划根本不可能实现。那个国家只有三百万人口，其中百分之七十是文盲印第安人，很多还笃信异端学说或没有完全脱离那些信仰；那里的医生和萨满巫师的比例大概是一比三或者一比四。怎么可能把这样一个国家变成现代民主国家？此外，当地的少数白人都是些剥削者和种族主义的大庄园主，他们看不起印第安人，只把他们当成奴隶。和我交谈过的军人就像是活在十九世纪，感觉他们随时可能发动政变。阿雷瓦洛总统已经应付过好几次军人叛乱了，把它们全都成功地镇压下去了。那么好了，尽管我认为他们把自己国家变成现代民主国家的努力只不过是镜花水月，我们也不要掉以轻心，因为他们推出的某些举措对我们而言是非常有害的。

"这都是有迹可循的，不是吗？"他继续谈论着，然后做了较长停顿，还利用这一间隙喝了几口水，"举几个例子：阿雷瓦洛政府通过了一项劳动法，允许在企业和庄园内建立工会组织，也允许工人和农民加入其中。他还仿效美国，颁布了一项反垄断法案。大家可以想想，这些保障自由竞争的制度一旦推行开来，对我们联合果品公司将会意味着什么？就算不化成一片废墟，我们的利润也必将直线下降。我们的高效工作、毅力和投入，帮助我们战胜了该地恶劣的卫生条件，把丛林变成了适合香蕉种植的良田。这一切都将化为乌有。正是靠着垄断，我们才能威吓潜在的竞争对手，获得一系列优惠条件：不缴税，没有工会，没有威胁，也没有风险——这种经营环境给我们带来了巨大的经济利益。这不仅是危地马拉的问题，毕竟那里只是我们商业帝国的很小组成部分，问题在于它会给其他中美洲国家乃至哥伦比亚作出很糟糕的示范，那些国家很可能也想变成现代民主国家。到时候，联合果品公司将不得不应付工会、接受国际竞争、缴税、给工人及其家人提供医疗保障和退休金。我们还将成为仇恨和嫉妒的对象，那些穷国就是这么对待高效、高盈利的大公司的，尤其是对待美国企业。先生们，真正的危险是让一种不良的示范出现。这与危地马拉是共产主义国家还是民主国家无关。可能最后他们什么国家也成不了，但他们为实现那个目标而做出的举动对我们而言意味着回撤和损失。"

他不说话了，环视董事会成员脸上或惊讶或好奇的表情。萨姆·塞穆莱是其中唯一一个没打领带的，与长桌上坐着的其他优雅男士相比，他的穿着显得很不得体。他说道："好吧，这就是诊断报告。那么用什么药才能治好病？"

"我只想在继续讲话之前，给诸位一点儿喘息的时间，"伯内斯开了个玩笑，又喝了口水，"现在我要开处方了，萨姆。处方很长、很复杂，也很费钱，但是可以从根本上治愈恶疾，还能让联合果品公司再次不动声色地扩张、获利五十年。"

爱德华·L.伯内斯知道自己在说些什么。他的方案是同时针对美国政府和美国公众舆论做手脚。无论是前者还是后者，都对危地马拉没什么概念，更不会认为它是一个问题。现状总的来说是安稳的。

"向政府和公众舆论描绘危地马拉这项工作，应该由我们来做。我们得让他们相信危地马拉是个很严肃、很严重的问题。而且要立刻着手做这件事。怎么做？要机敏，要善于把握机会。我们要通过宣传，使得在民主社会中具有决定性力量的公众舆论向政府施压，迫使政府行动起来，解除对本公司的严峻威胁。什么威胁？和我刚才向诸位解释的一样，真正的威胁不是危地马拉。我们要让人们相信：它是苏联安插在美国后院的特洛伊木马。如何让美国公众相信危地马拉正在变成共产主义国家？如何让他们相信如果华盛顿政府不立刻有所行动，它就将变成苏联在新大陆的第一个卫星国？答案是通过报刊、电台和电视台，无论是在自由国度还是奴隶制国家，这些都是向公民提供信息、引导他们思考方向的主要渠道。我们要帮助媒体'睁开眼睛'，看到那种正在逐渐成形的'危险'，毕竟从美国飞到危地马拉只需要两个小时，而且那里离巴拿马运河只有一步之遥。

"最好让这一切都是自然而然地发生的，不要表现得像是有人在背后策划或操纵。不能让人把这些宣传和我们扯上关系，尽管这与我们的利益息息相关。危地马拉即将落入苏联人手里的消息不能由共和党媒体或美国右翼媒体率先曝出，最好是让那些所谓的进步媒体率先提出来，也就是民主人士，换句话说，是中间派和左翼人士最常阅读、收听的那些媒体，这样才能让更多人相信那种消息。只有自由派媒体才能让'消息'表现出最大可能的真实性。"

萨姆·塞穆莱打断了他，表达了自己的疑惑："可我们怎么才能说服那些自由派狗屎臭媒体呢？"

伯内斯笑了笑，又暂停了一会儿。他就像一名老练的演员，笃定地再次扫视了董事会所有成员："要做成此事，就要靠公共关系领域的王牌，也就是我本人。"他毫不害臊地开了个玩笑，就好像这是在浪费时间提醒在场的先生们地球是圆的，"此外，先生们，我有很多朋友是美国报纸、电台和电视台的老板或主编。一定要谨慎行事，机密行事，不能让媒体发现自己被利用了。要像大自然中逐渐发生了神奇转变那样慢慢改变他们的想法，得使那些自由派和进步媒体以为是他们自己发现并向世人揭示了那些'迹象'。要注意照顾记者们的情绪——他们非常喜欢以自我为中心。"

伯内斯说完，萨姆·塞穆莱又开口了："请别告诉我们，你这个充满细节的玩笑要花多少钱。我们今天遭受的打击够多了。"

"关于费用，我现在什么都不会说，"伯内斯表示同意，"重要的是，诸位要记得一件事：公司获得的好处将远多于推行这项计划所需的花销，只要我们能阻止危地马拉在接下来的半个世纪成为阿雷瓦洛总统想建成的现代民主国家。"

爱德华·L.伯内斯在联合果品公司于波士顿召开的那次董事会议

上提出的方案被严格地执行了,印证了伯内斯本人所提出的理论:二十世纪是宣传的世纪,宣传将成为权力阶层实施统治、操纵舆论的最有力武器,无论是在民主国家还是专制国家,无一例外。

慢慢地,在胡安·何塞·阿雷瓦洛政府执政末期,但更多的是在哈科沃·阿本斯·古斯曼上校执政时期,危地马拉开始出现在美国媒体的报道中,例如《纽约时报》《华盛顿邮报》或《时代周刊》。那些报道声称自由世界正面临着日益扩大的危险,苏联在危地马拉的影响逐渐扩张。危地马拉政府虽然表面上出现某些民主国家的特点,实际上却遭到了共产主义者的渗透。他们漂洋过海而来,行为愚蠢却卓有成效;他们竭力对抗法治、泛美主义、私有财产和自由市场,挑动阶级斗争,激化矛盾,分裂社会,还煽动该国人民对私人企业的敌意。

美国的报纸和杂志从未如此关注过危地马拉、中美洲甚至整个拉丁美洲。在伯内斯的操纵和布局下,美国媒体开始派专人前往危地马拉。他们都住在泛美酒店,那家酒店里的酒吧几乎成了国际媒体的大本营。记者们收到某些文件夹,里面的材料涉及某些印证了那些可疑"迹象"的事实——工会已沦为与私人企业对峙、进行破坏的武器。他们还在伯内斯的建议和组织下对庄园主、企业家、神父(有时甚至是主教本人)、当地记者、反对党领袖、牧师和其他专业人士进行了访谈,这些人事无巨细地描绘了那个国家的可怖,说它正在慢慢变成苏联的卫星国,国际共产主义势力企图在整个拉丁美洲地区淡化美国的影响力,与美国争夺利益。

从某个特定时刻——具体而言,是哈科沃·阿本斯在危地马拉实施土地改革之时——开始,伯内斯操纵报纸和杂志老板的行为已不再有意义了,因为彼时在美国政治、经济和文化圈子里已经出现——要注意,当时正处于冷战时期——对危地马拉局势的普遍担忧，各家媒体都自发地派出专人去调查那个小国家被共产主义渗透的情况。最精彩的部分是合众国际社发表的由一位英国记者写成的报道，文章声称苏联有意在危地马拉建立潜艇基地。《生活》《先驱论坛报》《标准晚报》（伦敦）、《哈泼斯杂志》《芝加哥论坛报》《视野》（西班牙语）、《基督教科学箴言报》及其他一些报刊以大幅版面罗列事实和具体证据，讲述了危地马拉正在投向共产主义和苏联。那压根不像是被阴谋操纵的宣传成果。洗脑宣传给现实披上了虚构的外衣，毫无准备的美国记者们以那层虚构为基础，写出了报道，他们中的大多数其实只是杂耍艺人手中的提线木偶罢了。这也解释了为何像弗洛拉·刘易斯这类知名的自由派左翼人士会向美国驻危地马拉大使约翰·埃米尔·普里弗伊大唱赞歌。在麦卡锡主义和美苏冷战最糟糕的那几年，那种赞歌无疑是推波助澜，将虚构扮成现实。

萨姆·塞穆莱于一九六一年十一月去世，当时的他即将年满八十四岁。他住在路易斯安那州，坐拥万贯家财，已经不再过问生意上的事了。他那时依然觉得爱德华·L.伯内斯在那场远古的波士顿联合果品公司董事会议上的谋划能如此精准地实施是一件很不可思议的事。他当然不会想到，尽管赢得了那场竞争，"水果摊"依然走上了分崩离析的道路——短短数年后，该公司老板自杀身亡，公司也消亡，留在这个世界上的只有人们对它糟糕而又恶劣的记忆。

1

"危地马拉小姐"的母亲来自一个姓帕拉维奇尼的意大利移民家庭。经历了两代人,那个姓氏变短了,也更西班牙语化了。那位年轻的法学家、法律专业的教师、执业律师阿图罗·博雷罗·拉玛斯向女青年玛尔塔·帕拉求婚时,在当地社会引起了广泛争议,因为不管怎么说,玛尔塔只是从意大利来的杂货商、面包师、糕点师家的孩子,她的社会地位与那位男士毫不般配,后者不乏上层社会适婚年轻女性的追求,因为他来自一个古老的家族,受过良好的教育,还有一份令人羡慕的工作。最后,流言停止了,众多人参加了两人在大教堂举办的那场由危地马拉城的大主教主持的婚礼,有的是受邀出席,有的则是前去看个热闹。总统豪尔赫·乌维科·卡斯塔涅达也在他高雅的妻子的陪同下出现在婚礼现场。总统穿着一身优雅的制服,上面挂满勋章,和那对新人一同站在教堂门前,接受人群中爆发的掌声。

从传宗接代这方面来看,两人的婚后生活算不上美满。尽管玛尔蒂塔①·帕拉每年都会怀孕,而且她在各方面也都十分注意,可是生下来的几个男孩都十分羸弱,出生时已是奄奄一息的,往往在几天或几周内就会夭亡。接生婆、妇产科专家甚至城里的男巫师和女巫师也都束手无策。连续失败五年之后,玛尔蒂塔·博雷罗·帕拉降生了。这个女孩生得十分漂亮,还很活泼,所以当她尚躺在摇篮

---

① 玛尔蒂塔是玛尔塔的昵称。除特别说明外,本书注释均为译注。

里，人们就给她起了"危地马拉小姐"这个绰号。和她的兄长们不同，她活了下来，而且越活越强壮。

刚出生时，她也很孱弱，可以用皮包骨来形容。在人们向上天祈祷玛尔蒂塔不要遭受她兄长们的命运的那些日子里，引起人们注意的是她那光滑的皮肤和精致的五官，大大的眼睛闪烁着平和而有穿透力的光芒，似乎想把见过的一切人和事都永久印刻在脑海中。她的眼神时常还会流露着灵动和惊恐。玛雅-基切族的印第安保姆西姆拉预言道："这个小姑娘将拥有巨大的权力！"

"危地马拉小姐"的母亲玛尔塔·帕拉·博雷罗没能长久享受这唯一活下来的女儿带来的喜悦。不是因为她死了——她活到九十岁，是在养老院去世的，去世时对自己身边发生的事情所知不多——而是因为自从玛尔蒂塔降生，她就变得筋疲力尽、沉默寡言、意志消沉、精神错乱（那时候的人都这样委婉地形容疯子）起来。她整天待在家里一动不动，也不开口说话；家里的仆人帕特罗西尼奥和胡安娜只能掰着嘴给她喂饭，还会给她做按摩，以防她下肢萎缩。唯一能让她打破沉默的是毫无预兆的号啕大哭；只有在睡意涌来时，她才会停止哭泣。西姆拉是唯一能理解她的人。可能是借助某些动作，也可能是仅凭猜测，西姆拉总能知道玛尔塔想要什么。博雷罗·拉玛斯博士逐渐忘记了自己还有妻子。他可以一连数日或数周不进卧室，不亲吻妻子的额头。他要么待在办公室，要么在打官司，或者在圣卡洛斯大学教课。除此之外，他把余下的所有时间都花在了玛尔蒂塔身上，自这个小姑娘出生，他就非常喜爱她、呵护她。小姑娘在父亲的照料下茁壮成长起来。每个周末，家里都会聚集着博雷罗·拉玛斯显赫的友人们——法官、庄园主、政客、外交官——大家喜欢玩当时已经不算流行的三人纸牌游戏。玛尔蒂塔在这些来客之中跑来跑去，总是用她那双灰绿色的眼睛盯着客人们，仿佛想看穿他们的秘密。她的父亲觉得她的这一举动十分有趣。她接受所有人的抚摸，但只亲吻自己的父亲，也只跟父亲亲近。

记忆如火焰，燃起又熄灭。多年以后，提及那段生命中的最初岁月时，玛尔蒂塔已经不太记得是从什么时候开始，政治方面的不安成了大家每周末打纸牌游戏时谈论的主要话题。大约是一九四四年左右，她迷茫地听着客人们谈论豪尔赫·乌维科·卡斯塔涅达将军忽然间众叛亲离。军人、市民和学生不断发起示威运动想把他赶下台，最终在当年爆发的有名的"十月革命"中达成目的，由费德里科·庞塞·维德斯将军领导的又一个军人集团上台了；可后来示威者又成功地把他推翻了。最后，危地马拉迎来了选举。玩纸牌的先生们很害怕刚刚从阿根廷流亡归来的胡安·何塞·阿雷瓦洛教授赢得大选，他们说这是因为他信奉的精神社会主义（这个名词想表达的意思是什么？）会给危地马拉带来灾难，印第安人会当家作主，他们会杀戮有教养的人，庄园和土地则会落入共产主义者手中；他们还会把出身良好家庭的孩子卖去苏联当奴隶。每当他们谈论这些事，玛尔蒂塔总会等着看其中一位先生的反应，那个人就是埃弗伦·加西亚·阿尔迪莱斯医生，也是那些牌戏聚会和政治闲谈的常客。这位先生目光清澈，留着长发，经常会大笑着称其他人是穴居人和臆想狂，因为在他看来，阿雷瓦洛教授和他们一样反对共产主义，而他的精神社会主义只不过是把危地马拉变成现代民主国家，是把这里的人民从贫困和封建原始状态中拯救出来的思想的代名词。玛尔蒂塔还记得那些热火朝天的讨论：在场的先生们目瞪口呆，指责加西亚·阿尔迪莱斯医生是赤色分子、无政府主义者和共产主义者。当她问自己的父亲为什么那位先生总是和大家唱反调时，她的父亲是这样回答的："埃弗伦是个好医生，也是我的好朋友,只可惜他的脑筋不灵光,是个左翼分子!"玛尔蒂塔越发好奇起来,于是决定找个机会让加西亚·阿尔迪莱斯医生给她解释一下左翼和共产主义是什么意思。

那时,玛尔蒂塔已经在危地马拉贝尔加学校(神圣的赫尔梅特家族创办的教会学校)上学了,里面的老师都是修女,危地马拉所有出身良好的女孩都会去那里上学。玛尔蒂塔在学校表现优异,考试时能取得非常好的成绩。学习对她而言并不是什么费劲的事,她只需要将自己超凡的才华略微用在功课上就行。她也清楚,成绩单上耀眼的分数可以令父亲非常开心。休学典礼上,玛尔蒂塔因成绩优异、表现出众而得以上台领奖,这让博雷罗·拉玛斯博士感到多么幸福啊!现场的嬷嬷们和观众们不断为她鼓掌。

玛尔蒂塔的童年生活幸福吗?在后来的日子里,她曾经多次问过自己同样的问题,如果幸福的定义是平静、有序、波澜不惊的生活,是指受到父亲和用人们无微不至的呵护,那么她的回答是肯定的。但只要想到自己从来没有体验过母爱,她就感到难过。她每天只去看望母亲一次——那是一天中最难熬的时段——那位女士总是躺在床上。尽管她确实是玛尔蒂塔的妈妈,却从未理睬过她。回房睡觉前,西姆拉会带她去吻那位女士。她不喜欢这种安排,因为那位女士压根就不像个活人——麻木地盯着玛尔蒂塔,任由她亲吻,却不回馈以任何亲昵动作,有时候还会打哈欠。她对和朋友们一起玩乐不是很感兴趣,在西姆拉的陪伴下参加朋友们的生日聚会全无乐趣。最初的跳舞活动也一样,那时她已经上中学了,男孩们已经开始和女孩们约会了,他们给她们写情书,身边的人总是出双入对的。玛尔蒂塔还是对家里的周末聚会更感兴趣,她想听那些来打牌的先生们交谈,尤其是听埃弗伦·加西亚·阿尔迪莱斯医生高谈阔论。她总有一堆关于政治的问题想请教他。他对她解释说，尽管在场的先生们抱怨连连，可胡安·何塞·阿雷瓦洛做得很好，总统想在这个国家建立起公正的秩序，尤其是在印第安人问题上——印第安人在三百万危地马拉人中占大多数。多亏阿雷瓦洛总统，他说，危地马拉终于向民主国家迈进了。

一九四九年底，玛尔蒂塔十五岁生日当天，她的生活发生了翻天覆地的变化。他们家所在的圣塞巴斯蒂安老城区一片欢腾。她的父亲举办了"十五岁生日礼"。危地马拉所有有头有脸的家族都会给家中的姑娘举办这样一次仪式，这也象征着她要正式踏入社会了。她的父亲用鲜花和花环装扮了整栋屋子，这栋位于殖民区中心位置的房屋带有宽敞的前厅，窗外设有围栏，花园里植被茂盛。当晚灯火通明，大主教本人在大教堂主持了一场弥撒，玛尔蒂塔也出席了。她身穿绣花白衣，手持柑橘花束，全家人陪伴着她，许多她第一次见到的姑婶叔舅和表兄弟表姐妹也在场。街道上燃放着烟火礼炮，受邀的年轻人后来还搞了场化装舞会，舞会现场摆放着无数甜品和水果。年轻人都精心打扮了一番。姑娘们大多穿着色彩斑斓的无袖衫，上面绣有几何图案；系着深色腰带，走起路来裙子随风飘扬；男孩们则穿着白裤子和五颜六色的衬衫，头戴草帽。伊皮科俱乐部负责筹备宴会，请了两支管弦乐队，一支演奏传统音乐，由九位非洲鼓鼓手组成；另一支则演奏现代化的音乐，十二位成员弹奏着各种流行舞曲：班巴、华尔兹、布鲁斯、探戈、科里多、瓜拉恰、伦巴和博莱罗。舞会期间，当晚的女主角玛尔蒂塔和美国大使的儿子理查德·帕特森·Jr.跳舞时突然晕倒了。人们把她抬进卧室，陪女儿多洛蕾斯——玛尔蒂塔的好友——出席舞会的加尔万医生为玛尔蒂塔做了检查，给她量了体温和血压，还给她身上抹了些酒精。玛尔蒂塔很快恢复了意识。没什么大问题，年迈的医生说道，可能是一整天的活动过于密集，造成了血压骤降。玛尔蒂塔重振精神，回到了舞会上。可是在整晚余下的时间里，她都显得有些悲伤，心事重重。

所有来宾离开时，夜色已深，西姆拉走到博雷罗博士身边。她小声说，想和博士单独聊聊。博雷罗把她带到了图书室。"加尔万医生搞错了，"保姆对他说道，"什么血压骤降，真荒唐。很抱歉，博士，但我觉得还是应该告诉您：小姐有喜了。"现在轮到这个家的主人感到天旋地转了。他瘫坐在椅子上。整个世界，那些摆满图书的书柜像旋转木马一样在他的周围晃动起来。

无论这位父亲乞求、恳求还是用最严厉的惩罚来威胁她，玛尔蒂塔始终表现出影响她一生命运的坚毅性格，始终拒绝说出在她腹中逐渐成形的孩子的父亲是谁。博雷罗·拉玛斯博士几乎要失去理智了。他是个虔诚的教徒，思想十分保守，尽管如此，他还是想到了堕胎这条路，尤其当西姆拉看到他如此绝望，主动过来对他说，她可以带小姐去找一位专门负责"把幼儿送往净界"的妇人。可是反复斟酌后，特别是在咨询过他的朋友和忏悔牧师即耶稣会的乌约亚神父之后，他最终决定不让自己的女儿冒如此大的风险，也不想让她因这种罪过而下地狱。

令他心碎的是想到玛尔蒂塔的人生已经毁了。他不得不给玛尔蒂塔办了休学，因怀孕引发的呕吐和眩晕时不时发作，嬷嬷们注意到了她的状态，也猜到了那些症状的根源是什么。这位律师只要想到自己的女儿不可能拥有美好的婚姻生活就感到心痛。哪个出身良好、为人正派、未来有保障的男人愿意娶这样一个有伤风化的女人？他已经无心工作和教学了，把所有时间都花在了调查让自己的掌上明珠怀孕的男人到底是谁。玛尔蒂塔没有什么追求者。她似乎对男女之情无甚兴致，在这方面，她和同龄女孩一点儿不像，其他姑娘天天和小伙子混在一起，可玛尔蒂塔的心思都放在了学习上。他了解她离开学校之后的一切行踪。是谁、怎样、在哪儿对她做了那种事？起初他觉得绝无可能的某个想法逐渐占了上风，不管是真是假，他都决定去面对，于是他在自己的老式史密斯威森手枪里装了五发子弹。他以前很少摸枪，只在捕猎、射击与垂钓俱乐部里打过靶或和猎人朋友们一起参加似乎十分无聊的打猎活动时开过枪。

他毫无预兆地出现在埃弗伦·加西亚·阿尔迪莱斯医生家，医生和老母亲同住在邻近的圣弗朗西斯科区。这位老朋友刚刚从诊所回家，他每天下午都待在诊所，上午则在圣胡安·德·迪奥斯将军医院工作。他立刻接待了博雷罗。他把博雷罗带到了一间小客厅，那里的书柜上摆着一些书籍和关于玛雅-基切文明的物件，例如面具和葬礼上用的盒子。

"埃弗伦，你回答我一个问题，"博雷罗·拉玛斯博士慢慢地说道，就像是一个字一个字地从嘴里挤出来似的，"咱们一起上过教会学校，虽然你的政治思想有些偏激，但我还是认为你是我最好的朋友。以我们的友情作为见证，我希望你不要对我撒谎。是你把我女儿肚子搞大的吗？"

他看到埃弗伦·加西亚·阿尔迪莱斯医生的脸色变得像纸一样苍白。在回答那个问题前，他张了几次嘴，又都闭上了。最后他结结巴巴地作出了回应，手也在不停地发抖："我不知道她怀孕了，阿图罗。对，是我做的。那是我这辈子做过的最糟糕的事。我向你发誓，我没有一天不在后悔。"

"我本来是要来杀你的，你这臭婊子养的东西，但你真他妈让我恶心，杀了你只会脏了我的手。"

他哭起来，胸口随着抽泣不断颤动。他的脸上满是泪水。他们就这样一起待了近一个小时，在门口的街边分别时，他们既没有握手，也没有像往常那样互拍后背。

回到家，博雷罗·拉玛斯博士径直走向女儿的房间。从晕倒那天起，她就一直被锁在里面。

她的父亲没有坐下。他站在门口，用不容辩驳的口吻说道："我和埃弗伦谈过了，我们达成一致。他会和你结婚，这样那个孩子就不会像街头母狗分娩的小狗，还能有个姓氏。婚礼会在奇奇卡斯特南戈农场举行。消息会在报纸上刊登出来，其他人也会得知此事。在那之前，我们还得继续假装成团结的一家人。你和埃弗伦结婚后，我再也不会见你了，也不会管你了，你不会从我这里继承任何东西。在那之前，你就继续待在这间屋子里，不许上街。"

他说到做到。埃弗伦·加西亚·阿尔迪莱斯医生和一个比他小二十八岁的十五岁女孩突然结婚的消息成了危地马拉城街头巷尾热议的话题，一时间，流言四起。所有人都知道玛尔蒂塔·博雷罗·帕拉以那种方式结婚是因为医生让她怀了孕。那个医生满脑子革命思想，能干出这种事似乎不足为奇。所有人也都很同情诚实的博雷罗·拉玛斯博士。自那之后，再也没人见他笑过，他也再没参加过宴会或举办牌戏聚会。

婚礼是在一座偏僻的农场举行的。农场是新娘父亲的财产，位于奇奇卡斯特南戈郊区，种植咖啡。新娘父亲本人参加了仪式。现场还有几个农场雇工，他们收到了装着几格查尔[①]的红包，由于不识字，雇工们只能通过画叉号或直线来表示自己拿到了钱。除此之外，现场连一杯用来祝福新人的红酒都没有。

---

① 危地马拉货币单位。

那对新人回到危地马拉城,直接去了埃弗伦和他母亲的住处。所有上层家族的人都知道博雷罗博士履行了诺言,此后再也没见过自己的女儿。

玛尔蒂塔在一九五〇年年中产下一个男婴。从官方记录来看,她是在妊娠七个月时分娩的。

2

"必须克服紧张情绪,"恩里克挥着手说道,"在真正动手去做之前,这种事情会让我很紧张。然后,等那个时刻到来时,我就冷静下来了,该怎么做就怎么做。你也是这样吗?"

"我刚好相反,"多米尼加人摇了摇头答道,"醒着,睡下,起床,一直很紧张。真要行动时,我更是会紧张得要死。紧张对我而言是常态。"

他们身处位于总统府一角的国家安全部负责人办公室,透过窗户,可以望见中央公园郁郁葱葱的树木和危地马拉城大教堂的正立面。那天阳光明媚,没有太多云,但下午肯定会突然下雨,然后街道上会逐渐形成积水。小雨很可能会持续一整晚。最近一周都是这样的天气。

"决心有了,计划也反复推敲过了,牵扯其中的人都愿意按计划行事。你和夫人的通行证和许可证都办妥了。还会出什么岔子?"与他对话的那人此时压低声音说道。他笑了,并非出于开心,随后换了话题:"你知道怎么做才能缓解紧张情绪吗?喝点儿朗姆酒,"多米尼加人笑着说,"但是得去妓院喝,不能在这间压抑的办公室里喝,这里到处是敌人的眼线。你们这儿都这样称呼密探——眼线!听着倒不错。咱们最好还是去赫罗纳区,去找那个染发的美国妞。"

恩里克看了看表:"才下午四点钟,"他有些难过,"太早了,妓院还没开门呢。"

"需要的话,咱们就把门踹开,"多米尼加人挺直身子说道,

"没什么别的事可干。计划已经确定。咱们就好好喝上几杯来打发时间。我请客。"

他们走出办公室。穿过摆满写字桌的大厅时,警察和军人都立正向恩里克行礼。恩里克此时身穿制服,没有停下脚步,只是微微点头作为回应。车子已经停在大楼边门外的路沿,世界上最丑的司机正坐在驾驶座上等着他们,飞快地把两人带去了目的地。美国女人开的妓院确实还没开门。一个跛脚清洁工对他们说那里"只在天黑后或下雨时才开门",但他们依然一次又一次敲打着大门,而且越敲越来劲,直到钥匙开锁的声音传来,门终于打开一点儿。

"先生们,这才几点啊?"一头铂金白乱发的女人探出头来认出了他们,然后这样说道。她叫米莉亚姆·里切尔。她故意加重口音,想让自己显得更像个外国人。

"姑娘们要么还在睡觉,要么还在吃早餐呢。"

"我们不是来找姑娘的,米莉亚姆,我们就是想喝几杯,"恩里克很粗鲁地打断了她,"你到底让不让我们进去?"

"爷们啥时候想来都成。"美国女人耸了耸肩,强压下怒火。她把门完全打开,让出了路。两人从她身前走了进去,她还做了个欢迎的手势:"请进,先生们。"

这个时间点,妓院里既没有客人,也没有灯光,比起亮灯的时候,此时吧台前小小的客厅里没了客人的喧嚣声和高分贝的音乐声,显得分外冷清、压抑。墙上除了画,还贴着饮料广告和通向海岸区铁路的广告。两人找了两把正对吧台的高脚椅坐下,点着香烟,吸了起来。

"老样子?"美国女人问道。她身着晨衣,脚蹬起床时穿的拖鞋,没有化妆打扮,看上去像是有一百岁了。

"老样子,"多米尼加人笑道,"可能的话,再给咱们点儿甜头尝尝。"

"您可是很清楚,我不喜欢这种粗鲁的玩笑。"女主人一边上酒,一边抱怨。

"我也不喜欢,"恩里克对他朋友说道,"以后说话,要多尊重别人。"

他们沉默了一会儿。恩里克突然问他:"你不是红玫瑰十字会的信徒吗?什么样的宗教会允许信徒对夫人们说那样的话?"

"'夫人'这称呼让我很受用呢。"女人打算离开时说了这一句,然后头也不回地走了,消失在一扇门后。

多米尼加人想了一会儿,耸了耸肩。

"我甚至不确定那算不算一种宗教,也许只是一种哲学思想。我认识一位智者,他们说他是红玫瑰十字会的。我是刚到墨西哥那会儿认识他的,大家都叫他克里斯托瓦尔修士。在他身边,总感到异常平静。在那之后我再也没能体验那种感觉。他说话时很冷静,语速很慢,像受过天使的教诲。"

"神的教诲?"恩里克说道,"像那些满大街溜达、自言自语的半仙?"

"他是智者,不是半仙,"多米尼加人坚持道,"他从不提红玫瑰十字会,而是说'来自红玫瑰十字的古老神秘旨意'。他真是让人肃然起敬。教派诞生于法老治下的古埃及,一开始是某个秘密的兄弟会,可能属于赫尔墨斯派,在几个世纪里一直不为大众所知。不过后来似乎在东方和欧洲传播得更广。这里没人知道它,在多米尼加共和国也一样。"

"那么你怎么会加入红玫瑰十字会?"

"我甚至不知道自己有没有入会,"多米尼加人遗憾地说道,"我当时没时间学习。我只是见过克里斯托瓦尔修士几次,但他确实对我影响很大。就我听他说的那些话而言,那种宗教或哲学是迄今为止最让我信服的。它给人以巨大的宁静感,而且不会插手人们的私生活。修士讲话时给人带来的就是那种感觉:宁静。"

"事实上,你有点儿古怪,"恩里克断言,"我不是指你的那些怪癖。"

"至少在宗教或灵魂方面,我承认你说得没错,"多米尼加人说道,"我确实和别人不一样。我的确古怪,但我很自豪。"

3

"我需要喝一杯。"他想。人们挥舞手臂，"万岁"的喊声就像在给他的耳朵上刑，还有无数人举着喇叭喊他的名字。他想摆脱这一切，于是对玛利亚·维拉诺瓦低声说道："我去一下洗手间。"他几乎是一路推搡着从阳台溜走回到总统府的。他跑回自己担任阿雷瓦洛政府国防部长时的办公室，从里面上了门锁，飞速打开一直锁着、位于书桌后方的小柜子。里面放着一瓶威士忌。他迫不及待地打开酒瓶，整整倒了半杯酒。他的身子在发抖，手抖得尤其厉害。他不得不用双手把杯子捧起来，只有这样，酒杯才不会跌落地上，杯子里的酒也不会洒到他的裤子上。

"你又变成酒鬼了，"他害怕地想道，"你这是在自杀。你最后会变得和爸爸一样。这绝对不行。"

哈科沃·阿本斯·古斯曼的父亲祖籍瑞士，是一名药剂师，定居在位于危地马拉西部山区高原上的克萨尔特南戈，那里也是哈科沃·阿本斯于一九一三年九月十四日出生的地方。父亲的自杀对他而言一直是难解的谜团。他为什么要那么做？因为药房经营不善？他欠了债？药房关门歇业了？父亲是移民，选择在那片传承了玛雅文化的山区定居，还在那里与当地一位叫奥克塔维娅·古斯曼·卡瓦列罗斯的女教师结了婚，这位女士从来没有告诉过她的儿子关于丈夫自杀的经过（也许连她也不知道）。多年以后，阿本斯才发现他的父亲，那个沉默寡言的男人，一直饱受十二指肠溃疡的折磨，必须靠注射吗啡来缓解疼痛。

为什么他不把手中那杯让他魂牵梦萦的威士忌一饮而尽？在庆祝他获胜的活动现场，他一直想喝酒，这种想法让他感到十分害怕。"我变成酒鬼了吗？"他又想道。他可是重任在肩的人啊！那么多危地马拉人把希望寄托在了他的身上！就因为这嗜酒的恶习，他就要辜负他们吗？不过，他既没有勇气把手中被他轻轻摇晃着的威士忌倒掉，也没法把它喝下去。

哈科沃的童年和青年时期都是在那片高原上度过的，那里的印第安人极度贫困，还要承受庄园主的无情剥削，因此哈科沃从很年轻时就注意到危地马拉国内存在着严重的不公、剥削、贫困等社会问题，尽管后来很多人说都是因为他娶了萨尔瓦多人玛利亚·克里斯蒂娜·维拉诺瓦，才成了左翼人士。

年轻时的哈科沃还是一个充满激情的运动健将，他在田径、游泳、足球和马术等方面都很在行，可能这也是为什么他选择走上军人之路。当然在父亲悲剧性的死亡发生之后，家里艰难的经济状况也起到了重要的推动作用。

他从小就和同龄人不一样——既温文尔雅、成绩优秀，又有很高的运动天赋。他非常内向、孤僻而严肃，可以长时间保持沉默，不和他人交流。这些个性可能都继承自他的父亲。他在一九三二年年中以第一名的成绩考入了军事学院，即危地马拉军事学校，当时人们都说这个年轻人将来肯定会有出息。士官生们在校学习期间都会获得军衔；阿本斯获得了军校自创办以来学员获得过的最高等级军衔：一等军士长。他还曾担任军校旗手，并在拳击比赛中拿过冠军。

他就是在那里染上酗酒恶习的吗？他记得在士官生、工作人员和长官之中，最能用来划分层次的就是喝酒能力。优异的成绩和完美的履历都不算什么，能喝酒的人才最能赢得别人的尊重。"太愚蠢了。"他想道。

结识美丽又聪明的玛利亚·克里斯蒂娜·维拉诺瓦时，他还是个士官生。她当时来危地马拉访问，在十一月十一日向当时掌权的独裁者豪尔赫·乌维科·卡斯塔涅达致敬的一场活动中，有人介绍两人互相认识。那天，年轻的哈科沃面色苍白，因为他之前骑摩托出了事故，刚刚出院。两人都对对方产生了好感，那位姑娘回到圣萨尔瓦多后，他们仍不断交换情书。在薄薄的自传中，她说两人恋爱时不止谈论风花雪月的事，有时也会谈及一些更加严肃的话题，"例如化学和物理"。玛利亚·克里斯蒂娜一九一五年出生，是萨尔瓦多人称"十四家族"的成员之一。她是在美国加利福尼亚州贝尔蒙特湾区圣母学校上的学，能讲一口流利的英语和法语；如果家人允许，她本想继续留在那里上大学，可家人并没有同意，因为根据那个时代的观念，体面的女子是不会读大学的。她对文学、政治和艺术的热爱无法在大学延续，但幸好她可以阅读。她是个不安于现状的女人，想法很前卫，对中美洲的经济和社会状况忧心忡忡。此外，她还会利用闲暇时间绘画。尽管玛利亚·克里斯蒂娜的家人竭力反对，两个年轻人还是步入了婚姻的殿堂，当时哈科沃·阿本斯刚刚获得少尉军衔。他们于一九三九年三月在一所教堂里完婚，那是他第一次做忏悔，也是第一次领圣餐，在那之前他所接受的都是世俗化教育。作为新婚礼物，玛利亚的家人在危地马拉给这对新人购置了一座农庄：位于埃斯昆特拉省圣卢西亚·科祖马尔瓜帕市的卡洪庄园。当然了，是玛利亚·维拉诺瓦首先发现他那种单纯的爱好正在变成一种恶习。他听到妻子多次这样说："够了，哈科沃，你的舌头都打结了，别再喝了！"他每次都听她的话。

婚姻生活很幸福，玛利亚·克里斯蒂娜在文化和情感方面对这位年轻军官的影响是巨大的。她介绍他认识了许多知识分子、作家、记者和艺术家，这些人不仅来自危地马拉，还来自哈科沃·阿本斯不常去的中美洲其他国家，其中不乏所谓的社会主义者和极端分子，这些人提起中美洲随处可见的军事独裁政权(例如乌维科将军的政府)时都咬牙切齿，他们希望在危地马拉建立民主政权，把选举、媒体和政党自由带到这个国家，还希望进行一系列改革，把印第安人从殖民时期陷入的悲惨境况中解救出来。那些艺术家和知识分子的问题，他想，就是和他一样爱喝酒。每次和他们待在一起虽然能学到很多东西，但聚会结束时大家都会烂醉如泥。他依然像是被催眠了似的盯着手中那杯淡黄色液体。

未来，很多人会批评玛利亚·克里斯蒂娜，说她来到危地马拉之后和两个素有共产主义者名声的女人交往甚密：后来成为她秘书的智利人维吉尼亚·布拉沃·莱特里尔和萨尔瓦多人马蒂尔德·埃莱娜·洛佩斯。不过哈科沃·阿本斯的妻子并不在意那些批评的声音，她想做什么就做什么，压根就不在乎别人说什么。她的这种性格也是最吸引哈科沃·阿本斯之处。他依然没把威士忌倒掉，也没有喝光。他的目光没有从酒杯上移开，但想的是别的事情。在总统府外，在中央公园里，欢呼声和叫喊他名字的声音依然此起彼伏。

哈科沃·阿本斯和玛利亚·维拉诺瓦生了三个孩子，两个女儿和一个儿子：出生于一九四〇年的阿拉贝娅、出生于一九四二年的玛利亚·莱奥诺拉和出生于一九四六年的胡安·哈科沃。玛利亚·维拉诺瓦像官员一样陪在丈夫身边，例如他在圣胡安·萨卡特佩盖斯军营和富埃尔特·德·圣何塞军营服役时——他正是在那里逐渐获得了军人同伴的拥护。哈科沃·阿本斯后来被任命为首都军营、光荣军营、百年军事学校的士官生教官，其后又成为科学与历史学科的教师，玛利亚·克里斯蒂娜甚至比丈夫还要高兴。

他们在宿舍里居住了很长时间，因为他那微薄的工资(每月七十美元)不够支付公寓租金。最后，由于哈科沃·阿本斯得到晋升，他们终于搬进了位于改革大道和蒙图法尔街交界处的"博莫纳之家",那里有一座大花园,周围到处是高大的树木。这种环境使得那里的居民时常感觉自己是住在乡间。他们在新居继续和知识分子及艺术家聚会,以前时常和他们谈天说地的许多人都被追捕,甚至入狱,或是由于政治思想方面的问题而不得不流亡海外,例如卡洛斯·曼努埃尔·佩耶赛尔,他是军事学校的毕业生,由于反对乌维科政府,先是被关进监狱,后来逃亡去了墨西哥;还有师范学校毕业生、记者、政治家何塞·曼努埃尔·福图尼,他先是担任左翼民主运动组织革命行动党的领导人,后来成为危地马拉劳动党(共产党)的创始人之一。

"可是我从来没喝醉过,也没呕吐过,更没有做过许多同志饮酒过量后干出的荒唐事。"他想道。不管怎么说,从来没人见到他喝醉过。他把醉意掩饰得很好。每次一旦感到头皮发痒,发现自己没办法说话不吞音或拖长元音,他就会停止饮酒。他会沉默下来,静静地等待,既不走动,也不参与到对话或争论之中,直到那股醉意慢慢消散。

豪尔赫·乌维科·卡斯塔涅达将军在位十三年,他的统治直到一九四四年才告结束。在第二次世界大战爆发前夕,他曾公开表现出对希特勒和纳粹的支持。在西班牙内战进行得如火如荼之际,他承认了佛朗哥政府,还经常参加长枪党人在西班牙驻危地马拉使馆门前举行的示威活动。他总是身着蓝衣,还喜欢行法西斯抬手礼。可是第二次世界大战正式爆发之后,工于心计、善于投机的乌维科治下的危地马拉就成了最早和德国断绝关系的国家,转而投向了盟军一方,还对德国宣战。

一九四四年,危地马拉爆发了多场反独裁游行。最早走上街头的是古老的圣卡洛斯大学的学生,社会舆论很快倒向了示威者一方，劳动者、工人，尤其是年轻人加入了游行队伍。时任上校的哈科沃·阿本斯·古斯曼是促使军方反对独裁者的主要军官之一。后来，乌维科下台，政权落到了另一个军人手中，也就是费德里科·庞塞·维德斯将军。哈科沃·阿本斯威胁说要继续未竟的事业，反抗类似的独裁政府。此后又爆发了多次示威游行，人们反对独裁政权的延续，军方也站在了人民一边，其中起到主要作用的有两位军官：司令员弗朗西斯科·哈维尔·阿拉纳上校和哈科沃·阿本斯上校。他们支持人民反独裁，庞塞·维德斯只好辞去总统一职。反独裁阵营结成了同盟，领头人就是那两位军官：阿本斯和阿拉纳。外加一位商人：豪尔赫·托里埃略。这位商人依照约定，号召召开制宪大会，举行总统和议员大选。那是危地马拉有史以来真正意义上的第一次民主选举。使选举成为可能的这场人民运动，后来被称为"十月革命"，它为这个国家揭开了新时期的序幕。在选举中获胜的是一位教师、思想家（尽管他的虚荣心很强）：胡安·何塞·阿雷瓦洛。他曾长期流亡阿根廷，一九四四年九月三日才以总统候选人的身份回到危地马拉，受到了广泛欢迎。他在与费德里科·庞塞·维德斯的较量中取得了压倒性优势：获得了百分之八十五的选票。

哈科沃·阿本斯在阿雷瓦洛竞选总统时是后者的主要支持者，后来在阿雷瓦洛政府出任国防部长，后来升任军队司令。阿雷瓦洛能够顺利干完四年任期，大力推行政治和社会改革，哈科沃·阿本斯起到了决定性作用。据说阿雷瓦洛政府曾挫败了超过三十次政变阴谋，大部分是仰仗阿本斯的力量与威望——他对军人有着巨大影响，总是能及时逮捕叛乱分子或是以武力将之镇压。其中一次叛乱的领导者是一位心怀不满的官员，绰号"斧子脸"的卡洛斯·卡斯蒂略·阿马斯上校，他和阿本斯年龄相仿。阿本斯只记得他是个不起眼的小人物，哪怕在军事学校期间也不曾取得过耀眼的成绩。尽管当时无足轻重，可这个顽固的敌人后来逐渐成了阿本斯的头号敌人。

他把自己锁在总统府办公室里几分钟了？至少十分钟，他依然在轻轻晃动着手中的威士忌。汗水已经浸透了他的衣裳。和往常一样，无论是在饮酒前还是饮酒后，他都会心生悔意，感到厌烦。现在他就生出了这样的感觉——尽管并未喝酒，而且他相信自己应该不会把这杯威士忌喝掉。

和设想的一样，阿本斯担任阿雷瓦洛政府国防部长期间，玛利亚·克里斯蒂娜·维拉诺瓦和丈夫的合作十分紧密。尽管从传统和法律的角度来看，总统或部长的妻子应该只是"花瓶女郎"，但玛利亚·克里斯蒂娜·维拉诺瓦不管这些。她是丈夫的首席顾问，而且据阿本斯本人以及与他们交往甚密的人所言，很多时候她的建议要比其他顾问提出的意见更及时，而阿本斯也总是乐意听从她的建议。

阿雷瓦洛执政期间，哈科沃·阿本斯和武装部队首长弗朗西斯科·哈维尔·阿拉纳上校成了死对头，后者一直希望成为阿雷瓦洛的继任者。阿拉纳是个聪明又和善的人，家庭出身十分普通，后来参军入伍，没什么靠山，更没上过军事学校，却慢慢成了军队中的重要人物。阿拉纳同样在乌维科独裁政府垮台事件中扮演了重要角色，因此他当时获得了阿雷瓦洛政府的两大重要政党——自由人民阵线和国家革新党，后者并入革命行动党——的许诺，同意支持他参加一九五〇年总统大选。自从胡安·何塞·阿雷瓦洛登上总统宝座，阿拉纳多次试图阻碍某些社会改革的进程。他主张在民主制度的框架下适度进行经济改革，抗拒那些具有争议性的政策。他的政敌和党内异见者散布消息说他密谋发动政变，尽管他无意将胡安·何塞·阿雷瓦洛赶下台，却会把他变成没有实权的傀儡。忠于阿雷瓦洛的军人警告说阿拉纳把自己的亲信安插到了军队内的各个重要位置，例如任命"斧子脸"做了第四营营长。在国会议长马里奥·

蒙特福特·托雷多出席的部长会议中，大家最终作出了逮捕阿拉纳的决定。

一九四九年七月十八日，阿拉纳上校来到总统府，向胡安·何塞·阿雷瓦洛总统请求将加勒比军团——一个志愿军组织，曾在哥斯达黎加把何塞·菲格雷斯送上总统之位，还曾尝试登陆多米尼加共和国，准备发动推翻特鲁希略政权的斗争，但没有成功——归还给阿雷瓦洛政府的武器交给军队。那批武器已经被移交了，然而武装部队一直没有拿到。敌视政府的媒体曾放出口风，称阿雷瓦洛想把那批武器交给一些所谓的民兵组织。总统通知阿拉纳说这些武器被放置在了属于政府财产的莫尔隆别墅中，那里曾是乌维科周末度假的去处，现在则成了军方聚会的俱乐部。那里离阿马蒂特兰湖很近，离危地马拉城三十公里。阿拉纳上校在总参谋长的陪同下离开了总统府，阿雷瓦洛总统命令后者将那批武器交到军方手中。在他们之后出发的是国民警卫队下属部队，领头人是恩里克·布兰科司令，他接到的命令是在阿拉纳上校交接完武器的回程中将其逮捕。

武装部队的首长被堵在了米恰托亚湖的"光荣之桥"上，双方发生激烈交火，阿拉纳和布兰科总参谋长都死在了那次冲突中。后来政敌们将阿拉纳之死归罪于阿本斯上校，事发之时，阿本斯在联合国公园内一座山丘最高处的瞭望台上目睹了事发经过。历史学家们至今依然为此事的真相而争执不休，它成了危地马拉政治史上的又一谜团。不管是意外也好，有预谋也罢，阿拉纳之死成了此后阿本斯上校政治生涯中的污点，他的政敌都指责说是他一手策划了那起铲除异己的行动。这也成了自诩阿拉纳门徒的卡斯蒂略·阿马斯上校发起颠覆阿雷瓦洛政府行动的最主要口实，为了达成目的，他还指控阿雷瓦洛政府与共产主义组织私下勾结。

事实上，就在阿拉纳命丧黄泉的同一天，也就是一九四九年七月十八日晚，还爆发了一场在数小时内几乎颠覆阿雷瓦洛政权的军人叛乱。名为"荣誉卫队"的组织、航空军和第四营的军人在卡斯蒂略·阿马斯上校的带领下对政府掌控的主要设施发动了袭击。其他军营和武装力量则效忠于国防部长哈科沃·阿本斯，在他的带领下，这些军人开始抵抗武装叛乱。枪战爆发后，双方互有伤亡，在当晚大部分时间里，战事走向都很不明朗。时任阿雷瓦洛政府文化流动团团长的卡洛斯·曼努埃尔·佩耶赛尔组织起一些民兵，与阿拉纳的支持者们作战，后者的领头人物是马里奥·门德斯·蒙特内格罗。天亮时，叛军投降了，最主要的叛乱分子都逃进了外国使馆，政变失败了。

那一切结束后，他也像此时一样把自己锁在同一间办公室里喝酒。他还记得那时的自己是多么疲惫：一杯接一杯地喝，直到感觉头皮发痒。那次痒得比平时厉害，突然，他的胃起了痉挛，不得不冲进洗手间呕吐。此刻的他已经把酒杯举到了嘴边，他的嘴唇湿润了，不过这次他连一滴酒都没喝。他感到十分厌恶自己。

在阿雷瓦洛执政时期，阿本斯和律师何塞·曼努埃尔·福图尼建立起了亲密的合作关系，后者领导的革命行动党一手促成了阿本斯在大选中获胜，而且何塞·曼努埃尔·福图尼在学生时代就投入到推翻乌维科政权的斗争中去了，后来他成了阿本斯身边最有影响力的顾问之一。那时的福图尼退出了革命行动党，加入了危地马拉劳动党，该政党从未成为重要大党，也没有证据显示它得到过苏联的支持或经济援助，尽管如此，它却成了该国及外国媒体指责阿本斯投向共产主义的最有力例证。实际上，阿本斯的共产主义倾向从未被证实。多年之后，在回忆录中，福图尼本人讲述道，在那个时代，危地马拉劳动党的领导者们对马克思主义知之甚少，包括他本人在内。尽管在政治观点上存在分歧，阿本斯和福图尼在前者担任总统期间却合作得亲密无间，尤其是在涉及土地改革法（《900号法案》）的相关问题上。福图尼自称撰写了阿本斯所有的演讲稿，包括宣布辞职的那篇，尽管最后这份发言稿由谁执笔至今存疑。异见媒体抨击阿本斯的另一个要点是阿本斯政府幕僚中有卡洛斯·曼努埃尔·佩耶赛尔和维克托·曼努埃尔·古铁雷斯，两人都以革命思想而闻名，曾竭力组织工人和农民的工会或联盟活动。

一九五〇年，胡安·何塞·阿雷瓦洛任期结束后，哈科沃·阿本斯获得所有曾支持阿雷瓦洛政府的政党及社会团体的一致支持，希望他能成为阿雷瓦洛的继任者。他在竞选中以压倒性优势获胜：在九名候选人中，他获得了百分之六十五的选票。阿本斯的执政方略主要包含五个要点：修建一条终点至大西洋沿岸的铁路，在加勒比海沿岸修建圣托马斯港，建立胡伦-马里纳拉水力发电体系，建设进口初级原油提炼厂，而重中之重是土地改革。

一九五一年三月十五日，阿本斯的手中握着威士忌酒杯。总统府外的中央公园里，成千上万危地马拉人依然在欢庆他的胜选。他不能辜负他们。他站起身子，走向卫生间，把威士忌倒进马桶，冲了水。他暗下决心，只要他还是危地马拉总统，就一定滴酒不沾。他严格地遵守自己定下的这条规矩，直到辞职那天。

4

"我不懂你为什么这么固执,"恩里克说道,"想在一团混乱中把夫人带出来,然后带她去圣萨尔瓦多。这究竟是为什么?"

这里听不到街上的任何喧嚣。也许是压根没有车辆经过,也许是博莱罗舞曲声压过了摩托声和鸣笛声。

"我自有道理,"多米尼加人粗鲁地作了回应,"请尊重我的决定。"

"我很尊重你的决定,我只是想不通,不过我已经按照你的嘱咐作了安排,"恩里克提醒他,"例如,从今晚七点起,撤掉她家的所有警卫。我试过弄懂你的想法。现在最好把她也牵扯进去,让这个事情显得更扑朔迷离,这对我们有好处。除此之外,你也别忘了:整个危地马拉社会都站在巴洛莫夫人那边,没有什么人是和她同一阵线的。对于总统和他的这位情妇而言,这不亚于一场内战。危地马拉人都是天主教徒。这里和你的国家可不一样,特鲁希略在那里想跟谁上床都成,没人管得了他。"

两人都不停地抽着烟,面前摆放的烟灰缸里早就堆满了烟灰。他们的头顶烟雾缭绕。

"这些我都再清楚不过了,"多米尼加人说道,"你们这儿的人不喜欢总统有情妇,尤其是那些出身优越的妇人,更是看不惯这个。危地马拉的女人们到现在日子过得依然很糟糕,可能原因就在于此吧?"

"别再跟我耍嘴皮子,好好回答我。把她带走的目的是什么?"

恩里克坚持问道，"对我们而言，这件事越复杂越好，人们一旦得到消息，肯定会拿起武器上街。他们越感到迷茫，就对咱们越有利。你可别忘了，你是要走的，但我还得待在这儿。我必须提前作好一切准备，保证万无一失。"

他们每人都喝了两杯朗姆酒，妓院依然显得空旷、冷清。满头银发的米莉亚姆已经不见了，一个沉默的小个子印第安男人正在清扫地面，把地上散落的铁丝收集起来，放到了身旁的塑料袋中。他十分瘦小，佝偻着身子，一次都没有抬头看过他们。他没穿鞋，身上穿着件破旧不堪的棉衫，透过破洞可以看到深色的皮肤。女主人离开前放好了唱片，里面收录的是莱奥·马里尼演唱的几首博莱罗舞曲。

"计划十分周密，你不必把它搞得更复杂。你很清楚，消息放出去之后会引发怎样的混乱局面，"多米尼加人语气坚定，"而且，为什么一定要把那位可怜的姑娘拖到这件事里来？"

"可怜的姑娘？"恩里克大笑一声，"你上当了。她是条毒蛇，是个女巫，可别被她那张天真烂漫的娃娃脸骗了。那个女人有能力做成最可怕的事，虽然这一点从表面上是看不出来的。要不是这样，她也不会爬到现在这个位置。"

"你永远也说服不了我，"多米尼加人说道，"你说什么都没用。计划就是计划，咱们必须按照约定好的那样行事。你别忘了，还有很多人下定决心要为这件事豁出性命。"

"所以你得给我提供方便，伙计，"恩里克就像没听到多米尼加人的解释，继续坚持道，"这是很严肃的事情，绝对不能让人们一下子就找到罪魁祸首。我们要做的就是留下各种线索，而那些线索会迷惑他们，让人们猜不透事情是谁做的。你再好好考虑一下吧。"

"我已经考虑过很多次了，在这件事上，只怕我无法如你所愿，"多米尼加人说道，"不行就是不行，伙计。"

"能不能告诉我原因？"

"可以。"

过了一会儿，多米尼加人终于松了口，但显然有些生气。他停顿了一下，鼓足勇气说道："因为我从很久以前就想干那个娘们了，从我第一眼见到她就想。你觉得这个理由怎么样？你还需要别的解释吗？"

恩里克没有回答，而是吃惊地盯着他，然后大笑。止住笑之后，他评论道："说真的，我真没想到是因为这个，"他耸了耸肩，像是下了结论，"喜好是一回事，责任是另一回事。把工作和私欲混在一起可不好啊，伙计。"

5

亲近的人都管卡洛斯·卡斯蒂略·阿马斯上校叫"斧子脸"。他从妓院、酒吧、吸烟室和秘密赌场里的闲谈中得知,自由军的雇佣兵已经开始陆续抵达特古西加尔巴了。关于那支由古巴人、萨尔瓦多人、危地马拉人、尼加拉瓜人、哥伦比亚人甚至部分从美国来的"讲西班牙语的人"组成的雇佣军的丑闻出现在洪都拉斯首都各大报刊和电台的报道中,这对于那支意图颠覆哈科沃·阿本斯在危地马拉建立的"共产主义政权"的武装力量而言是个极为糟糕的消息。因为此事,卡洛斯·卡斯蒂略·阿马斯在佛罗里达州的联络人霍华德·亨特对他大加斥责,而他则请求能允许他到迈阿密的奥帕洛卡与未经缜密调查就雇佣了那些"士兵"的美国中情局官员见面。但一向神秘莫测的亨特对他说,此时此刻让他出现在那边是不合时宜的。上校把他的憋闷情绪都发泄在了眼前的东西上,把大蒜和洋葱扔得飞来飞去。他住在洪都拉斯首都郊外的一所房屋中,那里也被他用作指挥部。年轻时,当他在军校的同学以他的名字为依据给他起了"屎粑粑"的绰号后①,他就习惯了给那些激怒他的人起夸张激进的绰号(大多带有侮辱性)以示报复。他管那些引发丑闻的雇佣兵叫"邋遢仔";他立刻给那些脱离军队追随他的危地马拉士兵下了命令,让他们对那些不服管束的雇佣兵罚款,要是后者犯下

---

① 该绰号的西语表达为"Caca",系取卡洛斯·卡斯蒂略(Carlos Castillo)名字的开头部分拼合而成。

的错误不可饶恕，就直接中止合同。可是由于给那些人付钱的不是他们，而是美国中情局——这个机构就像大权在握的继母——所以他的命令收效甚微。

到了这个时候还发生这种事，实属不幸。一九五三年一月的总统大选中，艾森豪威尔获胜当选，于是美国终于下定决心颠覆阿本斯政权。不靠政治诡计，而是直接诉诸武力，这也符合"斧子脸"的提议。杜鲁门执政期间，不可能说服美国人相信只有采取军事行动——就像不久前美国中情局在伊朗策划的颠覆首相穆罕默德·摩萨台的行动那样——才能抑制共产主义在危地马拉逐渐扩大的影响力。在新任国务卿约翰·福斯特·杜勒斯和他的弟弟——新任中情局局长、曾担任联合果品公司代理律师的艾伦·杜勒斯——的努力下，美国人终于决定支持武力入侵危地马拉了。从凄惨地逃离危地马拉、逃到洪都拉斯避难开始，卡斯蒂略·阿马斯就一直在乞求美国人为自己提供军事援助。正是美国中情局（"继母"）指派了霍华德·亨特负责支持、推动"胜利行动"——美国人就是这样称呼它的。卡斯蒂略·阿马斯从一开始就参与了这项计划。就在自由军逐渐成军之际，那些雇佣兵在洪都拉斯引发了丑闻。其实胡安·曼努埃尔·加尔韦斯总统最近已经同意支持这项计划了，当然，他是迫于美国政府及联合果品公司的压力才作出这一决定的，那些势力在洪都拉斯的影响力比在危地马拉更大。卡斯蒂略·阿马斯相信，只要美国人和安纳斯塔西奥·索摩查达成协议，后者允许美国人在尼加拉瓜的土地上训练雇佣兵，一切问题就将迎刃而解。可究竟是什么狗屁原因造成那项协议耽搁如此之久仍未达成？他曾私下和索摩查有过交流，后者许诺说，愿意支持他的起义行动。

"事情推动得如此缓慢，都是美国佬的过错。"他想。从他的办公室可以望见一小片田地，树林茂密，牧草丰盛，还能望见那些环绕着特古西加尔巴的小山中的一座,当然只是棕褐色的轮廓。远处,几个戴草帽的农民正弯腰干着农活。他对这个住处没什么可抱怨的,是联合果品公司给他找的落脚处,也是该公司付钱请了用人和厨师,一切日用品都由该公司提供,连司机和园丁都是该公司雇的。美国人决定行动了,这是好事,但不应该所有事都由他们决定,把他边缘化,毕竟他才是豁出性命指控共产主义正在危地马拉蔓延的人,而且他从弗朗西斯科·哈维尔·阿拉纳上校被杀起就开始这样做了。这一指控在阿本斯执政的三年中从未停止。他曾对联合果品公司的管理层抱怨过,但他们试图说服他:最好还是和美国政府保持距离,别让支持阿本斯的媒体逮住机会说他是这位"继母"手中的工具。这种说辞无法说服他,因为只要他被边缘化,无法参与重大决定,他就会感觉自己只是华盛顿和中情局手中的提线木偶。"臭婊子养的!"他想,"一群清教徒!"他闭上眼,深深吸了几口气,想克制心中的怒火,于是开始想象自己很快就要打败(也许是杀死)哈科沃·阿本斯了(他给他起的绰号是"哑巴")。还在军校当士官生时,他就憎恨阿本斯了。起初是出于私人原因:阿本斯是白人、优雅、讲究、成绩优异。而自己刚好相反,是卑贱的混血种人,家里没什么钱,长得还像个印第安人。后来则是因为阿本斯娶了美丽、富有的萨尔瓦多女人玛利亚·维拉诺瓦,而他则和奥蒂莉亚·巴洛莫结了婚,后者是普通女教师,和他一样平平无奇。除此之外,他的恨主要来自政治因素。

卡斯蒂略·阿马斯既无法直接和美国中情局取得联系,也联系不上中间人霍华德·亨特,此君已经消失许久了,一连数月音讯全无,卡斯蒂略·阿马斯完全没办法找到他,哪怕是负责筹划入侵行动的美国政府部门官员也找不到他,这让卡斯蒂略·阿马斯更加感觉自己是个局外人,觉得自己被侮辱了。他备受折磨,因为在关乎自己国家的关键问题上,他连一丁点儿发言权都没有。在霍华德·亨特再次出现之前的很长一段时间里,唯一和他保持联系的是联合果品公司洪都拉斯负责人凯文·L.史密斯。正是通过此人,他才得知自己最终被"他们"选为自由军的领导人。也是同一位史密斯先生用他的私人飞机把卡斯蒂略·阿马斯带去了佛罗里达州。在迈阿密北部十九公里远坐落着老牌的奥帕洛卡空军基地,那里如今被用作"胜利行动"指挥部。上校就是在那里认识弗兰克·威斯纳的,后者是美国中情局的二把手,受艾伦·杜勒斯之命,负责领导颠覆阿本斯政权的行动。按卡斯蒂略·阿马斯的理解,此人应当是霍华德·亨特的顶头上司。威斯纳确认他被选为解放危地马拉行动的领袖,将与他并肩作战的还有米格尔·伊迪戈拉斯·富恩特斯将军("肥差"将军)和咖啡园主胡安·科尔多瓦·塞尔纳律师,但并没有告诉他霍华德·亨特力挺他的理由:"因为'屎粑粑'先生长得像印第安人嘛!大家别忘了,占危地马拉人口大多数的恰恰是印第安人。他们肯定会支持他!"

被选为领袖的喜悦很快被冲淡了,因为他发现美国人在作出任何决定前都犹豫再三。他们如此谨慎的原因,是不希望有人在联合国指控美国是未来那场针对莫斯科在拉丁美洲建立第一个共产主义共和国的"解放战争"的幕后推手(尤其不想让人们谈论美国向危地马拉反政府武装提供了资金支持)。难道用一根手指就能遮住阳光?卡斯蒂略·阿马斯把美国人的这种多疑和宗教上的清教主义联系到了一起。每次在这间办公室和他的战友们开会时,他都会这样说:"美国人干什么都慢吞吞的,就像是腿脚被灌了铅似的,这都怪他们那操蛋的清教主义思想。"他本人也不清楚自己到底想表达什么,但只要这么说了,他就会感到满足:他自我感觉这是一种高深的、哲学式的羞辱。

与此相反,他对尼加拉瓜总统安纳斯塔西奥·索摩查则抱有无限感激。索摩查是个真正慷慨的盟友，理解他们正在策划的事情意味着什么。他同意自由军的士兵在他的国家接受训练——为此他甚至提供了手中的一座庄园"罗望子庄园"和马那瓜湖上的莫莫通比托岛——还允许美国中情局的飞机在战事开始后从尼加拉瓜机场起降，前去轰炸危地马拉城中的战略设施。军事行动的指挥工作也会在马那瓜展开。美国中情局已经向那里派去了美国飞行员和军人，这些人将在入侵行动中掌握主导权。索摩查还专门任命他的儿子塔奇托担任尼加拉瓜政府与负责策划战斗及破坏行动的美国官员之间的联系人。对同样慷慨地提供了武器和资金支持的元首特鲁希略（"蜘蛛"），卡斯蒂略·阿马斯并不信任。多米尼加共和国的这位考迪罗一手遮天，目中无人，这些都使得卡斯蒂略·阿马斯无法完全相信他。阿马斯甚至有些惧怕特鲁希略。直觉告诉他，如果他领导的"解放战争"过度依赖特鲁希略——特鲁希略先是私下给了他六万美元，后来又通过中间人两次将武器和资金转交给他——掌权后，他势必要付出巨大的代价。他只在特鲁希略城[①]见过元首一次，那次会面让卡斯蒂略·阿马斯很不痛快，因为元首拐弯抹角地提出了很多条件，要在战争胜利后索取回报。此外，他还得知元首相中的未来领导危地马拉的人不是他，而是他的朋友和战友米格尔·伊迪戈拉斯·富恩特斯将军。

尽管一切都在推进，可"斧子脸"没能掌握太多情报。他有一种不祥的感觉，认为美国人对他隐瞒了计划的细节，这可能意味着他们不信任他，或者说不尊重他。弗兰克·威斯纳责备过他，因为他夸大了在危地马拉为自由军招募到的志愿兵数量：他曾向美方

[①] 1844年，多米尼加共和国独立后，圣多明各成为共和国首都。1936年改名为特鲁希略城。1961年，拉斐尔·莱昂尼达斯·特鲁希略遇刺身亡后，名称恢复为圣多明各。

保证会招募到五百人，可实际上只招募到二百出头。因此美国中情局决定亲自出手，在不同的中美洲国家招募雇佣兵。正是这批人在特古西加尔巴引发了舆情。最好把他们尽快带到新奥科特佩克去，直到在尼加拉瓜的训练开始为止。他给弗兰克·威斯纳的副手，美军上校布罗德福斯特打去了电话，此人也是他在马那瓜的新任联络人。布罗德福斯特向他保证在索摩查提供的庄园和小岛上进行的训练下周一就开始，当天下午就会开始把自由军的士兵向尼加拉瓜转移。他还对卡斯蒂略·阿马斯说，中情局已经把霍华德·亨特派到国外执行新的任务去了，今后不会再负责危地马拉的事务，同时为了不再麻烦威斯纳，以后他是卡斯蒂略·阿马斯的唯一联络人。

另一个大问题是地下广播电台：自由电台。美国人已经购置了功能强大的无线电发射器，危地马拉所有地区都能接收到这家电台，广播信号是从离边境不远的洪都拉斯城市新奥科特佩克发出的。当卡斯蒂略·阿马斯准备任命电台负责人的时候，布罗德福斯特对他说，美国中情局已经指派了一个叫大卫·阿特莱·菲利普斯（"隐形人"）的美国人来负责电台事宜。尽管从理论上讲，自由电台发送的内容应该和他领导的自由军行动有关，但卡斯蒂略·阿马斯从来都没能和这位负责人说上话。从一九五四年五月一日电台第一次发送节目开始，问题就逐渐显现出来。上校曾请求在危地马拉境内录制节目，可美方没有理睬他的建议，而是选择在巴拿马运河区的美军基地录制节目，声称美国中情局已经在那里建立了"后勤保障中心"，专门为入侵危地马拉的行动服务；武器和录制好的磁带都从那里运出来，这些磁带获得大卫·阿特莱·菲利普斯的同意之后，会被直接送往新奥科特佩克。听完第一期节目，上校吓坏了：只有一位播音员有危地马拉口音，其他播音员（其中一位是女性）都是尼加拉瓜人或巴拿马人，这从他们的语调和用词就能分辨出来。卡斯蒂略·阿马斯的抗议被传到了中央指挥部，可错误直到四五天后才得以纠正，因此许多危地马拉人，包括阿本斯政府，从一开始就知道那些信号压根就不像节目里声称的那样是从危地马拉丛林中的某个地方发出来的，而是来自国外，策划者自然也都是外国人。除了美国人，还能是谁？

确实起到较大作用的是电台和报刊对阿本斯政府企图将危地马拉变成苏联在拉美的桥头堡以及关于占领巴拿马运河的指控。不过这些指控并不是华盛顿或中情局的手笔，而是联合果品公司及其宣传大师爱德华·L.伯内斯的功劳，后者曾给卡斯蒂略·阿马斯讲过怎样用花式的思想宣传来渗透一个社会，无论是恐惧还是希望，都可以通过这种手段散播到人群之中。卡斯蒂略·阿马斯听得目瞪口呆。在这次事件中，这种渗透起到了完美的效果。伯内斯先生和联合果品公司投入大量资金，成功说服了美国社会和华盛顿政府，让他们相信危地马拉已经投向了共产主义，而且这一切的操盘手就是阿本斯。因此卡斯蒂略·阿马斯上校一直在想，如果颠覆阿本斯政权的行动是由联合果品公司说了算，事情就会顺利得多。但是，哎呀，有什么办法呢——就像元首特鲁希略那次对他说的那样——事情只能由"继母"华盛顿说了算啊。太遗憾了！

卡斯蒂略·阿马斯觉得美国中情局和美国政府为了防止入侵行动结束后被指责为幕后黑手而作的所有准备都是无用功。阿本斯和总理吉列莫·托里埃略势必会在联合国控告美国。不管有没有证据，他们都会这么做。浪费这么多时间去作准备，不仅贻误战机，还会使得自由军之前犯的那类错误不断出现，有什么意义呢？由于每次都要花一整天的时间把磁带从巴拿马运到新奥科特佩克，洪都拉斯总统胡安·曼努埃尔·加尔韦斯很快发现了无线电发射器的存在，他表示机器必须停止使用或带出这个国家。中情局决定把发射器运到马那瓜,索摩查不仅没有设置障碍,还安排了设置点。又过了一段时间,在没有通知"斧子脸"的情况下,中情局又决定再次改变发射器的设置点,后来自由电台的秘密节目开始发送到危地马拉了,只不过那时发射器已经位于佛罗里达州的基韦斯特。

  自由军使用的武器如何运送到武装行动发起地洪都拉斯也是一个问题。那批武器被集中运到了巴拿马运河的美军基地,中情局为自由军购置的飞机会把它们运输到洪都拉斯边境的若干地点,再在那里分发给自由军;其中一些武器和爆炸物还会用伞包投递给边境附近的个别危地马拉村庄,因为那里有些秘密组织已经决定参与行动,尽管彼时这一切都还处于空谈阶段。卡斯蒂略·阿马斯一直幻想那些飞机将属于自由军,它们将飞离奥罗拉空军基地,前来投奔他。可是布罗德福斯特某日突然眉飞色舞地告诉他,约翰·福斯特·杜勒斯,也可能是艾森豪威尔总统亲自授权由艾伦·杜勒斯下令,从国际市场购买三架道格拉斯C-124C战略运输机专门为"胜利行动"服务。这些飞机将向危地马拉投放宣传单,让危地马拉人了解和支持这次行动。战争开始后,这些飞机还可以给自由军运输武器、食物和药品,同时执行轰炸任务。和整个筹备过程中的其他事宜一样,美国人不允许卡斯蒂略·阿马斯派人参与购买飞机的行动,他也无权指派机组人员。得知美方安排的飞行员之中有一个是狂热的冒险分子后,卡斯蒂略·阿马斯更加怒不可遏。那人叫杰瑞·弗雷德·德拉姆("小疯子"),是个不错的飞行员,但是整个中美洲地区都知道他是个臭名昭著的走私犯。他喜欢到处吹嘘自己干过的违禁飞行,还说自己能在任何险境起飞、降落,哪怕各国为了保护领空而对他进行拦截,他也无所畏惧。

  美国人的傲慢无礼不仅激怒了"屎粑粑"先生,也惹火了危地马拉军方的一些官员,他们有的和上校保持着良好的关系,有的则对阿本斯的改革心怀不满，这些人已经决心投效叛军，甚至组成了参谋部。心烦意乱的卡斯蒂略·阿马斯只能向同伴解释"美国清教徒"拖拖拉拉的原因是华盛顿政府想作好万全准备，以应对在联合国大会上可能出现的针对他们的指控。美国人认为肯定会有人指责他们策划侵略危地马拉这样的小国，并且颠覆了通过民主选举选出的合法政府。此外，虽然众所周知，美国人都是些蠢货，但不要忘了，给他们提供武器、飞机和资金的恰恰正是那群蠢货，没有这些东西，战争就无从谈起。嘴上说着这些连他自己都不相信的鬼话，可实际上，卡斯蒂略·阿马斯和同伴一样，心中充满怀疑和沮丧。

好像这些麻烦还不够似的，让上校更头疼的是鲁道夫·门多萨·阿苏迪亚上校的情报。此公曾任空军司令，还在阿本斯政府出任要职。他背叛了现政府，转投自由军一方。刚得知门多萨上校逃离危地马拉和自由军会合的计划，卡斯蒂略·阿马斯就亲自来到特古西加尔巴机场迎接他，要知道，门多萨上校前一天还是阿本斯政府的国防部副部长呢。

门多萨·阿苏迪亚和卡斯蒂略·阿马斯是军校同学，但并不是朋友。他们被分配到了不同的军营，几乎没什么机会碰面，之后的仕途也大相径庭。前者从未参与过"斧子脸"针对阿雷瓦洛和阿本斯政府发动的两次政变，因此当这位危地马拉规模不大的空军部队的长官、被认为是深受阿本斯信任的政治人物发来消息告诉卡斯蒂略·阿马斯，他准备叛离政府从危地马拉逃走，后者感到十分吃惊。自由军会欢迎我吗？卡斯蒂略·阿马斯回复说他们所有人都会张开双臂迎接他。在特古西加尔巴机场，面对记者，卡斯蒂略·阿马斯赞扬了门多萨·阿苏迪亚的勇敢无畏和爱国情怀。官方媒体对他发起的猛烈抨击——他对门多萨上校如此表述——是未来危地马拉赋予给他的最好的委任状。

可是门多萨上校带给卡斯蒂略·阿马斯和指挥部成员的消息才真的吓了他们一大跳。这次向阿本斯政府挥出的重拳来自谁都没想到的一方！美国政府任命约翰·埃米尔·普里弗伊（"牛仔"）为新任驻危地马拉大使，这次任命让普里弗伊本人备受鼓舞，因为美国中情局告诉他，是约翰·福斯特·杜勒斯亲自点了他的名，原因是：他是个"狠角色"。他在希腊的外交活动成果显著，在当地拥护君主制的军人政权镇压共产党起义的过程中起到了重要作用，因而赢得了"希腊屠夫"这个绰号。更让他们兴奋的是，普里弗伊刚上任就向阿本斯总统递交了一份名单，上面罗列了在危地马拉政府任职的四十个共产党人的姓名。他要求阿本斯立刻辞退那些政要，然后把他们关进监狱或枪毙。显而易见，这几乎引发了一场外交风波。从那时起，危地马拉所有的左翼媒体开始抨击普里弗伊大使，叫他"总督"——没人知道那位高傲的自由军领袖已经在心里给普里弗伊起了"牛仔"这个绰号。

尤其让卡斯蒂略·阿马斯担心的是，据门多萨上校所言，普里弗伊赴任后立刻开始会见危地马拉的军方人士，要么邀请他们到美国大使馆去，要么和他们在军人俱乐部、伊皮科俱乐部或家中聚会，要求他们发起一场"制度政变"，向阿本斯施压，要求他辞职，并且把所有那些"正在把这个国家变成苏联卫星国"的共产党人全部关进大牢，就像之前在希腊上演的一样。门多萨·阿苏迪亚说，普里弗伊大使并不相信卡斯蒂略·阿马斯的军事入侵能起什么作用，他认为内战带来的负面效果更大，倒不如直接控制住军方，这样自由军就可以不战而胜了。普里弗伊认为，如果发生武装冲突，其间变数太大，自由军很可能会失败，所以他心中的上策是直接给军方做工作，鼓励他们发动政变。在美国大使和委内瑞拉军方要员们最近的一场会面中，这些人借卡洛斯·恩里克·迪亚斯上校

("匕首")之口表示，他们原则上接受发起"制度政变"的提议，但是有两个条件：卡斯蒂略·阿马斯率先宣布投降并解除手上的武装力量，还要保证不在阿本斯继任者的政府中担任任何职务。普里弗伊大使显然是同意这些条件的，还给艾伦·杜勒斯先生及国务卿约翰·福斯特·杜勒斯的秘书连发数封密电，希望他们支持这一想法。卡洛斯·卡斯蒂略·阿马斯感到自己受辱了，似乎数年来的努力随时将化为乌有。如果美国大使的方案获批，自己将成为弃子。于是他心生恨意，既恨"牛仔"，也恨"哑巴"。

门多萨上校带来的这些新情报让他十分焦躁不安，可是很快，美国中情局就通过布罗德福斯特上校与他取得了联系，给他注入了强心剂：穿越危地马拉边境线、旨在颠覆阿本斯政府的军事入侵行动将在一九五四年六月十八日展开。

6

"所有人最后都会招供，"多米尼加人说道，"要是今晚的行动不顺利，咱们被捕，你和我肯定也会像鹦鹉一样不停地招供。"

"我什么都不会说，"恩里克异常坚定地说道，还用拳头在吧台上锤了一下，"你知道为什么吗？因为说了也没用，他们还是会把咱们杀掉。与其那样，不如否认一切，闭嘴至死，还能死得壮烈一些。"

"我可没你这么有经验，"多米尼加人停顿了一会儿说道，"不过我在墨西哥学习刑侦课程时，他们送过我一本书。你知道书名是什么吗？"

恩里克望着他，什么也没说，等着他给出答案。

"《中国古代酷刑》，"多米尼加人说道，"中国人以经商才能和修建长城闻名于世，但他们也发明了酷刑。我跟你说所有人最后都会招供，就是因为想到了那本书。"

莱奥·马里尼的博莱罗舞曲放完了，小个子印第安人清理完美国女人米莉亚姆妓院的地面，已经离开了，自始至终一眼都没看他们。此时音乐已停，偶尔可以听到远处汽车驶过的声音了。多米尼加人突然想到也许此刻外面已经开始下雨。他不喜欢雨天，但他喜欢暴雨过后的彩虹，把危地马拉的天空装点得五颜六色。

"干杯，"恩里克说道，"为中国人干杯。"

"干杯，"多米尼加人说道，"为那些可以撬开敌人嘴巴的酷刑干杯。"

他们喝了口朗姆酒,恩里克回忆道:"我见过很多忍受住最可怕酷刑折磨的人,他们宁愿死也不把名字、地址招出来,不愿控诉他们的同伙。当然也有些人在那之前就被折磨得发了疯。我是再三考虑之后才敢那样对你说的。"

"我不是不相信你,"多米尼加人回答道,"只不过我向你保证,只要你读过我手里的那本书,看看里面记录的那些守口如瓶的豪杰最后是怎么招供的,你就会明白我的想法了。他们不仅会把知道的事情和盘托出,甚至会把不知道的东西也招出来。"

"你总是活在自己的世界里,"恩里克笑道,"酷刑啦、女人啦、没人理解的红玫瑰十字会啦。你知道你是哪种人吗?如果不用'堕落分子'这个称呼,那就干脆说你是'鬼迷心窍'吧。"

"也许,"多米尼加人耸耸肩表示认可,"我能告诉你一件事吗?每当我想让什么人开口招供时,或者说要对他用刑时,我就会冲着他唱歌或是背几首阿玛多·内尔沃的诗,我妈妈特别喜欢他写的诗。我平时是不会做这些事的,唱歌也好,背诗也罢,我都不做。只有当我要伤害什么人、要让他开口说话时才会这么做。《中国古代酷刑》这本书让我着迷了很久。我反复阅读,做梦都会梦到里面的内容。我到现在还清楚地记得里面的插图是什么样子的。我甚至能把它们给你画出来。所以我跟你打包票,要是你读过,肯定会相信这个世界上不存在能永远守口如瓶的英雄。"

"下回你借给我读读,"恩里克笑着看了看手表说道,"还有一阵子。要是时间停止就好了,是吧?"

"你再喝几杯吧,别看时间了,"多米尼加人举起酒杯说道,"咱们还能休息好一会儿呢。"

"为酷刑干杯。"恩里克也举起了酒杯,显得有些心不在焉,眼睛依然紧盯着手表。

7[①]

元首特鲁希略看了看表：早晨五点五十六分。乔尼·阿贝斯·加西亚会在六点整准时出现，因为那是自己召见他的时刻。也许他已经在大厅里等了好一阵子。让他立刻进来吗？不，最好还是等到六点整。元首拉斐尔·莱昂尼达斯·特鲁希略不仅对整点有怪癖般的钟爱，还特别看重对称性：六点整就是六点整，和五点五十六分完全不同。

给一个肌肉松弛、大腹便便、眼睛近视、走起路来像骆驼一样的赛马报道记者奖学金，让他到墨西哥学习那些古怪的刑侦课程，这个决定是正确的吗？在做决定之前，元首先做了些调查：他的父亲是诚实的出纳员，而他本人则是普通记者，有点儿喜欢花天酒地，但是很擅长骑马；他在电台主持一档赛马节目；他经常和一些蹩脚诗人、二流作家、艺术家和浪荡公子（可能其中还有反特鲁希略分子）在特鲁希略城伯爵路上的戈麦斯药房聚会；有人说他曾多次表示自己是红玫瑰十字会的信徒；他还经常出没于各家妓院，一边乞求妓女给他打折扣，一边想让她们配合他的种种怪癖；此外，每当有赛马比赛，他就会准时出现在安蒂亚娜珍珠赛马场。当元首收到他寄来的求助信，读到他希望元首能资助他到墨西哥去学习那些刑侦课程的时候，心中有了某种预感。他召见了那个记者，看着他，听他说话，没费多大工夫就决定帮助他，因为直觉告诉元首，

[①] 本节采用非传统叙事，与特鲁希略对话的人物有两位。——编者注

在那具矮胖、丑陋的躯体之中隐藏着值得利用的另一个人、另一种东西。元首的决定是正确的。通过大使馆，元首给那人按月发钱，保证他能在吃好睡好的状态下参加刑侦课程。与此同时，元首还交给他一份关于流亡墨西哥的多米尼加人的名单。阿贝斯·加西亚出色地完成了任务，他调查出了名单上的每一个人在做些什么、在哪里集会，还为每个人标注了危险等级。他和那些人交朋友，甚至和他们喝酒谈心，只不过是为了能背叛他们。他还结识了几个流亡墨西哥的古巴人：卡洛斯·加塞尔·卡斯特罗（"世界上最丑的人问候您"，这是他惯用的自我介绍）和里卡多·波纳切阿·莱昂。当元首下令要让那些真正危险的人死于某场事故或抢劫时，正是这两个古巴人伸出了援手。阿贝斯·加西亚、加塞尔和波纳切阿合作得亲密无间，一起谋划，决定具体的时间和地点，伪造交通事故，或是更简单一点儿，直接围堵、捕杀危险的流亡者。此时此刻，元首要委派给那位前记者的任务更加艰巨。他能胜任吗？

单是以这种间接的方式想起危地马拉现任总统卡洛斯·卡斯蒂略·阿马斯上校，元首就已经感到热血沸腾了，嘴边吐满泡沫。他从年轻时起就是这个样子：愤怒情绪会使他分泌过多的唾液，只能把它们都吐出来；但是由于此时周围没有可以吐痰的地方，他只好把它们又都咽了下去。"得在这里放个痰盂。"他想道。他曾向卡斯蒂略·阿马斯提议，两人在前总统胡安·何塞·阿雷瓦洛于奥林匹克城建立的危地马拉国立体育场与自由军人士一起欢庆胜利。可那个无能的可怜鬼竟然拒绝了，说什么"搞那种庆典的时机尚未到来"。那家伙甚至派来外交部长斯金纳-克莱和礼仪官，给他解释为什么还没到搞庆典的时候。特鲁希略甚至没让他们开口说话，直接叫他们在二十四小时内离开多米尼加共和国。只要一想起愚蠢无知、忘恩负义的卡斯蒂略·阿马斯那副懦弱相，元首就觉得反胃。

"早上好，陛下。"瘦弱的上校在他面前立正站好，鞋跟碰触的声音回响着。虽然此时穿的是便装，但上校还是抬起手来行了军礼。显然，这个刚刚走进来的人感到非常拘束。

"早上好，上校，"元首伸手示意他坐到大扶手椅上，"请坐，这样咱们能聊得更舒心些。首先，欢迎来到多米尼加共和国。"

元首此时已经完全确信，自己当时对不值得信任的卡斯蒂略·阿马斯所持的立场是错误的。他要求这个人做的三件事连一件都没有完成，而且那个瘦弱、病态、留着希特勒式小胡子和一头几乎紧贴头皮的短发的矮小上校现在竟然敢说自己家人的坏话。精神病学专家、多米尼加共和国驻危地马拉大使吉尔伯托·莫里略·索托在文件里写得很清楚："卡斯蒂略·阿马斯总统几杯酒下肚后，对参加聚会的人士公然嘲笑您的公子拉姆菲斯将军，他的原话是这样的（我请求元首原谅我的引述）：'能跟莎莎·嘉宝和金·诺瓦克上床有什么了不起？先送辆凯迪拉克轿车，再送条钻石手链，外加一件貂皮大衣，还有什么别的能耐？靠这些玩意儿，任谁都能干那娘们！'尽管受到了冒犯，然而我并未退场，我想看看他是否还敢继续嘲讽您尊贵的家庭。但事实上，陛下，在整个晚宴期间，总统一直在那样做。"

每当得知有人说他的孩子、兄弟或妻子的坏话，元首就会生出难以抑制的暴怒情绪，更别说涉及他母亲的污言秽语了。对他而言，家庭是神圣的；胆敢羞辱他家人的必将付出惨痛的代价。"狗娘养的，你会付出代价的，"他想道，"米格尔·伊迪戈拉斯·富恩特斯将会取而代之。"

"我来寻求您的帮助，陛下。"卡斯蒂略·阿马斯上校用微弱、颤抖的声音说道。他是瘦高个，病恹恹的，看上去有些畸形，全无军人的样子。"我手下有人，美国也支持我，还有些危地马拉人来投奔我。当然,危地马拉军方也在等着我揭竿而起。"

"也别忘记联合果品公司和索摩查的帮助,要念着他们的好,"元首微笑着提醒他,"不过既然如此,你为什么还想让我帮你?"

"因为您是美国中情局和美国政府最重要的盟友,陛下,"上校拍起了马屁,"是他们亲口对我说的:'去找特鲁希略,他是拉丁美洲头号反共人士。如果他支持你,我们也会支持你。'"

"他们求过我好几次了,"元首再次微笑着表示认同,不过他的表情一瞬间就严肃了,"我当然会帮你。必须干掉阿本斯那个共产主义分子,越快越好。我本想除掉他的前任阿雷瓦洛,那家伙聪明绝顶,可惜也投效了共产党。我早就提醒过美国人,可他们不相信我的话。他们总是那么无知,有时甚至可以用粗鲁来形容,但又有什么办法?我们需要他们啊。我想美国人可能已经后悔了。"

现在可以了,已经六点整了。就在此时,指关节轻轻敲门的声音传了过来。元首的助手之一、脸上始终挂着谦卑微笑的克里索斯托莫抬起了满是银发的头颅。

"是阿贝斯·加西亚吧?"元首说道,"让他进来吧,克里索斯托莫。"

过了一小会儿,那人走了进来。他走路的方式还是像以前一样奇怪,好像某只脚脱臼了似的,似乎每走一步都有断掉的危险。他穿着格子外衣,打着有点儿滑稽的红色领带,鞋子则是棕色的。真得教教这家伙该怎么穿衣打扮才行。

"早上好,陛下。"

"坐吧,"特鲁希略下了指令,然后立刻进入正题,"叫你来,是要交给你一项非常重要的任务。"

"听您吩咐,陛下。"阿贝斯·加西亚的嗓音堪称完美,是当过播音员的缘故吗?也许是。元首知道这件事有一段时间了。阿贝斯·加西亚曾经在一家该死的电台当播音员,还喜欢评论时事。他真的加入了红玫瑰十字会?这意味着什么?他用来擦鼻子的那条红手帕好像就是那个教派的东西。

"一切都按计划进行,陛下,"卡斯蒂略·阿马斯上校说道,"就差华盛顿那边发出行动指令了。我召集了大批人马。我们在尼加拉瓜总统索摩查提供的庄园和小岛上训练。在洪都拉斯也有我们的人。我们本打算在萨尔瓦多也部署人手,但是奥斯卡·奥索里奥总统有些犹豫,还没给我们答复,不过美国人已经在向他施压了。现在我们最需要的是现金。在这方面,美国的那群清教徒有些抠门。"

他笑了。特鲁希略看到那个危地马拉人微微咧开嘴巴,露出了牙齿,不出声地笑了。他那老鼠般的眼睛里闪过一丝喜悦的光芒。

"是关于那个婊子养的卡斯蒂略·阿马斯的任务,"特鲁希略说道,一提起他的敌人,他的眼睛就开始射出寒光,"由于我的帮助,他已经在位两年多了,可是他答应我的事情一件都没做。"

"您只管吩咐,我一定照做,陛下,"阿贝斯·加西亚点了下头,说道,"我会把该做的事情做好的。我保证。"

"你将以陆军武官的身份被派往危地马拉。"特鲁希略盯着他的眼睛说道。

"陆军武官?"阿贝斯·加西亚吓了一跳,"但我不是军人,陛下。"

"从今年年初开始,你就已经是了,"特鲁希略说道,"我把你编入了军队,军衔是上校。证件都在这里。咱们的大使莫里略·索托会在那边接应你,我想你是知道他的。"

他看到阿贝斯·加西亚的眼神由惊讶转为喜悦、满足和惊奇,像狗一样表达出谢意。天啊,这个可怜的魔鬼竟然穿了双蓝袜子,那也是红玫瑰十字会信徒的习惯吗?把彩虹上的所有颜色都添加到穿衣打扮中去?

"你需要的武器,我都可以提供,"特鲁希略对那个危地马拉人说道,就像在谈论某件无足轻重的事,"你需要的现金也一样。你已经知道了,我提前在那个袋子里给你准备了六万美元的小小见面礼。不过我还是要给你一个建议,上校。"

"当然,当然。洗耳恭听,陛下。"

"不要再和伊迪戈拉斯·富恩特斯将军较劲了。你们应该体谅对方。别忘了,你俩现在是一条绳上的蚂蚱。"

"完全同意,陛下。"卡斯蒂略·阿马斯低声说道。他没想到一切来得如此容易。他本以为自己得向特鲁希略逢迎拍马、虚与委蛇,就算不必痛哭流涕,也得摇尾乞怜。"蜘蛛"在指令上盖了印章。"我知道您和他是朋友。问题在于,伊迪戈拉斯将军总喜欢在我背后耍手段。不过我向您保证,我们最终会互相理解的。"

元首微笑了一下,对这位危地马拉军人的回复表示满意。

"我只希望你在大权在握之后做三件事。"他一边打量着上校的便服,一边说道。

"全都照做,陛下。"卡斯蒂略·阿马斯打断了他。他一脸怪相,就像是在做鼓动性演说:"我谨代表危地马拉和自由军,真诚地感谢您提供给我们的慷慨无私的帮助。"

"我一离开这里就收拾行囊,陛下,"阿贝斯·加西亚说道,"我去过危地马拉,在那里有熟人。卡洛斯·加塞尔就在那边,就是那个在墨西哥帮过咱们的古巴人,您还记得吗?"

"试着接近他们的总统,把我的问候带去。你最好能和卡斯蒂略·阿马斯交上朋友。要做成此事,笼络他的老婆是个好方法;要说还有什么更好的路子,那就是靠他情人的帮助,"元首说道,"我手上有莫里略交来的报告。我不知道他是不是个好的外交官,但他肯定是一流的情报人员。根据这份情报，总统勾搭上了一个年轻貌美的姑娘，叫什么玛尔塔·博雷罗。据说这位姑娘既漂亮，又大胆。由于这位玛尔塔小姐的出现，危地马拉人似乎分裂成了两个阵营，一伙人支持正室奥蒂莉亚·巴洛莫，另一伙人则站在那位绰号'危地马拉小姐'的情妇一边。这不亚于一场内战，至少他们是这么说的。试着接近她。论枕边风，情妇往往比合法妻子吹得更猛。"

他笑了，乔尼·阿贝斯·加西亚也笑了。后者已经开始在小本子上做记录了。特鲁希略注意到，和他的身躯与面孔一样，这位多米尼加军方新任上校的双手就像老人的手，弯曲、粗大、多结。可实际上他还年轻，应该不满四十岁。

"第一件事是把米格尔·安赫尔·拉米雷斯·阿尔坎塔拉将军关进大牢，"特鲁希略说道，"我想你肯定认识他。他领导的加勒比军团企图入侵多米尼加共和国，是婊子养的胡安·何塞·阿雷瓦洛派他们来的。他不在乎和众多国家——佛朗哥的西班牙、索摩查的尼加拉瓜、奥德里亚的秘鲁、佩雷斯·希门内斯的委内瑞拉，还有我的多米尼加共和国——断交，更过分的是，他还想侵略我们。我们杀死了众多侵略者，但是拉米雷斯·阿尔坎塔拉逃走了。现在他就在那边，在危地马拉，受到阿本斯总统的保护。"

"当然，陛下，我很熟悉那家伙。我掌权后的第一件事就是这个，当然没问题。我会用玻璃纸把他包好，然后给您送来。"

特鲁希略没有笑。他半眯着眼睛，望着虚无的空中，然后像自言自语似的开了口：

"他在危地马拉自由自在，到处吹嘘自己的丰功伟绩，"他重复道，心中又升起一股怒火，"尤其是曾经想推翻我，更成了他吹嘘的资本。那次入侵失败了，我们让他付出了惨痛的代价。他身边的很多人都死了，可是拉米雷斯·阿尔坎塔拉将军本人逃脱了，现在轮到他为自己的错误买单了。你不这么认为吗？"

"您说得都在理，陛下，"卡斯蒂略·阿马斯点头表示认可，"我很清楚拉米雷斯·阿尔坎塔拉是个什么样的货色。您不必担心，这件事包在我身上。"

"我要活的，"特鲁希略打断了他，"一根头发都不能少。我要他活着，要他向我摇尾乞怜。你负责保障他的生命安全。"

"当然，陛下，女人总是很有用处的，"阿贝斯·加西亚强挤出笑容，"这是我从墨西哥的那些刑侦课程里学到的，也就是您一直嘲笑的那些课程。"

"安然无恙，毫发无伤，"卡斯蒂略·阿马斯补充道，"其他两个条件是什么，陛下？"

"别说什么条不条件的，是请求，"特鲁希略挑了挑眉毛纠正道，"朋友之间是不谈条件的。咱们互相帮助，彼此行个方便，如此而已。你和我已经是朋友了。你不这么认为吗，上校？"

"当然，当然。"来客赶忙表态。

"我请他把拉米雷斯·阿尔坎塔拉将军交给我，"特鲁希略怒气冲冲地补充道，"自由军革命一胜利，他就把那家伙抓了。我当时以为他很快就会把人给我送来，但是那个婊子养的卡斯蒂略·阿马斯只不过是在跟我要心眼、编故事。更过分的是，现在他又把人给放了。他放了那个家伙，加勒比军团的头儿。现在他成了卡斯蒂略·阿马斯手下的官员，那条想咬我的狗！你见过比这更严重的背叛吗？"

"请告诉我其他两件事是什么，"卡斯蒂略·阿马斯上校摆出哀求般的表情，这让元首感到有些好笑，"那件事我一上任就做，陛下。我以名誉担保。"

"咱们两国一复交，你就向我发来官方邀请，"特鲁希略语气温和地说道，"别忘了，阿雷瓦洛政府已经和我们断交。我从没去过危地马拉。我很想了解一下你的国家。至于另一件事嘛，如果可能的话，请给我颁发格查尔勋章。索摩查已经有了那枚勋章，不是吗？"

"这些事自然不在话下，陛下，"卡斯蒂略·阿马斯上校保证道，"无论您说不说，这些都是我最优先要做的事：重建被那些共产主义分子破坏的两国之间的外交关系，邀请您访问我们国家，以最高礼节授予您格查尔勋章。危地马拉能获得您的青睐，真是至高无上的荣耀啊！"

"结果那三件事他一件也没做，"元首嘟囔道，嘴里发出"噼啪"的响声，"起义胜利后，我提议他在危地马拉国立体育场举办庆典，由他和我一起欢庆胜利。他找了一堆愚蠢的理由来搪塞我。"

"他是嫉妒您，元首大人，"阿贝斯·加西亚总结道，"这就是原因。显而易见，他是个忘恩负义的小人。"

元首望着他，那种眼神总是能让所有与之谈话的人感到浑身不舒服。元首从头到脚重新打量了他一番。

"你得让他们给你做几套制服，"元首终于开了口，"至少两套，尽快做好：一套平时穿，一套公干时穿。我把我的裁缝堂阿塔纳西奥·卡布雷拉的地址给你，他就住在特鲁希略城。你就说着急要，他两天内就能把衣服给你做好。去跟他说是我让你去的，让他把费用记在总统府的账单上。"

"至于武器，陛下，"危地马拉人暗示道，"咱们现在能谈谈武器吗？"

"我派船把你需要的武器都送去，"元首答复道，"冲锋枪、步枪、手枪、手榴弹、火箭炮、重武器……如果你需要，我还能提供人手方面的支援。我刚刚得到消息，洪都拉斯有一处安全的港口可以停靠。离开这里之后，门外有几个信得过的军官，你直接把需要的武器告诉他们就行。"

卡斯蒂略·阿马斯上校没能从惊讶的状态中回过神来。他张大了嘴巴，细小的眼睛闪耀着喜悦与感激的光芒。

"您的慷慨和高效真令我没齿难忘，陛下，"他嘟囔道，"说真的，我找不到任何恰当的话语足以表达我对您的感激之情。您帮我们太多了，我指的'我们'是所有危地马拉人民。"

特鲁希略感到非常满意。这个瘦小的男人已经是他的人了。

"此外，叛徒卡斯蒂略·阿马斯还在醉酒后说我家人的坏话，"元首再次怒火中烧地强调道，"你发现了吗？他就是个小角色，要不是靠着美国人和我，他现在怎么可能当上总统？现在好了，他的气焰上来了，竟敢嘲笑我的家人取乐了，尤其是嘲笑拉姆菲斯。这种事是绝对不能容忍的。"

"当然，陛下。"阿贝斯·加西亚说道。他站了起来。

特鲁希略微微一笑，再次打量起眼前这个人：没错，毫无疑问，这位刚刚上任的多米尼加共和国军队的上校一丁点儿军人的样子都没有。在这方面，他和卡斯蒂略·阿马斯还真是很像。

"他们对我说，你是红玫瑰十字会信徒，"元首说道，"这是真的吗？"

"好吧，是真的，陛下，确实如此，"阿贝斯·加西亚似乎有点儿拘束，但还是承认了，"我不是很了解红玫瑰十字会，不过它的教义挺合我的胃口，也许说是让我感到舒心更好一点儿。比起宗教，那更像是一种处世哲学。我在墨西哥的时候，是一位智者引导我了解它的。"

"等回头有时间，你再给我好好讲讲，"特鲁希略打断了他，指了指门的方向，"而我也会教你怎样穿衣服才不会显得如此俗气。"

"上帝保佑您身体康健，陛下。"卡斯蒂略·阿马斯上校站在办公室门口向元首道了别，又行了个军礼。

8

"快六点了，"多米尼加人说道，"我已经从圣弗朗西斯科酒店搬出来了，行李都在车上。能到你家里待会儿吗？"

"到我家不太合适，伙计，"恩里克摇头表示拒绝，"现在必须谨慎行事。你最好还是到酒店订个待到晚上的钟点房。"

"你别担心了，"多米尼加人安抚他道，"我可以绕着市中心转几圈，打发一下时间，那里是这座丑陋城市里仅有的好去处。咱们再把计划过一遍？"

"没这个必要。"恩里克说道。然而他旋即闭上眼，好像开始在心中默想：今天早晨，总统把日程表上的安排都完成了。先是召见美国大使，还接待了从佩滕省来的印第安人代表团，之后去墨西哥大使馆签订了一些文件，还发表了一场演说。午饭是到夫人那里吃的。下午在总统府将有一场会议，总统会鼓励参会的企业家们把阿本斯执政时期转去海外的资金重新转回危地马拉进行投资。

"你兄弟的生日聚会，也就是那位国防部长……"多米尼加人又开了口。

"还在筹划，所有内阁成员都忙得很，所以你压根不必担心，"恩里克打断他，"行动肯定会顺利的。除非……"

"除非什么？"多米尼加人警惕起来。

"除非发生奇迹。"恩里克笑了，他的笑容显得有些虚伪。

"好吧。好在我不相信什么奇迹。"多米尼加人松了口气。

"我也不相信，"恩里克说道，"我这么说是为了逗逗你，也缓解一下我自己的紧张情绪,我都要窒息了,伙计。"

"咱们走吧。"

两人在那几个小时里喝了好几瓶朗姆酒。多米尼加人掏出几张钞票,放到了酒瓶旁边。妓院里依旧冷清、压抑。美国女人米莉亚姆没再现身,她肯定还在慢吞吞地往脸上擦粉,好应对忙碌的夜晚,那时,这里会挤满人,到处是喧闹声和音乐声。

走到街上——外面正下着肉眼难以看清的蒙蒙细雨,天色阴暗,不时从山区方向传来几声雷鸣——他们看到街边已经停了两辆车在等待他们了,司机都坐在驾驶座上。除了那个世界上最丑的人之外,另一位司机也是古巴人,名叫里卡多·波纳切阿·莱昂,他是不久前才从墨西哥赶来的——在那边,他曾经是这位多米尼加人的亲密战友,如今他也和另一位古巴人一样,成了危地马拉国家安全部门的工作人员。

恩里克和多米尼加人点头道别,没有握手。恩里克上了世界上最丑的人开的那辆车,多米尼加人则上了另一辆,对新来的古巴人说道:"绕着市中心转几圈,但是绝不要走重复的路线,里卡蒂托。七点整,我必须出现在大教堂门前。"

9

多年之后，在四处漂泊的流亡途中，哈科沃·阿本斯的记忆总是会回到他大权在握的那短短三年半的时间里，他将会记起其中最重要的执政经历：一九五二年四月和五月的那几周里，他先是把土地改革计划提交部长会议讨论，后来又递交共和国国会审议。他知道这项改革对危地马拉的未来多么重要——关系重大，影响深远——他也想在彻底推行改革之前听听党内人士和政敌公开表达对此次改革的看法。媒体事无巨细地加以报道。他专门在总统府发表多次演讲，每次现场都挤满来自全国各地的电台记者。

土地改革让他的朋友和敌人都很兴奋，但最兴奋的人无疑是他自己。他在这件事上倾注的精力是最多的，做了大量研究。据他所言，他想努力实施"一项完满的法令，不能有任何漏洞，必须完美无缺、无可争议"。他怎么可能想到那项法令会导致他的政府垮台，让成百上千的危地马拉人身首异处，让更多人遭受牢狱之灾？甚至连他和家人都不得不踏上流亡之路，余生无比凄惨。

当时总共召开过三场公开讨论会，每次都持续数小时，第三场更是拖到半夜才结束。参会人员不得不在中午短暂休息，吃了点儿玉米饼或三明治，喝了些无酒精饮料，接着继续投入工作，直到所有议程结束。参会的不仅有党内人士，更主要的是政敌。阿本斯总统的态度很明确："让他们都来。从联合果品公司的律师到农民总会的负责人、土地所有人代表，当然国家农业协会的人也要来，还有报纸和电台的记者，包括外国记者。"所有人——这是他对党内有些人提的要求，他们中的一些人，例如农工工会总秘书长维克托·曼努埃尔·古铁雷斯，原本希望不要把那项法令向如此广泛的反对者公示，他们担心政府的敌人会借机毁掉整个计划。阿本斯没有让步："我们必须倾听各方意见，不管是支持我们的还是反对我们的。批评有助于我们进一步改善计划。"

阿本斯经常进行自我批评，从不为自己犯的错找借口；而且只要人们说服他接受自己犯了错，他就一定会把错误改正。他一向认为自己的缺点不会影响执政。不过冷静下来之后，他也会承认做错了许多事。他对自己在那些讨论会上的表现非常满意，坚定捍卫计划中的所有条款，对所有质疑进行回击。那些所谓的专家和技术人员希望能缩小那项法案的适用范围，划出一些特例，企图获得阿本斯政府的承诺以保证几个世纪以来就在危地马拉存在的土地所有权不受本次改革的影响，但阿本斯不允许出现这种特例。遗憾的是，这种坚定的态度没能奏效，反而进一步激怒了他的敌人。

阿本斯确信，这场土地改革将从根本上改变危地马拉的经济和社会状况，将为资本主义和民主制度在这片土地上生根发芽奠定基础，而这一切又会为这个国家带来公平、正义和现代化文明。"土地改革将会让所有危地马拉人都获得机会，而现在那些机会只掌握在极少数人手中。"阿本斯在演讲中无数次这样强调。他的妻子玛利亚对他的言行一向态度苛刻，可这次也无比激动、热泪盈眶地拥抱他，紧紧搂着他的胳膊："你表现得太棒了，哈科沃。"政府中所有的部长以及他的朋友们都和玛利亚的看法一致，都认为他在那些辩论中的表现无可挑剔。但他始终无法说服那些敌人。从那时起，庄园主们对他的怒意更甚了。

年轻时的阿本斯几乎没怎么考虑过他的祖国所面临的各种社会问题，例如印第安人的处境，贫富人口的比例严重失衡，四分之三的国民挣扎在社会边缘甚至填不饱肚子，印第安人和富人、专业人士、庄园主及企业老板之间的贫富差距极大。他过了很久才意识到只有一小撮同胞在享受着特权。他花了很长时间才明白，只有把特权从那一小撮人手里收回、转交给所有危地马拉人，才算是从根本上解决这一社会问题。做成此事的关键就是土地改革。

他毫不羞愧地说，多亏了玛利亚·维拉诺瓦，他才终于明白自己生活在怎样一个国家——这个国家很美，有悠久的历史，却满是可怕的不公。那个女人既漂亮又优雅，他第一次见到她就爱上了她。发现那个眼神灵动、体形匀称、鼻梁挺拔的年轻姑娘还拥有着极高的智慧与情商之后，他对她的爱意更浓了。尽管她出身于萨尔瓦多上层家庭，却从青年时代起就意识到中美洲国家是多么落后，也看到了阿本斯和他的许多同龄人当时并没有注意到的社会问题。

早在他成为军校里大名鼎鼎的人物之前，玛利亚·维拉诺瓦就帮助阿本斯发现了所有那些他以前视而不见的东西。在那之前，阿本斯和他的战友一样，脑子里只有武器、口号、战术、密码、英雄和战斗，对社会中存在的种族偏见等问题完全没有概念，没能看出"文明社会"是怎样歧视着数百万印第安人。

是玛利亚·维拉诺瓦帮他打开了一个他以前完全不了解的新天地——充满着不公、偏见和种族主义，那里的人对他人的苦难视而不见。这也同时激发起了他的斗志：只要人民觉醒了，行动起来，危地马拉、萨尔瓦多和整个中美洲地区的其他国家就一定可以改变落后的面貌。她给他讲述了自己在美国学到的东西。他认识到拉丁美洲国家落后的根源在于经济和社会的极度不公，这种不公使得社会各阶层势同水火，穷人想要摆脱贫困、接受教育、改善处境的机会少得可怜，如果不用"压根没有"来形容。那是拉丁美洲国家和美国这样的现代民主国家之间的最大差别。听了玛利亚·维拉诺瓦的教导，阿本斯抛弃了危地马拉白人在言语和行动中透出的种种偏见——那里的白人，或者说那些自认为是白人的人，完全把印第安人当作动物看待。那时玛利亚和他还没有结婚，不过阿本斯已经开始试着摆脱无知的状态了。他深入社会中的各个角落，学习社会学、政治理论和经济学，也开始积极思考怎样才能把他的祖国——包括中美洲其他国家——从深陷的枯井中拉出来，改造它，使它睁开眼睛，改掉玛利亚·克里斯蒂娜所观察到的种种陋习，有朝一日成为像美国那样的民主国家。

那几年，哈科沃·阿本斯刚刚成为军官，通过玛利亚结识了不少朋友。受玛利亚和这些朋友的影响，他得出结论：要让危地马拉社会真正开始发生改变，不可或缺的工具就是土地改革，这也是引导一切变革的密钥。必须改变在农村占主导地位的封建式结构，生活在那里的大多数危地马拉人——农民——手上没有土地，只能为狡诈的白人庄园主做工，收取的报酬少得可怜；大庄园主活像殖民时期的原住民领主，享受着现代化带来的一切好处。

如何处置绰号"水果摊"的联合果品公司这条有名的"章鱼"？那是一家大公司，靠着危地马拉历届贪腐政府，尤其是独裁政府，获得了损害该国国家利益的众多特权，这些特权是任何一个现代民主国家都不可能接受的，例如这家公司从不缴税。和许多持激进立场的朋友不同，哈科沃·阿本斯始终认为，无论如何都不能把这条"章鱼"从危地马拉赶走，应该做的只是让它遵守法律、按规定纳税、尊重工人、允许劳工组建工会。他想把这家公司变成一个典范，吸引更多的美国和欧洲的公司前来投资，这对危地马拉的工业发展是不可或缺的。

阿本斯永远记得在玛利亚·维拉诺瓦的促成下，自己与那些朋友进行了一次次无休止的讨论。他们每周至少聚会一次，有时两次，地点是其中某个人的家，有时也会选在哈科沃和玛利亚的家里进行，时间通常是周六。大家参与讨论，聆听别人的观点，连吃饭喝酒时也会谈论书藉或政治事件。那些朋友从事各种职业——记者、艺术家、教师、政治家——都是阿本斯以前从未接触过的人。他们向他揭示这个国家不为其所知的各副面孔，让他了解到那里存在的社会和政治问题、内战和独裁者——例如当时大权在握的豪尔赫·乌维科·卡斯塔涅达——带来的苦难，也让他明白了什么是民主、选举自由、独立媒体、批评自由和社会主义。他竭力与那些朋友进行争论，反对共产主义，力挺资本主义民主。"要像美国那样，"他总是这样说，"美国才是这个国家要效仿的对象。"

玛利亚喜欢那些身无分文却过着不羁生活的画家、音乐家和诗人，阿本斯则对他们不那么感兴趣。他更不喜欢的是记者和大学教师，例如那些总和他讨论政治的人。卡洛斯·曼努埃尔·佩耶赛尔和何塞·曼努埃尔·福图尼本来也在其列，可后来他们成了朋友，如果说保守、沉默的哈科沃·阿本斯也有所谓密友的话，这两人肯定要算在内。他觉得福图尼和佩耶赛尔跟自己很像，连操心的事情都一样；他能理解他们的直率和对物质生活的轻视，甚至对两人生活方式的散漫无序也不以为意（"生活有条理的人当然更有吸引力。"他这样想过许多次）。阿本斯从不认为自己是社会主义者，他每次都会嘲笑福图尼通过阅读马克思主义思想家的著作来增长见识的举动（那些书在危地马拉是买不到的，只能从墨西哥运来。福图尼把填饱肚子的钱都花在这上面了），还在某日嘲笑了后者希望在危地马拉建立共产主义政党的想法。可事实上，尽管他们在这些事情上存在分歧，阿本斯却不得不承认福图尼的政治眼光更高一筹。阿本斯执政之后，福图尼的主意和建议帮了他很多。

他是在一九四四年"十月革命"期间结识福图尼的，后者比他年纪小一些,当时大概只有二十五岁,是《每日气息》栏目的播音员,那个栏目属于作家米格尔·安赫尔·阿斯图里亚斯创办的一家电台,福图尼当时就有了放荡不羁、聪明勇敢的名声。他十二岁就进了声名显赫的师范学校,但他从来没想过要当老师,也没读完在圣卡洛斯大学法律系的律师课程。辍学原因是他想投身报界,认为新闻工作更适合他放浪的天性。他为好几份报纸杂志撰稿,针对乌维科独裁政权的政治活动给他带来了许多麻烦,他不得不流亡到邻近的圣萨尔瓦多避难,在那里继续从事新闻工作。

佩耶赛尔是阿本斯在军校的学生,曾流亡墨西哥。回到危地马拉后,他致力于组建工会和合作社,和胡安·何塞·阿雷瓦洛政府合作颇多,主要负责在农耕区推广文化项目。他很清楚这个国家的农业问题,后来也帮助阿本斯了解这些问题(多年之后,他成了坚定的反共产主义者,甚至为多个军事独裁政府效力)。

聆听这些朋友的想法之后,哈科沃·阿本斯了解到自己以前忽略的很多东西。和他的想法一致,福图尼和佩耶赛尔都认为,若想把危地马拉从泥淖中拉出来,进而把它变成民主社会,第一步也是必不可少的一步就是推行土地改革。只有这样,歧视和暴力才会停止。通过土地改革,乡村将满是学校,印第安人家中无论男孩还是女孩都能学会读书识字,也能用上自来水、电灯,会有公路,有体面的工作,拿不错的报酬,吃得更好,穿得也更好。这是难以实现的美梦吗?不,不,在他的政府成立之初他就说过:这绝对是有可能实现的,这个国家将迎来希望、工作岗位和美好愿景。两年过去了,他开始怀疑自己当初是不是过于乐观了。

阿木斯特别欣赏福图尼身上那些自己所不具有的特点:放荡不羁、漠视纪律、聪明狡黠,对与文化相关的所有话题都有所涉猎,对演员、思想家、电影艺术和歌手总是兴致盎然,对美食很有研究,酒量也不小。他就像是阿本斯的反面,因为阿本斯守时、严格、有条理、遵守纪律。两人经常会陷入长时间的争论,很多时候——尤其是争论过于激烈的时候——玛利亚会插进来让两人保持冷静。他们时常意见相左,尤其是每次谈论社会主义时福图尼都会说,如果让他在美国和苏联之间选择,他肯定会选择后者。哈科沃和玛利亚则选择美国,因为他们坚持认为,尽管有很多缺点,美国依然是自由、繁荣的国家,而在苏联掌权的是独裁政权,虽说后者曾在战争中站在了同盟国一方,对抗希特勒的纳粹主义。

后来"十月革命"爆发,乌维科政府垮台,继任者费德里科·庞塞·维德斯将军不久也失去了权力,胡安·何塞·阿雷瓦洛荣登总统宝座,阿本斯当了他的国防部长,不得不中断对经济的研究,尤其是对土地改革的研究,因为工作占据了他所有的时间。他最根本的任务是避免军队因政治原因而分裂、投效阴谋叛乱者,这在中美洲历史上屡见不鲜。他经常和军方的同事碰头,视察军营,向军人们解释阿雷瓦洛总统推行的改革等举措的重要性。只要发现有人出现叛乱的苗头,他就会夺走那人的兵权。在那些年里,福图尼和佩耶赛尔依然在国会对哈科沃施以援手,彼时两人都被选为议员。私下里,哪怕时间再短,他们也会找机会交流意见。此外,福图尼还负责给哈科沃撰写演讲稿,面对紧急情况也总能提出有益的看法,是他引导了支持阿雷瓦洛的两个政党——人民解放阵线和国家改革党——的走向并促使它们合并成革命行动党。

福图尼尽管倾向共产主义,却很务实。土地改革引发轩然大波之际,阿本斯验证了这一点。这位曾经的记者给他提供了重要的思想支持,不仅帮他应付农民总会的暴怒律师,还帮他应对左翼极端分子——这些人希望所有土地归集体所有,主张强行把土地从所有者手中夺走,再重新划分国营农场(苏联就是这么做的)。福图尼和阿本斯都认为后一种想法是在胡言乱语，将在国内外引发巨大的反对声浪，尤其是在美国。而且不能保证那个办法一定奏效。他们还一起研究了帕斯·埃斯登索罗总统在玻利维亚实施的土地改革，阿本斯对此持严厉的批评立场，原因正是他觉得那项改革的主导者是国家而非农民。相反，阿本斯对中国台湾解决土地问题的方法很感兴趣——蒋介石政权在实行资本主义体系的前提下把土地分割成小份——阿本斯也想在危地马拉的农民中推广这种做法。

一九五二年四月在总统府进行多场公开讨论会之前，阿本斯从来没说过那么多的话。和他亲近的人都知道他性情温和、沉默寡言，这些人看到他为了捍卫自己的改革计划而与众人唇枪舌战时都吓了一跳。他解释说政府只会征用大农场主们手头的闲置土地，把这些土地的使用权交给农民却不给他们产权，以防他们把土地转手卖给银行家。分配完土地，政府还会向农民提供技术、财力方面的支持，以便他们购置机器，安心投入农业生产。至于被征用的土地，政府将按照估值向所有者提供经济补偿。

福图尼在议会大力帮助了阿本斯，尤其是在关于改革法的讨论中。经过一些修改，改革法终于在一九五二年六月十七日颁布实施。当日，全国范围内都出现了大规模的庆祝活动。尽管朋友们不断试图劝酒，阿本斯依然恪守总统任期内滴酒不沾的誓言，以果汁和清水代替了酒。

哈科沃·阿本斯没能预料到的糟糕情况是强占土地问题。有人侵入农庄和庄园，把所有者精耕细作的田地占为己有，可法案其实是把那些土地排除在被征收范围之外的。几乎所有反对派媒体，尤其是《时刻报》和《公正报》把这些强占行为描述成了丑闻，夸大了其中的暴力成分，和美国媒体一道控诉阿本斯政府是在效仿苏联模式，唯苏联马首是瞻。尽管民告官的胜率并不大，可那些被侵害的土地所有者还是上了法庭要求把入侵者赶走，还要求政府给他们经济补偿。在有些案例中，非法入侵引发的暴力冲突还造成了人员伤亡。农民和工人工会秘书长维克托·曼努埃尔·古铁雷斯保证说，包括他在内的该组织所有领导层成员都没有预料到会出现那种入侵行为，不过警方和军方的调查报告显示恰恰是那些农民组织的领导者怂恿印第安人强占土地。这一问题在人口密集区尤为严重，因为那里的闲置土地很少，而贫穷又没有工作的农民却很多，那些组织还给农民分发棍棒、长矛甚至枪械。报纸和电台把这些当作巨大的丑闻添油加醋，以此作为指控土地改革法"染有共产主义性质"的铁证，还说这项法案如今已经引发巨大的社会暴力问题，必然会演变成对财产所有者的大屠杀，进而完全消灭私有财产。阿本斯在电台发表过多次演说，还亲自到全国各地处理强占土地问题，不断解释说那种行为是不负责任的，会破坏生产，还说改革一定要在法律允许的范围内进行，不能损害守法公民的权益；他还强调说所有参与强占土地的人都会被送上法庭，受到法律的制裁。可实际情况并不总是按照他的预期进行，有时良好的意愿在无比复杂的现实面前会被撞击得粉碎。

阿本斯永远记得一九五一年五月，当他看到反对派在一份抗议书中征集到了近八千个签名时是多么惊愕，事情的起因仅仅是他的政府决定以社工取代在孤儿院照顾孤儿的慈爱会嬷嬷。此外还出现了指控他的政府在未获得法官许可的情况下就把反对派人士投入监狱的声音，他们甚至声称政府殴打、折磨犯人。一开始连他本人都被这些传言激怒了。他立刻给警备部门长官海梅·罗森伯格将军和治安部门长官罗赫里奥·克鲁斯·威尔下达了命令，让他们小心行事，严禁对囚犯施加暴力。可这些事情还是不断发生，尤其是后来卡斯蒂略·阿马斯在美国支持下发起的侵略威胁日益凸显之际，关于人权、言论自由和批评自由等问题与政府的生死存亡比起来已经不再是什么要紧的事了。

一天晚上，睡下之后，哈科沃和玛利亚·维拉诺瓦一直聊到深夜。突然，哈科沃听到他的妻子说道："一团小雪球从山顶向下滚落的时候，甚至可能引发雪崩。"

没错，事情正是如此。印第安人终于觉醒了，但他们没耐心地希望所有的改革都能立竿见影。挑起占地运动的到底是印第安人和农民还是城里的一小撮煽动分子？还是说幕后真凶恰恰是利益回吐的庄园主或联合果品公司，以便在事后控诉政府支持极端主义？

他的朋友们纷纷祝贺他在那三场讨论会中为捍卫改革计划而做出的表现，甚至连敌对媒体都承认他在回答政敌提问时表现得冷静且无畏，但是《公正报》和《时刻报》及其他报纸依然坚称那项法案将是共产主义革命在危地马拉爆发的开端。

经过一些小修改，法案在国会获得通过，《900号法案》正式开始实施，人们都喜欢这样称呼它。也许在那些激动人心的日子里，最让阿本斯吃惊的事情还得算是境外媒体发起的宣传攻势，尤其是美国媒体，他们指责阿本斯政府把危地马拉交到了苏联人手里并密谋在中美洲建立共产主义第五纵队，苏联将通过该国威胁巴拿马海峡，那里是美洲大陆自由贸易与航行的战略中心。

除了惊讶，阿本斯心中还充满了没有答案的疑问：这怎么可能？这个国家的媒体不是都很自由吗？他的政府正在做的事情怎么会和媒体那些扭曲、讽刺的报道扯上关系？他在实践中所效仿的难道不正是美国的民主模式吗？难道在美国也存在封建主义？土地改革法所倡导的不正是企业精神、自由竞争和保护私有财产吗？天真的阿本斯一直以为美国一定会全力支持自己的政策，帮他把危地马拉从原始状态中拉出来，继而将之建设成现代化国家。

后来他终于明白一切都是徒劳。他和他的部长们所作的解释压根无法扭转局势，谎言打造的宣传攻势已经压倒了事实。阿本斯开始担心另一个问题：军队。那种宣传肯定为内部敌人引诱军人叛乱提供了方便，他们对政府的忠诚会被动摇，甚至会参与军事政变。可悲的"斧子脸"会是领头人吗？绝不可能，军队里没人瞧得上他，他是个一事无成的家伙，既没有才华也没有领导力，只是个极端分子。银行家们和"章鱼"只不过是把他当枪使。军队长官卡洛斯·恩里克·迪亚斯上校是他信得过的朋友，恩里克曾对他保证军方将永远忠诚。可是当那位如飓风般破坏力惊人的新任美国大使接替了温和、有教养的帕特森先生和鲁道夫·E.绍恩菲尔德之后，军队的态度就开始发生变化了。新任美国大使约翰·埃米尔·普里弗伊曾毫不掩饰地声称他此行的目的就是要消除共产主义对美洲的威胁，而这种威胁的代表就是哈科沃·阿本斯政府。

10

六点三刻，里卡多·波纳切阿·莱昂把他放在了大教堂门前。天黑下来了，中央公园里星星点点的路灯刚刚亮起来。高大的芒果树、蓝花楹和棕榈树下，人影寥寥。擦鞋匠、售卖食物及小商品的流动摊贩已经在撤摊了。

多米尼加人想到自己还从没进入过危地马拉大教堂，而此时教堂的门敞开着，他决定利用富余的十五分钟来参观教堂。教堂内部恢弘而庄严，比特鲁希略城的大教堂还要大，却不像后者那样让这位多米尼加人感到温暖和亲近。教堂里有许多神龛，采光比中央公园更佳。他看到一间小祈祷室里摆放着埃斯基普拉斯黑基督像的复制品——由于借不到真品，马里亚诺·罗塞尔·伊阿雷亚诺主教下令制作这件复制品，信徒们带着它参加全国范围内针对阿本斯政府的反共产主义游行。那位主教真有种，难怪卡斯蒂略·阿马斯总统当众给他授勋。听说总统授予埃斯基普拉斯黑基督"国家解放军将军"称号，还让人在典礼上给这尊基督像穿上了军装，这是真的吗？在这个国家总是会发生一些怪事。

大教堂内的长椅上只坐了少数几个祈祷者。这座教堂经受过多少次灾祸？无数次，这是毫无疑问的，因为危地马拉总是发生地震、火山爆发之类的灾祸。他还记得自己刚到这里不久，曾经去参观充满殖民时代风情的安提瓜，那里曾是这个国家的第一个首都。后来正是由于地震才迁都至此，他参观该城时恰好感受到了地震。他还记得发现双脚开始摇晃时自己心中生出的那份不安全感。当时,大地晃动,像是伴着一记沉闷的、从地底发出的声响。可是他身边的人依然在若无其事地交流、赶路。实际上,地震持续的时间很短,很快他就感觉脚下的土地恢复了平静。他也放松了许多,深吸了一口气。那次可真是把他吓坏了。他当时觉得自己怕是要在这里遇上一九四九年毁了半个特鲁希略城的那种强震——那次地震引发了海啸,导致两万多米尼加人无家可归。今晚的行动会顺利吗?当然,计划十分周密,一切都会进展顺利。他又感到放松了。只是许久之后,那一切都过去之后,他才发觉自己当时不自觉地尿了,裤子全湿了。

他走过所有神龛。在最后一座神龛前,一群跪着的信徒正在大声做祷告;他们低着头,神色悲伤。他闻到了熏香味儿。和多米尼加共和国比起来,危地马拉无疑是一个相当忧郁的国家。

回到教堂入口处,穿着制服的恩里克已经在那里等他。

"晚上好,上校。"他开玩笑式地和他打了招呼,还抬起右手扶了扶帽檐。

两人没再说话,一起穿过中央公园,里面已经空无一人。正对面就是总统府,那是独裁者豪尔赫·乌维科下令修建的,是此君干的最糟糕的糊涂事之一。总统府中有无数根巨大的柱子、数百盏灯、喷泉,还有一整面专门用来向巴托洛梅·德拉斯卡萨斯修士[①]致敬的墙壁。尽管包括国防部在内的所有政府部门都在那里办公,可里面还是有大量空间未被利用。

"我猜咱们是不会从正门进去的。"多米尼加人想开个玩笑来缓和一下两人心中的紧张情绪。

---

① 巴托洛梅·德拉斯卡萨斯(1474或1484—1566),西班牙宗教人士,文学家,著有《西印度毁灭述略》,以反对西班牙殖民暴行而闻名。

他们继续向前走,即将左转至第六大道,绕行于总统府侧面。几米外的左侧人行道上坐落着墨西哥大使馆,那是一幢殖民风格的大房子,此刻漆黑一片。两人很惊讶于在那里既没有看到士兵也没有看到警卫。他们静静地向前走着,四周几乎完全被夜色笼罩。他们在下一个路口向右转,终于抵达总统官邸,也就是卡斯蒂略·阿马斯的住处,离老教堂很近。恩里克在那里停下来,打了个手势,示意多米尼加人也停下脚步。他从兜里掏出一把钥匙,他的同伴望着他在墙上摸来摸去,寻找着那扇隐蔽在绿色涂鸦下的小门。找到了,恩里克又在黑暗中摸索钥匙孔的位置。他找到了钥匙孔,捣鼓了一阵子,门开了。他们进入一间库房。恩里克把门锁上,把钥匙藏好。他抬起手戳了戳跟着进来的同伴。

"我们进来了,"多米尼加人想道,"没有退路了。"他既兴奋又紧张。每次遇到类似的极端局面,他总是这种状态。为了让自己更有安全感,他摸了摸插在腰带上的手枪。

恩里克带着他走过几条冷清、阴暗的走廊,穿过一个只种了一株金合欢树的小院子和相邻的小花园。他们连一队卫兵都没碰到。也就是说,指令生效了。突然,恩里克停下脚步,抬起胳膊,把多米尼加人挡下来。

"那个可怜的小兵应该在附近。"他低声说道。

多米尼加人觉得"可怜"这个词像是冷笑话。

11

她偷偷跑了出来,没被用人发觉。她把自己裹在披风里,看上去有些古怪。当然了,她什么东西也没带,从那个家里逃出来就没打算再回去。就这样抛弃自己的骨肉,这让她感到有些内疚,但她主意已定,于是决定不再去想那件事——以后有的是机会去想。

夜深了。虽然看不见,她却能感觉到正在下着蒙蒙细雨。危地马拉城市中心的街道上一个人都没有。她很清楚自己要去哪儿。圣塞巴斯蒂安区和圣弗朗西斯科区之间只隔了十二个街区。她走得很快,披着披风的她就像是那些幽灵中的一个。在印第安人的信仰中,入夜后的危地马拉到处是幽灵。她赶路时偶尔碰到的几个路人没给她带来麻烦,相反,那些人似乎都被她吓了一跳,一看到她就走远了。只有一条流浪狗曾经在人行道上拦住她的去路,没有叫,仅仅冲她露出了尖牙。

来到那幢殖民风格建筑物的铆钉门前,没有门铃,她只好用力敲击那扇铜门,两次,三次。虽然耽搁了一会儿,但幸运的是给她开门的是西姆拉。这位曾经的保姆一眼就认出了她,把她引入石材装饰的门厅,在那里说话回声很大。西姆拉什么也没说,只是拥抱她、亲吻她。玛尔蒂塔感觉自己的脸被老用人的泪水沾湿了。西姆拉在门厅昏暗的灯光下抚摸她,玛尔塔则异常焦虑地说道:

"爸爸在吗?我想见见他。你跟他说我会跪下乞求他的原谅。他让我做什么都成,我永远听他的话。求他听我说话。可怜我也好,同情我也好,看在圣灵的份儿上也成。跟他说我求他了。"

西姆拉摇了摇头,想宽慰玛尔蒂塔。可是过了一会儿,见后者如此绝望,她变得严肃起来,画了个十字,表示自己愿意照她说的去做。

"好吧,孩子,我去跟他说。你就坐在这里。也许上帝、埃斯基普拉斯黑基督和瓜达卢佩圣母会让奇迹出现。"

玛尔塔坐在门厅的环形石凳上,焦急地等待西姆拉回来。她记得自己离家出走时儿子已经睡着了,可能她永远不会再见到他了。他以后会长成什么样的人?他的命运会怎样?她发觉自己浑身发抖,抖动得越来越剧烈,可现在后悔已经迟了。她在昏暗的环境中辨识着花园、蓝花楹、金合欢、高大的芒果树和自己以前居住的房子的轮廓。她回想着那些漆黑的房间后面有厨房、卫生间、此时肯定已经上锁的狗笼和应急食物储藏室。父亲会原谅她吗?她还有机会回到这里生活吗?她感到无比忧伤。

西姆拉终于回来了。她的沉默、哭红的双眼和沮丧的神情已经让玛尔蒂塔猜到阿图罗·博雷罗·拉玛斯拒绝了她的请求。

"他让我告诉你,他没有女儿了,"西姆拉干巴巴地说道,"他说他的女儿已经死了,已经和她的兄长们葬在一起了。他还说你如果不立刻离开,他就让仆人拿棍子把你打出去。愿所有的圣徒都保佑你,玛尔塔小姐!"

西姆拉边画十字边哭泣。她拉着玛尔塔的胳膊慢慢把她往临街的大门口带去。她打开古旧的大门,喃喃道:

"走吧,孩子。希望耶稣基督怜悯你和你的孩子,那个可怜的小家伙啊,我保证我早晚一定会去看望他。"

她又画了个十字,在"危地马拉小姐"的额头画了同样的图案。

大门在她身后关闭。玛尔塔觉得雨点更密集了。几颗大雨点掉落到她的脸上,她听到远处山中传来的雷声。她一动不动,浑身湿透。她不知道自己还能做什么、应该去哪里。回到她丈夫的家里去？不，她再也不会回去了。她对此毫不迟疑。自杀？也不行，她永远不会被彻底击垮。她攥紧拳头。没有退路了。一股冲动劲儿迫使她迈开了步子，此时的她异常决绝。

十五分钟后，她来到了宏伟的总统府门前，拐了个弯走上第六大道，朝总统官邸走去。她从头到脚都湿透了，从老教堂前经过时直打哆嗦。但是抵达目的地之后，她又恢复了冷静。她毫不犹豫地朝看守入口的警卫走去。官邸外是一圈铁栅栏，栅栏后是带有幽暗小窗的高墙。她在一队警卫面前站定，他们所有人的目光都集中到了她身上。

"请问哪位是长官？"

士兵们互相交换了一下眼神，然后从头到脚地打量着她。

"有什么事？"其中一人终于粗鲁地回应道，"你不知道这里是不允许进入的吗？"

"我需要和总统谈谈。"她大声喊道。她听到几声笑，先前冲她说话的那个士兵朝她走了一步。

"从哪儿来就回哪儿去，姑娘，"此时他的语气中带着威胁了，"快回家去睡觉，淋雨是会着凉的。"

"我是阿图罗·博雷罗·拉玛斯博士的女儿，埃弗伦·加西亚·阿尔迪莱斯博士的太太，他们都是总统的朋友。请去向他报告说我想跟他谈谈。你要是再对我无礼，以后是会吃苦头的。"

笑声完全停止了。此时，站在阴影中的士兵们的眼神夹杂了担忧和惊讶。他们揣测着她到底是不是她所声称的那个人，还是只是个疯婆子。

"请在这里等一下，女士，"此前语气无礼的士兵终于又开了口，"我去向警卫长报告一下。"

她觉得自己等了很久，士兵们一直在打量她，有的是偷偷地看她，有的则直白、粗鲁。雨越下越大，街角时不时驶过一辆开着车灯的汽车。那个士兵终于回来了，身边多了一个男人，应该是他的长官，那人的制服不一样。

"晚上好，"他对她说道，走到她身前抬手扶了下帽檐，"请问您来此有何贵干？"

"我要和总统谈谈，"她的声音表现出实际上并不存在的镇定，"请对他说我是玛尔塔·博雷罗·帕拉，阿图罗·博雷罗·拉玛斯的女儿，他的朋友埃弗伦·加西亚·阿尔迪莱斯的夫人。我知道现在不早了，若不是有要紧事，我是绝对不会在这个时间来打扰他的。"

那位官员沉默了一会儿，打量着她。

"总统从不接见没有预约的访客，"他最后说道，"但是，好吧，咱们碰碰运气。我去请示一下。您等在这儿。"

他离开了很久，玛尔塔甚至以为他不会回来了。她的披风已经完全湿透，令她觉得浑身发冷。

那位官员终于回来了，示意她跟他进去。玛尔蒂塔长舒了一口气，放松了一些。

他们走进一条光线微弱的长廊。一个房间里有个穿警服的男人正在吸烟，他也从头到脚地打量了她一番。那位官员指了指她说道：

"很抱歉，但我必须确认您没有携带武器。"

她同意了。那位官员的手在她身上游走，还故意在某些部位停留、抚摸。吸烟的警卫看上去不像是山区人，更像是印第安人，他把烟叼在嘴上，吞云吐雾，脸上挂着讥讽的笑意，眼睛放着光。

"跟我来。"那位官员说道。

他们穿过了几间无人的大厅和一个种了藤蔓植物、摆放了许多花盆的院子，玛尔塔还在院子里看到一只猫。走到那里时，她猜想外面的雨可能已经停了。官员打开一扇门,房间里灯火通明。她看到卡洛斯·卡斯蒂略·阿马斯上校坐在写字桌后方。看到她走进屋子,他站起来冲她走过来。卡斯蒂略·阿马斯个子不高,头发很短,有一双又大又尖的耳朵,很瘦,仿佛能看到他面部和胳膊上的骨头。他有一双细小的老鼠眼,留着苍蝇般的小胡子,看上去有些滑稽。他穿着卡其色裤子和无袖衬衫,光胳膊露在外面。玛尔塔感受到了他的目光,觉得他的目光在自己的披风上停留了一阵子。

"你真是阿图罗的女儿、埃弗伦的妻子?"他在离她大约一米远处停下脚步问道。

玛尔蒂塔点了点头,像是在回答一个隐秘的问题。她伸出手,露出了戴在无名指上的戒指。

"我们是五年前结婚的。"

"可以告诉我你为什么会在没有预约的情况下在这个时间出现在这里吗?"

"我不知道还能去哪儿。""危地马拉小姐"坦白道。她感觉自己快哭出来了,但她对自己说:"我是不会哭的。"她不想表现得像个柔弱不堪的女人。她确实没哭。刚开始说话时,她的语气还有些犹豫,后来就越发坚定了,决定把一切都说出来。"我是从埃弗伦家里跑出来的。当初是我父亲强迫我嫁给他,因为我怀了他的孩子。但我再也忍受不了和他一起生活了。我是偷偷跑出来的,先是去了我父亲家,但他不接受我,让人对我说他唯一的女儿已经死了,还说我要是不走,他就会叫人用棍棒把我打走。我不知道还有什么地方可去,突然有了来这儿的念头,想把这些事讲给你听。"

卡斯蒂略·阿马斯上校的小老鼠眼转来转去,盯着她看了好一会儿。他看上去有些心不在焉,也可能是在怀疑自己是不是听错了。最后,他朝她走近一步,把手搭在她的胳膊上。

"请坐吧,你肯定累了,"他更加有礼貌了,心里起了些变化,这是不是意味着他相信了她说的话?"到这边来吧。"

他指了指沙发。玛尔蒂塔一屁股坐了下去,直到那时她才发觉自己已筋疲力尽,如果继续站着肯定会晕过去。与此同时,她冷得发起抖来。卡斯蒂略·阿马斯坐到了她身边。他穿的是便装还是军装?那条有着黑色纽扣的卡其色裤子像是制服,可那件棕色无袖衬衫又不像是那么回事。他那双灰黑色眼睛很不安分,一直在好奇地打量她。

"你还没告诉我为什么要来这儿呢。为什么要来找我?你叫玛尔塔,对吧?"

"我也不知道来这儿干什么,"她说了实话,发现自己有点儿结巴,"我原本以为父亲会原谅我,可是他对我说他的女儿已经死了,我当时感觉天都塌下来了。我不会再回到埃弗伦身边了。我们的婚姻是一个谎言,只是为了掩人耳目,给所有人一个台阶下。可是对我来说,那是一场持续了五年的噩梦。我不知道自己还能去哪儿。我是突然产生来找您的想法的。我经常听人说起您。埃弗伦是您的朋友。"

总统点了点头。

"我们小时候一起踢过足球,"他干巴巴地说道,声音有点儿尖,"我记得那时埃弗伦还不是共产党人,或者说他当时还是个虔诚的教徒,和你父亲一样。把所有的事情都跟我讲一讲,最好从头开始讲。"

玛尔蒂塔照他的吩咐做了,感到冷就抱紧胳膊,但一直在说话,没有中断。她给他讲了那些在周末举办的牌戏聚会,父亲允许她参加,那个严肃医生(也就是埃弗伦·加西亚·阿尔迪莱斯博士)的政治信仰竟然会引发如此巨大的争论和敌意,让她十分惊奇,于是她开始和他交往密切,问他关于政治的问题。她还提到父亲的这位"桀骜不驯的"(这是博雷罗博士的原话)朋友很快就不再把她当作好奇的小姑娘了,而是把她当成了刚进入社交圈的女人,不过他努力掩饰不让牌戏聚会上的其他人看出这一点。她还讲述了自己怀孕的过程。

"玛尔蒂塔,既然你的求知欲这么强,又对政治这么感兴趣,如果你愿意,可以经常来我家,例如放学后。在我家说话比在这里方便,我给你讲所有你想知道的东西。看得出来,你想知道很多。"

"但是我爸爸肯定不允许我到您家里去,博士。"

"何必告诉他?"埃弗伦压低了声音,像说秘密一样说道,还环顾四周,显得有些局促不安,"你放学后来,对阿图罗说你到同学家里学习、做作业去了,类似这样。你觉得怎么样?"

她同意玩这个小游戏,不止因为对政治感到好奇,更因为这样做很刺激,比政治更让她兴奋。尽管她自己可能未曾察觉这将成为她一生的写照:冒险不断。

后来她按照埃弗伦的建议做了。她告诉卡斯蒂略·阿马斯自己对父亲撒了谎,说她要到好朋友多萝苔娅·西富恩特斯家去完成危地马拉贝尔加学校的嬷嬷们留的作业,但实际上她去了埃弗伦·加西亚·阿尔迪莱斯的家。她还讲到埃弗伦把她领进了家中的诊疗室,此时她发现上校的小眼睛里闪烁着某种异样的光,脸上挂着神秘的微笑,好像她讲的往事勾起了他极大的兴趣,很想知道更多,了解所有细节。

"用'你'来称呼我吧,玛尔蒂塔,"埃弗伦在某个下午这样说道,"难道我很显老吗?"

他们身处埃弗伦的书房,里面全是医学相关的书籍和杂志。他们刚刚一起用了下午茶,喝了几杯热巧克力,还吃了点儿小饼干。地毯上散落着几块带图案的小石头。加西亚·阿尔迪莱斯对她说那些都是几年前他在佩滕省丛林的考古遗址中亲手挖出来的。他保留那些石头不是因为它们历史悠久，而是因为它们很美。

"不，博士，和那个无关。我只是不好意思。我觉得咱们还没有熟悉到我可以用'你'来称呼您。"

"你太诚实了，危地马拉小姐，"埃弗伦博士回答道，摸了摸她的脸，眼神中透出一丝不安，"你知道我最喜欢你什么吗？我最喜欢你坚毅、深邃的眼神，好像能看透别人的内心，挖掘出他们的秘密。"

在漫长的讲述过程中，有时，玛尔蒂塔发现卡斯蒂略·阿马斯和善地甚至亲近地对她微笑；有时，如果他对她讲的事情有些反感，他就会把手放在膝盖上慢慢地摩挲。于是玛尔蒂塔确信自己来到总统官邸大胆请求卫兵放她进来和总统交谈的想法奏效了。她赌对了。

12

突然，从那条走廊的阴影处传来一阵声响：有人从楼梯上走下来，是个年轻的士兵，手里握着枪。

恩里克迎上去。士兵一看到他军服上的上校军衔，立刻立正敬礼，显得非常惊讶。

"你是谁？"恩里克声音洪亮，打断了他。

"士兵罗梅罗·巴斯克斯·桑切斯，长官。"那个小伙子抬脚让鞋后跟碰了一下，又行了礼。他表情坚毅，目视前方。

多米尼加人躲在阴影里，发现那个小伙子非常年轻，很可能是刚刚入伍的年纪。

"我在上面的平台上值夜，上校。"他谨慎地说道，此时已经平静了不少。他认出了对方的身份，进一步解释道："我下来看看其他士兵到了没有。他们都还没来，这很奇怪，长官，按惯例七点钟就该换班了，但是他们到现在也没来。只有我，现在总统官邸内只有我一个人——我是指除了厨师和用人以外。好像连临街的警戒点也没人把守。"

"对，这很奇怪，我会立刻调查清楚，"恩里克表示认同，"总统的住处可不能放松警戒，连一分钟都不行。"

"以前从没发生过类似的事，长官，"年轻的士兵补充道，他依旧保持立正姿势，"所以我才下来看看。"

"这事由我负责，"恩里克说道，"你还是回到岗位上去，别离开那里。你说你是在上面的平台上值夜的，对吧？"

"是的,长官,"士兵有点儿走神,回答道,"这种事情前所未见,上校。"

他又行了礼,转过身去,开始走上楼梯,恩里克跟在他身后。多米尼加人依旧藏在走廊上的阴影中。他专注地聆听着上方传来的声响,但什么也没听到。过了一会儿,他才听到了些动静,好像是有人倒地的声音。他继续保持沉默,又过了很久,他甚至觉得能听到自己的心跳声。最后他终于看到恩里克从楼梯上走下来,手里拿着原本属于那个士兵的步枪。

"解决了,"恩里克边说边把武器向他递来,"他都没来得及做出反应。"

"我没听到枪响。"多米尼加人低声说道。

"我在手枪上装了消音器。"恩里克解释道。

他点燃打火机,看了看手表:"好像没耽搁太久。"

多米尼加人看着他镇定地点了支烟,吐出烟圈,似乎非常平静。

13

"丧心病狂的不止危地马拉,"埃弗伦·加西亚·阿尔迪莱斯博士想道,"不止我和我所有的同胞疯了,整个世界都发狂了,尤其是美国。"他关掉了广播。游行刚刚结束,播音员说成千上万的美国人夹道欢迎卡洛斯·卡斯蒂略·阿马斯上校,纽约到处都是欢迎他的彩旗和鲜花,令他十分激动。他站在车上向人们致意,他的太太,优雅的奥蒂莉亚·巴洛莫·德·卡斯蒂略·阿马斯陪在他身边……

那是一九五五年十一月初,夜晚十分凉爽;白天,有时下午会突然刮起大风,把落在古老的危地马拉城中小河和水塘边饮水的鸟儿都吓走了。但是令加西亚·阿尔迪莱斯博士心情沮丧的不是恶劣的天气,也不是家庭问题(他的妻子八个月前离开了他,此时已经摇身一变,成了卡斯蒂略·阿马斯总统的情人),更不是隔壁房间传来的那个随他姓氏的孩子的哭声(从种种迹象来看,那个男孩应该是他的亲骨肉),也不是因为他的图书室被新的宗教裁判所官员审查(曾经来过三个警察、两个卫兵和一个穿制服的人检查他的藏书,对他说他的名字出现在了一份黑名单上,因此他们得到命令,要来搜查他的住处。他们带走的图书五花八门,这恰好证明了那些可怜人的无知及其长官的愚蠢)。真正使他感到挫败的是卡斯蒂略·阿马斯总统在美国的访问竟然大受欢迎,至少他刚才在收音机里听到的情况是这样的。

一九五四年底的解放革命胜利后,加西亚·阿尔迪莱斯博士在一所兵营里被关押了半个月。在那之前,他在拘留所被关了两天。可能是由于出现了奇迹(也可能是卡斯蒂略·阿马斯本人下了命令),他既没有被殴打也没遭受电刑。自由军喜欢用酷刑折磨工会领袖和不识字的农民,后者甚至不明白自己到底遭遇了什么。在圣何塞·德·布埃纳·维斯塔军营,犯人们不会被用刑,而是会被直接枪毙。在那里度过的两周里,埃弗伦至少看到六个人被枪决。难道那些只是演戏,是吓唬政治犯?被释放后,他的妻子玛尔塔几乎从未正眼瞧过他,难道那时她已经在计划几个月后离家出走了?

短短两周内,危地马拉就换了一层皮。哈科沃·阿本斯的执政痕迹完全消失了,取而代之的是一个癫狂的国家,人们最着魔的事情是抓捕那些真的或被诬陷的共产党人。多少人跑去拉美各国的大使馆里避难?得有几百人,甚至数千人。在将近三个月的时间里,据说是在美国中情局的要求下,政府拒绝让那些避难者离境,因为他们是"杀人犯和共产党特工,可能随身携带能证明苏联企图把危地马拉变成卫星国的重要证据"。日复一日,周复一周,由曾经的阿本斯主义者、如今成了卡斯蒂略·阿马斯狂热拥趸的孔查·埃斯特维斯带头,一大群女商贩聚集在墨西哥、智利和巴西大使馆门前,要求他们把成百上千的避难者交给危地马拉警方,以审判其犯下的罪行。教皇使节官邸表示愿意把逃到此处的避难者交出来,可是后来在墨西哥、巴西、智利和乌拉圭大使的抗议下收回了这一决定。还有传言说数百或数千人逃去了乡下或躲到了朋友家或深山里,他们希望能等到这种集体癔病逐渐退去。《中美洲日报》六月二十四日报道称,在奇基穆拉、萨卡帕和伊萨巴尔,有些农业委员会成员被杀害。反共国防委员会于一九五四年底发布了一份七万两千人名单,坚称这些人是为苏联效命的。他们宣称名单甚至可以扩充到二十万人。墨西哥大使普里莫·比利亚·米歇尔提出抗议,因为当他为一些避难者申诉时,卡斯蒂略·阿马斯政府的新任教育部长豪尔赫·德尔巴列·马特乌粗野地对他说:"我们是独裁政府。我们想做什么就做什么。"

未经证实的流言满天飞,例如政府给农场主分发了冲锋枪,如果有农民曾经在土地改革中"侵占"过他们的土地,他们可以亲手报仇,尽管彼时土地改革的一切措施都已被废除。短短几周之前,成千上万的危地马拉人聚集在中央公园,为哈科沃·阿本斯和"十月革命"喝彩。那些人现在去哪儿了?整个民族的情绪怎么可能一下子就变了?加西亚·阿尔迪莱斯怎么也想不明白。

登上总统宝座不久,卡斯蒂略·阿马斯上校就设立了反共国防委员会,还任命何塞·贝尔纳贝·利纳雷斯为负责人,此君曾在豪尔赫·乌维科·卡斯塔涅长达十三年的独裁统治期间掌管秘密警察队伍,专门施酷刑、搞暗杀。对于上了年纪的危地马拉人而言,只要听到这人的名字就会冷汗直冒。那个委员会先是在街头焚烧书籍,这种行为就像瘟病一样在全国蔓延开来。危地马拉似乎回到了殖民时代,那时的宗教裁判所就是用鲜血和烈火来清洗异教徒的。所有的公立图书馆和私人图书室,例如加西亚·阿尔迪莱斯的这间,都遭受了审查,所有马克思主义书籍、反天主教图书和色情图书(为防有漏网之鱼,他们没收了加西亚·阿尔迪莱斯所有的法语小说)都被查抄了,连鲁文·达里奥的诗歌、米格尔·安赫尔·阿斯图里亚斯和巴尔加斯·维拉的小说都未能幸免于难。在圣何塞·德·布埃纳·维斯塔军营,一些年轻官员没日没夜地审讯加西亚·阿尔迪莱斯,他们想知道他是怎么和苏联人及共产主义无神论者保持联系的。"我这辈子连一个共产党人都不认识,"那两周里,他把这些话重复了几十遍,"至少在我记得的人里,一个苏联人都没有。"他们最后相信了他;也许他们并不相信,但还是把他放了,可能是接到了上面的命令。难道是他以前的足球队队友卡斯蒂略·阿马斯亲自下了命令?反共情绪迅速席卷了整个国家,像极了中世纪席卷整个欧洲的黑死病。埃弗伦从监狱里出来的时候，这种情绪更加亢奋了。

新政府把阿本斯政府依照土地改革法从联合果品公司手中收归国有的闲置土地尽数归还，还免去了大庄园主的赋税，无论他们是本国人还是外国人。警方和军方负责收回已经分发给五十万名农民的土地，为此不惜动用武力。此外，农业合作社和农业同盟也都被取缔了，更荒唐的是，十年来成立的负责村镇宗教联络的教友会也在取缔之列。不过他们给马里亚诺·罗塞尔·伊阿雷亚诺主教授了勋，因为他支持自由军革命。当局还宣布埃斯基普拉斯黑基督为"国家解放军将军"，甚至给雕像披上了绶带。危地马拉开起了历史的倒车，向着原始和荒诞挺进。"奴隶制是不是很快要重现了？"埃弗伦·加西亚·阿尔迪莱斯博士想道，但是他压根没被这种想法逗乐。曾经和胡安·何塞·阿雷瓦洛及哈科沃·阿本斯政府有过联系的人士依然被清算着，尽管在接下来的几个月里，后者遭的罪将逐渐远超前者。在美国的指示下，从前总统哈科沃·阿本斯开始，对流亡海外的危地马拉人的追捕工作逐渐展开。许多国家禁止为危地马拉流亡者提供工作，与此同时，卡斯蒂略·阿马斯政府公布的流亡者名单越来越长——现政府指责这些人犯有抢劫等罪行。

加西亚·阿尔迪莱斯博士丢掉了他在圣胡安·德·迪奥斯将军医院的工作，也没人再到他的私人诊所看病了。他的名声彻底臭了，先是由于他的政治观点，后来则是因为他曾被捕入狱。他再也不会接到来自危地马拉上层家庭的做客邀请了。难道是他和博雷罗·拉玛斯博士的女儿玛尔塔秘密结婚这件事让他遭受非议的？毫无疑问，所有的一切都是造成这种局面的原因。他本想在新成立的罗斯福医院找份工作，但最终无果。他只能靠积蓄过活，还卖掉了家里剩下的一点儿值钱的东西。幸运的是，他母亲的脑袋已经不灵光了，注意不到身边发生的这些变化。

埃弗伦年轻时曾是虔诚的天主教徒，还曾在玛利亚教友派成员举办的神学班做过几次静修。但一年零几个月前，他就不再做祷告，也不去领圣餐了——具体是在一九五四年六月十八日，那一天，由卡斯蒂略·阿马斯领导的自由军武装力量穿过危地马拉和洪都拉斯的国境线，袭击东部小型驻军。同时，"杀虫剂"，也就是从尼加拉瓜起飞的自由军战斗机，飞来轰炸危地马拉城及驻扎其中的政府军。妻子离他而去更使他放弃了信仰上帝。天主教会咄咄逼人的姿态令他反感，尤其是罗塞尔·伊阿雷亚诺主教，此君在各个教区讲经乃至在写文章时公然将那场叛乱称为"圣战"。主教利用埃斯基普拉斯黑基督做的那些事更让他震惊。当然，还得算上卡斯蒂略·阿马斯政府动用军事力量查封危地马拉共济会后天主教会的强烈反应。现在，埃弗伦压根搞不清楚自己是否还信仰什么。闲暇时间，他不再像以前那样阅读圣奥古斯丁和托马斯·阿奎那的著作，转而专注地阅读起尼采——他和其他几个人的作品奇迹般地逃过了被焚毁的命运。"我们所有人都是疯子。"他时不时重复这句话。胡安·何塞·阿雷瓦洛和哈科沃·阿本斯·古斯曼的政府都致力于在危地马拉消灭封建主义，把这个国家变成自由、民主的资本主义国家，这种行为为何会激起联合果品公司和美国政府如此疯狂的反应？他可以理解危地马拉本国的庄园主为何怒火中烧，因为他们是属于过去那个时代的。当然了，他也能明白联合果品公司的怒气从何而来，毕竟它在这个国家从不缴税，但是华盛顿的反应又该如何解释？那种民主不正是美国希望拉丁美洲拥有的吗？罗斯福在演讲中声称要当拉丁美洲的"好邻居"，还希望拉丁美洲各国发展成为民主国家，难道这里之前进行的改革不符合他的期望？美国人大力扶植一个服务于信奉种族主义的贪婪大庄园主的军事独裁政权，这究竟是为什么？他们派"杀虫剂"轰炸危地马拉城，杀伤无数无辜者,难道就是为了建立那样一个独裁政权?

所有这些事导致他的生活支离破碎,梦想和信仰也破灭了。难道说这种困境早就有了苗头,自从他和老同学兼密友的女儿那段不幸的冒险发生时就开始了?没错,那就是末日之源。责任在他还是说他也只不过是被那个女人引出心底淫欲的受害者?"危地马拉小姐"到底是个天真的姑娘还是魔鬼般的狠角色?有时他很替自己害臊,因为他竟然为那种"好色男人诱惑小女孩"的行为寻找诸多借口。随后他就会陷入深深的自责。自从在奇奇卡斯特南戈农场举办过那场荒唐的婚礼,他就再也没见过阿图罗·博雷罗·拉玛斯博士。但是他知道,从那以后,他的这位曾经的朋友就与世隔绝了,经常举办的聚餐活动都停了,只不过仍在圣卡洛斯大学教法律。几乎没人再看见他参加社交活动,当然了,那些每周六下午朋友们到他家去玩的牌戏聚会也停了。玛尔塔离家出走、抛弃他和孩子之前,埃弗伦和妻子一直都分房睡,自从乌约亚神父主持的那场婚礼举办以来,他们俩连一次性行为都没有。所谓婚姻就是这样?

他本来就情绪低落,伤心抑郁,加上看到共和国总统卡洛斯·卡斯蒂略·阿马斯上校这几日在美国的官方访问行程,就更火上浇油了。当地的媒体和电台全天候地报道那次出访,好像那是国际社会的一件大事。让他陷入绝望的就是这些事吗?为什么?这些事触动了他的哪根神经?这个世界上难道没有发生其他成千上万件比这更糟糕的事吗?他从电台和报纸上了解到危地马拉新总统在美国受到了高规格接待。疯的不止危地马拉,连美国也疯了;又或者他才是唯一失去理智的人,是他看不懂正在发生的事,就像那些从阿本斯手里获得土地、此时又被政府持枪威胁着抢走土地的印第安人?由于艾森豪威尔总统突发心肌梗塞入院治疗,是副总统理查德·尼克松在华盛顿机场迎接卡斯蒂略·阿马斯及其夫人的,随行的还有众多美国政府要员。

二十一响礼炮和仪仗兵方队迎接了危地马拉总统。无论是在官方讲话还是媒体报道里——包括《纽约时报》！——卡斯蒂略·阿马斯都被描述成了英雄人物，是为中美洲带来自由的救世主，是全世界学习的典范。在那个伟大的北方国家，无数人致辞欢迎他。在街上，人们为卡斯蒂略·阿马斯鼓掌，向他索要签名，还给他拍照。普通民众纷纷向他致谢，说他拯救了祖国。什么祖国？谁的祖国？那个不起眼的矮个子男人领导的自由军革命怎么会在美国引发如此巨大的反响？这些反应不仅来自美国政府，在阿马斯进行官方出访的这几周里，福特汉姆大学、哥伦比亚大学等知名学府都授予他"荣誉博士"称号。他还受邀去了科罗拉多的菲茨西蒙斯陆军医院，艾森豪威尔总统在那里拥抱了他，祝贺他把危地马拉从苏联人的熊爪中挽救了回来。除了在国会拥有六十个席位的危地马拉劳动党中尚有极少数共产党人，危地马拉还有多少共产主义者？毕竟政变结束后连国会也被迫关掉了。很少。他不知道具体的人数，但肯定少得微不足道。加西亚·阿尔迪莱斯博士的脑海中还回荡着理查德·尼克松在官方晚宴上的发言，美国总统称赞卡斯蒂略·阿马斯是"伟大的斗士"，领导危地马拉人民起义成功，推翻了"虚伪、腐败的共产主义独裁政权"。什么起义？谁起义了？卡斯蒂略·阿马斯还出现在华盛顿的国会，议员们和与会的各界代表为他献上了雷鸣般的掌声。

所谓历史就是现实被幻想扭曲后的样子吗？把具体而真实的事件扭曲为神话和虚构，就成了历史，是这样吗？我们崇拜的那些英雄人物又成了什么？"斧子脸"之流要尽阴谋诡计去暗算那些可怜的"魔鬼"，然后谎言就成了真实？人们尊崇的英雄就是这样被炮制出来的吗？他感到一阵晕眩，好像脑袋快炸了。"也许这样想对卡斯蒂略·阿马斯太不公平了，"他恢复了意识，但仍感觉有些迷茫，"如果真的是他救了你的性命，把你从监狱里捞出来，你这样想就太不懂得感恩了。你本来有可能在那里被挫骨扬灰啊。你把家庭和事业上的挫败归罪到以前每周六都和你一起踢足球的队友身上是不是因为妒忌？"不，不是妒忌。虽然自己有许多缺点，却从来不会因为别人的成功而心生艳羡。

埃弗伦·加西亚·阿尔迪莱斯博士又听到那个随自己姓的男孩从隔壁房间发出的哭声了。那是他的孩子吗？从官方记录来看，是的。孩子的姓氏和他一样，母亲是玛尔蒂塔·博雷罗·帕拉，也就是现在的玛尔塔·德·加西亚·阿尔迪莱斯。尽管万分不应该，可他确实曾和那个小姑娘发生过性关系。他确信自己将会用余生来承担那桩兽行带来的后果。可是有过错的真的是他？把自己的过错推到那个可怜的小姑娘身上的想法再次涌上心头。他愿意承认孩子是他的，因为他是个正派人，尽管让一个十五岁小姑娘怀孕这件事使得外人把他看作好色、邪恶之徒，甚至有人指责他有恋童癖。他的人生和卡斯蒂略·阿马斯的人生一样虚假吗？他很想像此时隔壁房间里正被女仆哄着的那个男孩一样大哭一场。那男孩很普通，很快就要满六岁了。他在学前班的成绩很好，很喜欢自己一个人玩，尤其喜欢摆弄小木棍或转陀螺。他甚至还没受洗。他们给他登记的名字也叫埃弗伦，但时常来看望他的西姆拉则喜欢称他特伦西托。

尽管遭受过自由军的洗劫，他一天里花大部分时间待着的书房里依然满是书。那些书不止关于医学，还有哲学书。他从上学时起就同时对这两门学科产生了同样的兴趣。如今他不怎么读书了。他曾经试着去读，但既集中不了注意力也没有了以前那种想象力——以前他认为阅读好书不仅可以带来喜悦、增长知识、培养情操，还可以把他塑造成一个更完整的人。卡斯蒂略·阿马斯的美国之行使他失去了生活的激情，原本他是靠着这股激情才在每个周末去他的前好友阿图罗家的牌戏聚会上回答美丽的"危地马拉小姐"提出的一个又一个关于政治的问题的。那实际上是一种不幸。她抛弃了他,没什么。他从没爱过她。"她也不爱我",他想道。但是不管错在不在他,那些事情都是他人生坍塌的开端。他确信自己堕入了深渊,永远爬不出来了。

他和卡斯蒂略·阿马斯也许同龄,或至少属于同一代人。埃弗伦上中学时就认识他了,尽管后者和他不在同一所学校上学。他和阿图罗上的是教会学校圣何塞·德·洛斯·因凡特斯中学,这所学校和其他所有危地马拉正派家庭子女就读的教会学校一样,都不接受非婚生子或者说私生子入学,于是卡斯蒂略·阿马斯这个瘦弱、阴郁的小男孩只得在每周六和周日徘徊在这些教会学校的足球场外。卡洛斯本人曾讲述过这段经历,他说自己的父亲和母亲没有结婚;父亲另有一个真正的家庭,他和母亲只不过"受到父亲的庇护"。父亲也想给他在教会学校注册,但这些学校都拒绝了,说他是身负罪孽的孩子。因此他最后只能到普通学校上学。他讲述这一切时语气很平静,情绪不复杂,也看不出恨意。埃弗伦当时很同情他,说服同伴们同意让他在周末加入进来一起踢足球。"也许正是因为那一次友好的举动,我现在才活了下来,"他想道,"所以说,你并不像其他人尤其是阿图罗认为的那样是个恶棍,这件事就是很好的证据。"

在埃弗伦的回忆中,那时的卡洛斯看上去是个好人。很遗憾,他因社会不公而遭歧视,因父母的罪孽("瞧瞧说这话的是谁啊,埃弗伦")而自出生起就成了二等公民,是社会边缘人士,没有权利继承家里的土地,那些财产都被他那些在合法婚姻中出生的兄弟姐妹瓜分了。而且他体形瘦削,没什么运动天赋,似乎当兵的路也是走不通的。埃弗伦和朋友们经常到卢克斯电影院、卡比托尔电影院或巴利尔达德电影院去看墨西哥电影或玛利亚·菲尼克斯、艾尔萨·阿吉雷、丽贝塔·拉马克拍的电影,有时还会去看国内的足球联赛。他经常在半路上看到卡洛斯孤身一人在街头游荡。当卡洛斯对他说要去军校学习时,他大吃一惊。去当士官生?他行吗?可能他是为了生存才下此决心的。在危地马拉虚伪、不公的社会里,被所有上层家庭歧视的非婚生子想要改变命运几乎是不可能的。这个国家会把这些人的上升道路全部封死。他在军校里和哈科沃·阿本斯是同学,后者当了总统,又被他赶下台,在墨西哥大使馆躲了三个月。哈科沃·阿本斯准备离境避难时,在机场被扒光衣服拍了照,饱受屈辱,理由是"为了防止他携带贵重物品离境"。这是亲卡斯蒂略·阿马斯的媒体曝光的说法,当然现在全国的媒体都倒向他了。政府随即没收了阿本斯的全部财产,包括卡洪庄园甚至是他私人储蓄账户里的钱。

当了士官生之后,卡洛斯和他见面的机会就很少了。有时在军校允许外出期间,卡洛斯会联系当时忙于医学院学业的埃弗伦。如果他们有钱,还会一起到格拉纳达酒吧去喝上一杯啤酒,然后聊一聊;要是没钱,他们就到中央市场附近随便找个小酒馆。他们的友谊并不牢固,联络也不多。埃弗伦知道卡洛斯在军校里的表现只算得上平淡无奇。他曾邀请埃弗伦参加他的毕业典礼,埃弗伦正是在那天认识卡洛斯的母亲何塞菲娜·卡斯蒂略的,她是一位卑微的妇女,穿着原住民女人常穿的无袖衫,上面绣着凤尾绿咬鹃,长长的裙子用农妇惯用的带子束着。当校方给她的儿子颁发少尉佩剑时,她激动得哭了。当然了,他的父亲并没有出席典礼。

后来他们就没再见面了,许久之后埃弗伦才得知,一九四四年以危地马拉有史以来第一次自由选举(使得胡安·何塞·阿雷瓦洛登上了总统宝座)收场的"十月革命"期间,卡洛斯在美国待了八个月,在位于堪萨斯州利文沃斯堡的美国陆军及总参谋部学院学习平叛技巧。他是在卡洛斯回到危地马拉之后很久才又见到他的,当时卡洛斯已经在军校里干出了点儿名堂。自那以后，他们只在社交活动上见过几次，互相问候，短暂交流彼此的生活经历，开开玩笑，约定以后常联系，但其实他们都没有按照约定去做。卡洛斯和奥蒂莉亚结婚时，埃弗伦收到了邀请函，给这对新人送了一份精致的礼物。卡洛斯在军队里发展得如何？并不太好，他走遍了全国，在各个军营间调来调去，没什么突出表现，只是靠着服役年限慢慢得到晋升。这和他那些军校同学的情况大不一样，哈科沃·阿本斯或弗朗西斯科·哈维尔·阿拉纳等人当时已经成了军队里的领军人物，大家都说他们以后肯定能当总统。

埃弗伦再次听到关于卡洛斯的消息是在阿本斯和阿拉纳争斗期间。卡洛斯公开支持后者，因为阿拉纳在军队里对他照顾有加。弗朗西斯科·哈维尔·阿拉纳上校于一九四九年七月十八日在光荣之桥上爆发的那场诡异冲突中丧命后，在他手下任职、领导马萨特南戈驻军的卡洛斯指控政府尤其是哈科沃·阿本斯策划了那起暗杀事件。又过了些日子，一九五〇年十一月五日，他带兵袭击奥罗拉军营，但是行动失败了，死了不少人，连他本人也受了伤。他就要被当作尸体活埋了，却奇迹般地幸存下来。当时人们都以为他死了，准备把他扔进早已挖好、已满是尸体的大土坑里，就在那时，卡斯蒂略·阿马斯呻吟了一声，这才让在场的士兵发觉他还活着（"要是当时他们把他埋了就好了。"加西亚·阿尔迪莱斯博士这样想道。不过他很快就改变了想法："可是那样一来，你此时就是个死人了，又或者继续被关押，一直关到天晓得什么时候。"）。卡洛斯获救了，但胡安·何塞·阿雷瓦洛把他逐出了军队，法官判处他死刑，但后来多次缓期执行。一九五一年六月十一日，他成功越狱，这使得他在全国成了风云人物。关于那次越狱，有两个版本。他的支持者宣称他和同伴的经历堪比基督山伯爵——他们挖了一条极长的秘密通道，最终获得了自由。他的政敌则坚持认为他买通了监狱看守，毫无风险地从监狱正门走了出去。他先是逃到了哥伦比亚，后来去了洪都拉斯，在那里全身心地投入到策划颠覆哈科沃·阿本斯政府的行动。他在那里建立了所谓的国家解放运动组织，与伊迪戈拉斯·富恩特斯将军及诡计多端的科尔多瓦·塞尔纳博士组成了三人同盟，最后这位盟友曾担任联合果品公司的律师，还曾在阿雷瓦洛政府中出任部长级要职，据说由于他的爱子在一次政治示威游行中不幸身亡，他的思想发生了彻底的转变。看上去，美国，或者说具体是艾森豪威尔政府的国务卿约翰·福斯特·杜勒斯及其弟弟——美国中央情报局局长艾伦·杜勒斯——共同选中了卡斯蒂略·阿马斯作为颠覆危地马拉政府的武装力量的领袖。他们没有选择伊迪戈拉斯·富恩特斯，因为他官僚气很重，还因为他有头脑、有想法、有实力。至于科尔多瓦·塞尔纳，当时刚被查出患了喉癌。不过他们作出这一选择还有一个原因，那就是卡斯蒂略·阿马斯是那三个人里最温顺、最容易被控制的。再加上从肤色和长相来看，比起有拉丁血统的其他人，他更像是印第安人。这就是他们挑选危地马拉共和国总统和自由世界英雄的标准？这个被选中的人此时去了美国，接受着掌声和纷至沓来的荣誉，成了众多世界知名媒体瞩目的焦点，被捧为值得拉丁美洲其他国家效仿的榜样。

孩子终于不哭了，这栋位于圣弗朗西斯科区的落寞房子陷入死寂，而埃弗伦·加西亚·阿尔迪莱斯博士的内心依然悲伤、迷乱、癫狂。他抓起大衣和雨伞出了门，想去市中心走走。回来时，他可能会被淋透，可能会很疲惫，也可能会稍微平静一些。

14

走廊上依然昏暗无声,只在尽头处才透出丝丝光亮。恩里克曾告诉多米尼加人那里是厨房和餐厅。

"耽搁了一会儿。"恩里克再次点燃打火机看了看手表。

多米尼加人没有回话。他正在出汗,尽管天气并不十分炎热。自从墨西哥岁月结束,他就再也没体验过这种不安、兴奋又极度紧张的心情。在墨西哥,他有时不得不亲自执行在元首特鲁希略的指示下被伪装成意外事故的暗杀行动。不过他绝对相信自己此时的任务远比之前那些为了取悦元首而干过的所有事都重要得多。还好有恩里克协助,这起到了决定性作用。事情会像他预想的那样进行吗?那家伙很有野心,自认为在此后出现的空白期一定能实现个人野心,能成为这个国家的总统,但多米尼加人对此是存疑的,迈克·拉波尔塔也一样。但不管怎么说,在这个世界上没有什么事情是不可能的。卡斯蒂略·阿马斯总统真的给那家伙起了个可怕的绰号"巨汉"吗?

"那边有人。"他听到恩里克低声说道。

的确如此,他们的右手边刚刚有一扇门打开了,一束光照亮了仅种了一株金合欢的小花园,从门里走出来一男一女。他们走得很慢,正朝两人所在的位置走来。如果他们要去餐厅,肯定得从这两人眼前经过,甚至会迎面碰上。

"把步枪给我。"他听到恩里克说。

"我来解决。"多米尼加人立刻拒绝,他认为元首的命令必须由自己来执行。他又重复了一遍,像是在给自己打气:"我来。"

那两人此时正穿过小花园,多米尼加人听到了女人的说话声,她的语气夹杂着惊讶和愤怒:
"为什么不点灯?用人们都去哪儿了?"
"警卫呢?"男人说道。
他们停下了脚步,环视周围。男人转过身,像是决定要跑回他刚刚走出的那间屋子。多米尼加人在黑暗中瞄准,射击。枪声很响,回荡在狭小的空间中。他又射了第二枪,与此同时,女人发出了歇斯底里的哭喊声,旋即倒在地上,倒在了男人身边。
"走,走,快走。"恩里克抓住同伴的胳膊,拖着他往外走。多米尼加人把步枪扔在地上,任由恩里克拖着。他们走得很快,几乎要跑起来了。他们走的还是进入总统官邸时的路线。恩里克一打开隐蔽在第六大道拐角处的小门就看到古巴人里卡多·波纳切阿·莱昂驾驶的那辆黑色轿车停在门口。
"你的车来了,"恩里克说道,"我给你一个小时去把夫人捎上。多一分钟也没有。时间一过,我就会下达抓捕令。"

15

新任驻危地马拉的多米尼加武官、体形瘦削的乔尼·阿贝斯·加西亚上校几乎是秘密抵达这个国家的。他并没有预先告知使馆自己的行程。他在奥罗拉机场搭乘出租车,告诉司机把他带去第六大道的圣弗朗西斯科酒店,这家设施不算优越的酒店很快成了他策划行动的总指挥部。他询问酒店前台这座城市里是否有红玫瑰十字会教堂,那人心不在焉地看了看他,没听懂他的问题,只对他说道:"您别担心,忘掉这事儿吧。"

他从行李箱中取出仅带的几件衣服,把它们挂在了房间中的旧衣柜里。他给卡洛斯·加塞尔·卡斯特罗打去电话时很担心自己在这个国家唯一认识的人已经离开了。但是他运气不错,卡洛斯本人接了电话,很惊讶于阿贝斯·加西亚竟然来到了危地马拉,继而爽快地接受了共进晚餐的邀请。晚上八点,他来圣弗朗西斯科酒店接阿贝斯。

卡洛斯·加塞尔·卡斯特罗不是危地马拉人,而是古巴人。阿贝斯·加西亚是在墨西哥结识他的,当时在特鲁希略的资助下,阿贝斯·加西亚赴墨西哥学习刑侦课程,同时为元首刺探那些从多米尼加流亡到阿兹特克之国的家伙。加塞尔·卡斯特罗也是流亡者,他认识其他那些流亡者,和他们交往甚密。

卡洛斯常常自嘲自己是这个世界上最丑的人。阿贝斯·加西亚从认识他的第一天起就和他相处融洽:和这个丑汉一比,包括阿贝斯·加西亚在内的所有人都显得更体面了。加塞尔个子很高,体形魁梧，肤色惨白，脸盘大而不对称，还布满痘印；耳朵、鼻子和嘴巴都大得惊人，手脚则像是猩猩的爪子；再加上他那一身晃眼的热带风情服饰，使他成了个惹眼又惹人生厌的家伙。最糟糕的还得属他那双冷酷、泛黄的眼睛，好像时刻在窥探别人，特别是他看女人的眼神极具侵略性，十分无礼。他走起路来大摇大摆，像是在炫耀自己的体魄。他还喜欢穿紧身裤，突出健美的臀部。他在哈瓦那是个流氓，因为犯了命案才从他的祖国跑了出来。他之前曾经蹲过几个月监牢，不想再次入狱。但是阿贝斯·加西亚在墨西哥刚认识他时并没有探究他的过去就开始利用他了。他总是缺钱，阿贝斯·加西亚就成功说服特鲁希略每个月给他发点儿钱，这算是对他的一点儿奖励，因为他不仅提供流亡者的线索，还会参与那些暴力行动，而且做得不留痕迹。后来他不得不从墨西哥逃走，因为墨西哥政府准备把他引渡回古巴，这也是古巴政府的要求。乔尼·阿贝斯因而有了他的电话。加塞尔在恩里克·特里尼达·奥利瓦上校领导的国家安全部门找了份差事，既当密探，又当打手。

加塞尔八点整准时接到了他，他们一起到小餐馆吃晚饭。玉米饼和辣椒烤鸡上桌之前，他们先喝了几瓶啤酒。古巴人得知他的朋友此时已贵为上校，而且即将成为代表国家驻危地马拉的陆军武官时，眼睛开始放光了。他以拥抱祝贺了阿贝斯·加西亚。

"要是我能帮你做什么，你随便吩咐，伙计。"他说道。

"你当然能帮上忙，"乔尼·阿贝斯答道，"我每个月给你两百美元。要是你完成了某些特殊任务，我会给你更多报酬。现在咱们该去一下最适合给一个国家把脉的地方了。"

"你还是老样子啊，伙计，"加塞尔笑道，"但是你别抱太大希望，这里的妓院就像灵堂。"

逛妓院是这位前赛马报道记者的最大癖好。他经常去妓院，也在那里搜集到了许多情报，进而了解城市里发生的事情。在那些充斥着烟味、酒味和汗臭味的地方，和暴躁的半醉男人混在一起让他觉得十分舒适惬意，而且对那里的女人也不必惺惺作态，可以直接对她们下命令："张开腿，让我享受享受，婊子。"让妓女们给他做口活并非易事，每次都得讨价还价一番，很多时候她们并不愿意那么做。反过来，没有任何妓女会拒绝让他为自己那么做——这也是他的癖好之一。当然了，这是个危险的癖好，朋友们已经无数次警告过他："她们可能会把梅毒或其他脏病传染给你。几乎所有的妓女都浑身是病。"但是他不在乎。他喜欢冒险，所有种类的冒险，尤其是这种。每次做这种事，他都非常享受。

加塞尔很了解危地马拉城各家妓院的情况，它们大多开在混乱的赫罗纳区。这里的妓院不像墨西哥的妓院那样热闹，也没那么暴力，和特鲁希略城的妓院比更是天差地别——那里的妓院里，大家都在跳欢快的梅伦盖舞，音乐声震天响，各国口音的人都有；多米尼加的妓女也总是热情奔放、笑脸迎人。这里的妓女则更加阴郁、冷漠，其中还混杂着印第安姑娘，她们只会说土语，几乎不会讲西班牙语。加塞尔把阿贝斯带到了位于赫罗纳区一条小巷中的一家酒吧兼妓院，那里的老板是个叫米莉亚姆的女人，头发很长，有时染成红色，有时又染成金色，这都不一定。他和一个从伯利兹来的黑人妓女上了床，她讲的西班牙语夹杂着含糊不清的英语。她很高兴地张开腿，允许他完成癖好。

清晨时分，当加塞尔把他送回圣弗朗西斯科酒店的时候，阿贝斯·加西亚已经了解到关于危地马拉的两件事：所有人都在讲卡斯蒂略·阿马斯总统的坏话，相关的政治传言有很多，但可以确信的是没人愿意真正为他卖命。另一件事是，尽管危地马拉的妓女让他有些失望，但是这里的萨卡帕朗姆酒的质量和多米尼加的一样好。

又过了两天，他才在大使馆现身，但他也没浪费之前那四十八小时。他一直在工作，在摸这座陌生城市和生活在这里的人的底。他仔仔细细地阅读了所有的报纸，从《公正报》到《中美洲时报》，从《自由媒体报》到《时刻报》，他还收听了国家电台、TGW电台和摩斯电台的新闻报道，一刻不停地穿梭于街道、广场和公园，还时不时钻进路上遇见的咖啡馆或酒馆。他加入别人的谈话，尽管这并不容易——很多人一听到他的外国口音就会投来不信任的目光——他还是获得了一些信息。入夜后，他才疲惫不堪地回到酒店，却更证实了他在第一个晚上与卡洛斯·加塞尔·卡斯特罗聊天时得出的结论：没有人喜爱卡斯蒂略·阿马斯，很多人认为他性格不好，缺乏领袖气质，是平庸之辈，只有一小撮投机分子和马屁精尊重他。他的反共信念也不是那么坚定，因为据说他现在甚至想把部分收回的土地再分给印第安人——他还没付诸实施，但类似的传言已甚嚣尘上。毫无疑问，这都是政敌们大力宣传的功劳。所有人都说他被女人耍得团团转，真正作决策的是他的情人玛尔塔。他和元首特鲁希略的差别太大了！在多米尼加共和国，哪会有人像这里的人批评卡斯蒂略·阿马斯那样说元首的坏话呢！还是在酒馆里说！也导致危地马拉城里这么混乱，有如此之多的不确定性，没人认为现状会长久持续。

第三天，他终于来到了大使馆。他的出现震惊了所有人，首先是大使吉尔伯托·莫里略·索托，他是多米尼加共和国赫赫有名的精神病学专家，此前已得知对阿贝斯·加西亚的任命。他们一直在等他的消息，准备一旦得知他到达的时间就派人到机场去接他。

"别担心，大使，"阿贝斯·加西亚回答道，"我只是想在着手工作前先看看这座城市，和人们交流一下。"

莫里略·索托带他看了在大使馆里给他准备的办公室。他感谢了大使，同时提醒他，自己并不会经常到大使馆来，因为他负责的任务要求他必须经常上街,甚至到这个国家的腹地去。阿贝斯·加西亚还立刻要求使馆帮他安排与危地马拉政府的两位高官进行会面,他想亲自问候那两位:一位是危地马拉城警备部长卡洛斯·莱姆斯;另一位则是国家安全部门负责人,肩负维持公共秩序重任的恩里克·特里尼达·奥利瓦上校。

两位几乎都是立刻和他约定了见面时间。和卡洛斯·莱姆斯的会面让他有些失望,他认为此君只是个无法进行自主思考的官僚,由于过于谨慎,那人在任何问题上都没有表露自己的看法,只是用一些空洞乏味的话来应付他提出的问题。不过阿贝斯·加西亚和恩里克·特里尼达·奥利瓦上校相谈甚欢。上校体形瘦高,肤色黝黑,嘴巴大得像鳄鱼。言谈之间,他可以感受到上校是野心勃勃的行动派,能清楚地回答每个问题,发表自己的看法。这一点和阿贝斯·加西亚很像——敢于毫无顾忌地谈论任何话题。

他给上校带去了一瓶多米尼加朗姆酒——"好让您瞧瞧这酒和最好的萨卡帕朗姆酒相比毫不逊色,上校。"——上校立刻打开了。当时还没到中午,两人就开始边聊边喝了,每人都喝了两三杯。后来特里尼达·奥利瓦邀请他到拉加尔餐厅吃饭,那家餐厅的危地马拉菜特别地道。

特里尼达·奥利瓦非常崇拜元首特鲁希略,他曾经去过多米尼加共和国,认为正是有了元首,那个国家才成了繁荣的现代化国家,而且那里的军队也是整个加勒比海地区最棒的。"因为您的领袖是有个性的人,"他说道,"一个伟大的爱国者,而且极有胆识。"他停顿了一下,压低声音说道:"这里就缺这样一号人物。"阿贝斯·加西亚笑了,特里尼达·奥利瓦也笑了,他很清楚,从这一刻起他俩算是交上了朋友,甚至成了同谋。

在接下来的一周,他们又见了面。再下一周,还见了面。很快,他们除了一起吃饭喝酒，还一起去嫖妓，去的妓院当然比和卡洛斯·加塞尔·卡斯特罗一起去的更上档次。通过一起玩乐，阿贝斯·加西亚得出了一些结论，详细地写入呈交给元首的报告：特里尼达·奥利瓦上校是个野心勃勃的人，他认为自己没有受到政府的重用。在哈科沃·阿本斯执政时期，他曾因密谋颠覆政府而被捕入狱。如今他对卡斯蒂略·阿马斯也全无好感，因此很可能会成为实施计划的关键人物。另外，他在军队里的晋升前景很不明朗，因为这里的军队内部斗争激烈，不同派别的团体都在暗中较劲。这使得卡斯蒂略·阿马斯的政权很不稳固，甚至可以说是摇摇欲坠，任何国外或国内爆发的活动都可能将他的政权瓦解。还有一条重要信息：能对卡斯蒂略·阿马斯造成巨大影响的是他的情人，绰号"危地马拉小姐"的玛尔塔·博雷罗·帕拉，这个女人年轻漂亮，看上去已经迷住了总统。总统专门给她安排了一幢别墅居住。据说总统在任何事情上都要听她的意见，甚至连政府事务也不例外。因此阿贝斯·加西亚希望能尽快认识这个女人，和她建立起某种合作关系，以便在危地马拉开展外交活动。此外，这也意味着危地马拉政府内部最大的撕裂——多么不可思议啊！一伙人支持总统的元配夫人奥蒂莉亚·巴洛莫，另一伙人则支持总统的这位情人。也许这种撕裂状态对此次计划的实施有所帮助。乔尼·阿贝斯把包含所有上述信息的报告呈交给了元首。

穿梭于危地马拉城的大街小巷搜集情报时，阿贝斯·加西亚上校发现此刻人们讨论热烈的一个话题是开放赌场。政府曾表态支持，目的是推动旅游业发展，而对此持反对意见的主要是天主教会。马里亚诺·罗塞尔·伊阿雷亚诺主教曾公开表示反对政府的这项决议，认为开放赌场会给危地马拉带来严重的腐败问题，还会滋生罪恶，造成枪支泛滥、黑帮横行。哈瓦那就是现成的例子，兄弟国家古巴自从开放赌场，整个国家就成了大妓院，美国的罪犯都跑到那里去了。

阿贝斯·加西亚正忙于这些事情时,加塞尔·卡斯特罗告诉他,古巴人里卡多·波纳切阿·莱昂也来到了危地马拉,他是从墨西哥逃来的,需要阿贝斯·加西亚给他提供些帮助,因为他是偷渡到这个国家来的。波纳切阿·莱昂是流亡墨西哥的枪手,曾在那里和阿贝斯·加西亚及加塞尔·卡斯特罗合作监视过多米尼加流亡者。特鲁希略当时命令他除掉其中一位流亡者丹克雷多·马丁内斯,此人是多米尼加共和国驻迈阿密前领事,后逃亡墨西哥,向该国寻求了政治庇护。可是波纳切阿·莱昂把事情搞得一团糟,他在友人的帮助下跑到丹克雷多工作的地方冲他的面部开了一枪,虽然打伤了他,却没能杀死他。于是莱昂逃到了危地马拉,此时乞求阿贝斯·加西亚能帮他一把。阿贝斯·加西亚和特里尼达·奥利瓦聊了聊,后者不仅帮忙给古巴人伪造了证件,还表示能给他找点儿小活儿,以维持生计,像卡洛斯·加塞尔·卡斯特罗那样。

阿贝斯·加西亚和特里尼达·奥利瓦每周都有几天共进午餐,在其中一次午餐期间,多米尼加人给危地马拉人提了个大胆的建议:两人合开一家赌场。瘦削的上校迷茫地盯着他。

"你我合伙,"阿贝斯·加西亚解释道,"我确信这是一笔好生意,咱们肯定能赚不少钱。"

"你没看到赌场话题在危地马拉引发了多么大的争议?"特里尼达·奥利瓦回应道,"卡斯蒂略·阿马斯下令查封了海滩网球俱乐部,还把那家俱乐部的两个老板都驱逐出境,他们可都是美国人。主教也坚决反对保留其他赌场。"

"就是那条消息给了我灵感,"阿贝斯·加西亚说道,"咱们的赌场只对外国人开放,这样也许就能堵住主教的嘴。让游客们下地狱,危地马拉人上天堂好了。这样那些宗教人士就不会有意见了。开赌场需要获得谁的许可?是你,对吗?"

"没这么简单,"特里尼达·奥利瓦变得严肃起来,"这事儿得向总统报告。"

"那就向他报告,没问题。此外,虽然你我是老板,但咱们俩不必大张旗鼓,你认不认识什么人可以挂名?"

上校想了一会儿。

"有个完美的人选,"特里尼达·奥利瓦说道,"'突厥'阿赫迈德·库洛尼。他是做珠宝生意的,也有些灰色收入。据说他还是个走私贩,甚至算得上是半个土匪。"

"就是他了,我看他就是咱们要找的人。"

然而这笔生意压根没能进行,或者说这个建议起到的更大作用在于加剧卡斯蒂略·阿马斯和恩里克·特里尼达·奥利瓦之间的敌意。当"巨汉"向总统报告说希望后者授权商人"突厥"阿赫迈德·库洛尼开设一家赌场时,总统严词拒绝了,理由是自己和天主教会的矛盾已经够严重了,因为赌场,也因为别的一些事情——受主教的教唆,众多神父公然在宣教时表示"有的人自称教徒,却拥有姘妇"——而且他刚刚得知教会很快就要在大教堂举办为期一周的祈祷活动,目的是抵抗魔鬼借助赌场来占领这座城市,所以他绝不能同意开设新的赌场,更别说申请人是"突厥"这个众所周知的强盗。阿赫迈德·库洛尼的名声还不够坏吗?于是特里尼达·奥利瓦上校对阿贝斯·加西亚说道:

"让我们暂时忘掉这事吧,以后再看看能做些什么。"

对多米尼加人而言,要见到"危地马拉小姐"并非易事。玛尔塔十分有名,她几乎不上街,也不参加社交聚会或鸡尾酒会。她只和几个闺蜜见面,参加的那些聚会都是阿贝斯·加西亚从来没机会受邀出席的。终于有一天,在哥伦比亚大使馆举行的一场酒会上,他很幸运地见到了她。第一眼看到她,他就确认元首特鲁希略的预测是准确的：这个女人是他此行来危地马拉执行任务的成败关键。

另一方面，一看到她，上校感觉她就是那个自己想与之共度一生的女人。她太美了，比街头巷尾的传言中对总统情妇的描述更美。而且她很年轻，外表似乎刚刚成年。她的个子不是很高，但是比例极其匀称，穿衣打扮更是风情万种——裙摆下露出修长的双腿，脚蹬凉鞋，紧身上衣凸显圆润、紧实的胸部。她走路时散发着知性美，同时臀部和胸部微微颤动。但是她最吸引人的还得属那道平静又独特的眼神，任何一个与她对话的人都难以保持和她对视，好像那双灰绿色眸子流露着某种温柔又粗野的气息，与她对视的人会失去力量，被她打败。阿贝斯·加西亚完成了不可能的任务，博得了她的好感，和她建立起友谊。他祝贺她、赞美她，询问她自己是否可以前去拜访她。她回答说可以，甚至连日子都定好了：下周四下午五点钟，也就是下午茶时间。当天晚上，在妓院里，和一个普通妓女做爱达到高潮时，阿贝斯·加西亚紧闭双眼，幻想着和自己交合的是"危地马拉小姐"。

卡斯蒂略·阿马斯送给情人的住所离总统官邸不远，乔尼·阿贝斯·加西亚去那里的第一次拜访巩固了他和"危地马拉小姐"的友谊。玛尔塔和多米尼加人之间产生了某种奇怪的友善感。他给她带去了礼物，还送了花，不断感谢她同意接受他的拜访。他对她说，从他到达危地马拉的第一天起，就不断听人谈起她对总统先生的巨大影响力，人们都说卡斯蒂略·阿马斯上校为这个国家所做的最好事情都源自她的建议。一起喝茶时，他向她描述了特鲁希略给多米尼加共和国带来的美妙变革，还邀请她去那里实地看一看，只要她愿意，随时都可以：元首永远欢迎她。她肯定会喜欢那里的海滩、音乐和宁静氛围，等她学会跳梅伦盖舞，会发现那是世界上最能给人带来喜悦的舞蹈。

拜访结束后，他给元首写了封关于他和"危地马拉小姐"关系进展的详细报告，其中包括对她的外貌充满激情的细致描绘。他还对元首说："不过吸引人的不止她的外表。她虽然年轻，却很有头脑，对政治既敏感又敏锐。"在回信中，元首特鲁希略说这份友谊来得很及时，必须好好维持。不过现在更迫切的是阿贝斯·加西亚要和美国中情局驻危地马拉的工作人员取得联系，那个美国人自称迈克，在美国大使馆任职。元首告诉他可以在那里找到那人，或是以别的方式把自己的名字和住址传递到那人手上。

阿贝斯·加西亚仍住在圣弗朗西斯科酒店，也就是他刚到危地马拉那天入住的小酒店。他在街边的饭店吃饭，晚上如果没有其他安排，就和加塞尔或波纳切阿·莱昂一起逛妓院。表面看来，他的生活单调、乏味，可实际上他把全副心思都花在了完成特鲁希略交办的任务上。

正当阿贝斯·加西亚思考着自己要怎么和那个真名很可能不叫迈克的美国人取得联系时，他收到了请他在两天后到泛美酒店共进午餐的邀请（不是通过多米尼加共和国使馆发来的，而是通过他入住的酒店转给他的，可是他的住处只有加塞尔知悉）。发出邀请的人留下的名片上写着"迈克·拉波尔塔，气候、生物地理及环境学专家。美国大使馆，危地马拉"。这家伙是怎么搞到自己的住址的？毫无疑问，这足以证明美国中情局确实如传说中那般神通广大。

迈克·拉波尔塔一看就是个地道的美国人，尽管他的西班牙语说得非常流利，还带着点儿墨西哥口音。他的年纪大概在四十到四十五岁之间，一头金发，略为秃顶，魁梧壮实，胳膊上和胸口处有红毛。他戴眼镜，眼神飘忽。举止倒很正常，为人也随和，看上去对危地马拉甚至整个中美洲的一切都了如指掌。但是他并没有吹嘘这些，反倒表现得谨慎有礼。阿贝斯·加西亚问他来危地马拉多久了,他只是挥了挥胳膊说道:"有些年头了。"

他们边吃午餐边喝冰啤酒。吃过饭后甜点,喝完咖啡,又喝了杯陈年朗姆酒。

迈克证实了阿贝斯·加西亚之前的很多猜测,也给他提供了不少新的细节,例如危地马拉的军方分裂成了多个阵营,而且实际上有好几个阴谋正在酝酿。不过最令他惊讶的是听到迈克预测卡斯蒂略·阿马斯可能的继任者中最有希望上位的是米格尔·伊迪戈拉斯·富恩特斯,此人现居海外,据说卡斯蒂略·阿马斯因惧怕而特别下令禁止他回国。尽管赋闲在野,可是他在政府和军队里都有很多支持者,危地马拉人民也因为他的勇猛、精力充沛和性格坚毅而对他记忆犹新,因此卡斯蒂略·阿马斯是不会允许他回国的。

"也就是说现任总统没有的优点他都有,"迈克总结道,"我想元首特鲁希略肯定会高兴听到这个。"

"事实上,他确实对伊迪戈拉斯·富恩特斯将军印象很好,他们是朋友,"阿贝斯·加西亚表示认同,"但不管怎么说,只要是危地马拉人希望的,就是特鲁希略希望的。"

"当然,"迈克露出了好似嘲讽的微笑,"我相信伊迪戈拉斯将军仍对特鲁希略十分尊崇,始终把元首视为典范。"

他们聊了好几件事。多米尼加人向美国人承认,尽管他来到危地马拉好几个月了,却没机会和卡斯蒂略·阿马斯总统单独见面。此时迈克好像突然想起了什么,说他想请多米尼加人帮个忙。什么忙?把我引见给玛尔蒂塔,也就是总统的情人"危地马拉小姐"。

"当然,我很愿意帮这个忙,"多米尼加人说道,"您至今还没结识她,这可真奇怪。"

"这并非易事,"迈克解释道,"总统是个醋坛子,从不允许她单独外出。她总是和他待在一起。接待访客、参加宴会……这些事情她很少做。要想等到这些机会啊,用这边的俗话来说:得等到主教归天。"

"也可能真正得势的人是她,"阿贝斯说道,"而不是奥蒂莉亚·巴洛莫夫人。"

"当然,"迈克表示同意,然后立刻补充了一句,"至少大家都这么说。"

"我很愿意把您介绍给她,"阿贝斯说道,"咱们可以挑一个下午一起去拜访她。她很漂亮,你肯定也会这么觉得。"

"但愿她愿意见咱们,"迈克嘟囔道,"到现在为止,我的所有尝试都以失败告终。"

她在家中接待了他们,还请他们喝茶,品尝由圣方济会的修女们亲手做的甜品。玛尔蒂塔看到迈克的名片时显得有点儿吃惊,迈克给她解释了自己的专业和在美国使馆中的职责:国家气象中心顾问,帮助该中心开展气候方面的研究,也致力于帮城市做规划,以减小地震造成的损失,尤其是在这片多火山地区,地震发生得相当频繁。

道别时,迈克问"危地马拉小姐"自己是否可以再来拜访。

"偶尔的话,还行,"她直率地回答道,"卡洛斯很爱吃醋,思想很保守。他不喜欢我趁他不在的时候和男人见面,即使那些人是由妻子陪同而来的也不行。"

他们笑了。她带着调皮的笑容补充道:

"所以,要是你俩一起来,会好一些。"

他们按她的要求做了。每隔两周或三周,乔尼·阿贝斯·加西亚就会和这个既不叫迈克也不是所谓气候学专家的男人一起带着鲜花和巧克力来到总统情人的住处,在那里和"危地马拉小姐"一起喝茶、吃甜品。他们最开始聊的都是些无关紧要的事,后来慢慢地,越来越多地聊到了政治。

阿贝斯·加西亚认为，尽管不愿让人发觉，可迈克确实会在每次拜访时采用灵活的方式从这个美丽的女人那里套取情报。她注意到这一点了吗？肯定注意到了。阿贝斯·加西亚是在某天下午发现这一点的，当时迈克去了洗手间，把他俩单独留下。玛尔塔指着正在走远的迈克，压低声音说道：

"这个美国人是美国中情局的间谍，对吗？"

"我没问过他，"阿贝斯说道，"无论如何，即使他是，他也永远不会承认。"

"他想从我这里套取情报，当我是个傻子，发现不了他的诡计。"玛尔塔说道。

从"危地马拉小姐"家出来，阿贝斯·加西亚想提醒一下迈克，于是对他转述了玛尔塔的话。美国人点了点头。

"她当然察觉到了我是为谁工作的，"他笑了笑说道，"她还为提供给我的情报向我索要报酬呢。她和我达成了协议，但可能咱们暂时最好不谈论这些细节。"

"明白。"阿贝斯·加西亚说道，用手在嘴边画了个十字。

他们一起去巴利尔达德电影院看了一部西部牛仔电影，迈克很喜欢那部电影，是艾娃·加德纳主演的，节奏缓慢，枪战场面多。看完电影，他们又一起去了一家小小的意大利餐厅吃晚饭。他们喝了杯朗姆酒，这时，阿贝斯·加西亚不合时宜地提议迈克和他一起找家妓院过夜。

迈克立刻变了脸色，严肃地看着阿贝斯。

"我永远不会去那种地方，抱歉，"他面露不悦，"我忠于妻子，也忠于宗教信仰。"

16

"我得打个电话,"多米尼加人说道,"咱们先去泛美酒店。"

酒店不远,里卡多·波纳切阿·莱昂在市中心的几条小道转了个小圈,然后把车停在危地马拉城最大酒店的酒吧门前。街上一片宁静,多米尼加人想象着消息放出来之后的震撼场面:人们会互致电话,议论纷纷;军人走上街头巡逻,四处抓人。恩里克位于总统府的办公室将成为指挥中心。也许事情会朝着恩里克所希望的方向发展,他会感觉自己真正被危地马拉人民看重了——尽管内心有个声音在告诉阿贝斯:恩里克很难当上总统。

酒吧里几乎是空的,只有两张桌子旁有人,还有个男人坐在吧台前边吸烟边喝酒。广播里播放着非洲鼓曲。多米尼加人示意服务生给他一张电话卡,再给他上一杯朗姆酒。他把自己关在电话间打了电话。占线。挂断,等待,再次拨号。依然占线。他又打了两次,始终占线。此时,他不仅手上全是汗,额头和脖子上也一样。他能感觉到衬衫已被汗水浸透,贴在后背。他第五次打去电话,心里想着"我只是漏算了有可能打不通电话"。不过这次电话铃响过第二声,他听到了迈克的声音。

"成功了,"他对他说道,尽量使自己显得平静,却没成功,"我求你尽快给玛尔塔打电话。她必须立刻上车。加塞尔此刻肯定已经守在她家门口了。"

长久的沉默。

"一切顺利?"迈克终于开了口。

"对，很顺利。你赶紧打电话。"

"你确定卫兵都撤走了？"

"我确定，"多米尼加人有些不耐烦了，"四十五分钟后，恩里克就会下令逮捕她。如果她不想进牢房，就必须立刻离开。你就这样对她说。"

"我今天下午已经和她通过电话，让她作好准备了，"迈克说道，"别担心。祝你们好运。"

多米尼加人走出电话间，站在吧台前又喝了口朗姆酒。服务生看着他，似乎在犹豫着要不要告诉他些什么。最后，服务生鼓足勇气开了口："抱歉，先生，"他说道，然后压低声音指着阿贝斯的裤子说道，"您的裤子湿了。"

"啊，对，我知道，"他盯着那片尿渍，心不在焉地嘟囔道，"谢谢。"

他付了钱，走上街。

"都搞定了，里卡蒂托①，"他钻进那辆停在泛美酒店酒吧门前等着他的车子里说道，"现在你要做的是开足马力，一刻不停地把车开到圣萨尔瓦多。"

---

① 里卡蒂托是里卡多的昵称。

"危地马拉小姐"躺在大床上,在丝被里慢慢翻了个身,透过白色蚊帐看了一眼床头柜上的钟表:早晨七点整。她一般六点醒,但是昨晚卡洛斯很晚才回来。虽然工作日程排得很满,但卡洛斯一回家就把她叫醒了,他异常兴奋,想跟她做爱。他们调情了好一阵子,互相抚摸,同时,她听着他的抱怨和谩骂("你瞧瞧,真是些狗娘养的东西。"),因为他认为自己挫败了数起阴谋,密谋者都是他曾经视为密友和坚定支持者的人。此时,他又对恩里克·特里尼达·奥利瓦上校起了疑心,此人负责安保工作。

玛尔蒂塔又翻了个身,困意慢慢袭来。她没再把睡衣穿上,此时赤裸着身子。肌肤和丝被摩擦,时常产生静电,却更突显身躯的新鲜质感。这样柔软的身子要怎么和那个多米尼加武官的肿胀躯体交合?她从没见过像乔尼·阿贝斯·加西亚这样不修边幅的人,可尽管如此,又或许恰恰如此,她才对这人产生了好奇。自从两人相识,她时常想起他。为什么?这个多米尼加人身上有什么能吸引她的地方?是那丑陋的外表吗?"你真的堕落了?"她问自己,"那人名声不好,这些你都听说了呀。"她同意他来拜访的那天,卡洛斯对她说:"他正和特里尼达·奥利瓦搞些见不得人的事。'巨汉'求我允许开设一家赌场,美其名曰发展旅游业。我拒绝了。实际上想开赌场的是他本人,还和那个多米尼加武官合伙,被他们拉来当挡箭牌的那人名声很差,叫阿赫迈德·库洛尼,是个绰号叫'突厥'的强盗。都是些混蛋。他们别想得逞,我把话撂这儿了。"

肮脏的赌场生意？卡洛斯的安保负责人特里尼达·奥利瓦的合伙人？所有这些意味着什么？阿贝斯·加西亚是个神秘人，肯定在密谋策划着什么，某件丑陋之事在指引着他的行动、思想和步伐——至少对这一点，玛尔蒂塔是十分确定的。但到底是怎样的阴谋？那些暗中进行的小动作想达到什么目的？政治上的还是经济上的？他也和迈克一样，在为美国中情局效命？他接近她、和她交朋友，只是为了借她之力约总统见面？如果是这样，今天早上他就完成这个目标了。不，不可能只是为了这件事。他在这几周里不断来访，送来各种礼物——鲜花、香水、特产——也可能只是因为喜欢她，想和她做爱。她身边不是有很多这样的人吗？卡洛斯的醋意阻挡不住这些人！"危地马拉小姐"把手伸到两腿之间，那里已经湿了。是因为想起了那个可怕的男人才兴奋起来的？她偷偷笑了一会儿，是笑自己。她还有时间。阿贝斯·加西亚早上九点半才会来，他和总统的见面约定在十点钟。她会亲自带他去卡洛斯的办公室。从卡斯蒂略·阿马斯送给她的这套房子步行到总统府只需十分钟左右。那个雨夜，陷入深深绝望的她跑去求见总统，请他救救自己。她从那时起就住在这里了，也是从那时起成了总统的情人。

　　事实上，总统待她很好，玛尔塔没什么可抱怨的。她很快就和丈夫离了婚。她再也没见到过埃弗伦·加西亚·阿尔迪莱斯，只知道他现在日子过得很拮据，而且不敢抛头露面。他被妻子抛弃，母亲也去世了，还丢了工作，整个人要垮了。他不能行医了，还必须谨小慎微地过日子，以免再被抓进监狱。西姆拉对她说，埃弗伦如今在一所中学教书，还说他对他们的儿子特伦西托很好。玛尔蒂塔不愿回想起那个被自己抛弃的孩子，她一点儿一点儿地把他从自己的脑海中剔除；即使有时那个孩子的模样再次浮现在她眼前，她也不觉得那是她的孩子，只是她前夫的孩子。她又笑了，因为回想起司法部长接到总统命令时的惊讶表情:"不必双方出席,立刻给这位女士办理离婚手续。"他就这样把她从她父亲强加的婚姻中解救了出来。她的父亲,高傲的阿图罗·博雷罗·拉玛斯也萎靡不振了,完全从社交场合消失了。她动都没动一下,部长就给她办好了手续。法官、公证员、律师,她一个都没见。不到一周,手续就全部办妥了,她又是单身了。就是这样迅速。卡洛斯下达那项命令是想和她结婚?玛尔蒂塔确定是这样的,一俟和原配离婚,他就会和自己在一起。不过那并不容易。奥蒂莉亚·巴洛莫·德·卡斯蒂略·阿马斯是虔诚的天主教徒,背后有主教和神父的支持,而他们此时掌控着一切。那个奥蒂莉亚是一头母兽,她肯定会用尖牙利爪来捍卫自己的权益。玛尔蒂塔头贴在羽毛枕头上,笑了。这已经演变成了一场危地马拉内战,一派人支持总统的原配奥蒂莉亚·巴洛莫夫人,另一派人则支持总统的情人玛尔蒂塔·博雷罗。谁会获胜?此时"危地马拉小姐"严肃起来:胜者当然是她。她看了看自己的指甲。她想把它们插进敌人的咽喉。现在她已经毫无睡意了,也到了起床时间。她给西姆拉打电话——她把西姆拉请到家里来干活了,她父亲并没为此设置障碍——告知她准备早餐,并在浴室里准备好洗澡水。

她用餐、沐浴、更衣,这些只用了半小时。此时她已经开始读报了。她一直对政治很感兴趣,这不正是当年还是个小女孩的她接近前夫的动机吗?自从她和卡斯蒂略·阿马斯在一起,这一兴趣有增无减。每份报纸的头版都印着自由军革命的口号:"上帝、祖国与自由。"现在,政治已经成为她生活的核心。她很清楚自己的财富和社会地位都是拜政治所赐,是政治使她拥有了如今手中的权力。她将永远拥有这一切还是说这些很快都会化作海市蜃楼?决定这一点的也将是政治。她现在有了足够大的影响力,可以给部长或上校打电话,她的提议也会被立刻执行,甚至——谄媚越多,流言就越多——有人说卡斯蒂略·阿马斯只不过是个被爱情冲昏头的家伙,真正的权力掌握在他的这位情人手中。说这话的不仅是共产党人和自由军人士。他们说她晚上在床上用狐媚之术迷住了上校,所有重大的决定都是由"危地马拉小姐"作出的。她控制了他,靠骚劲和巫术。尽管那些声称她邪恶透顶之类的话并不是真的,她却打心眼里喜欢那些流言。

万一她真的对卡洛斯有巨大的影响力呢?如果没有,多米尼加共和国的那位武官阿贝斯·加西亚也许就不会找她来向总统请求见面的机会了。他本可以去找"巨汉",也就是安保负责人恩里克·特里尼达·奥利瓦上校,他俩不是朋友吗?卡洛斯说他俩是一伙的,还说他俩合伙开的赌场能赚很多钱。可要说和总统见面,这些都不顶用。能起到作用的是她。如果说她真的有这样大的权力,她就得好好利用它来保障自己的未来。这个话题总是会让她焦虑,尽管她对自己的手段很有自信。她的未来还很模糊,是金钱让她有了安全感。可那些财富都是卡洛斯给她的,因为卡洛斯很慷慨,而且愿意让她生活得好一些。如果她和卡斯蒂略·阿马斯的关系破裂,就只能靠自己在银行的可怜存款来过日子了。迈克给她的那点儿微薄报酬无法让她彻底摆脱贫困的阴影。

到了约定的时间九点半,西姆拉过来对她说,多米尼加共和国使馆的一位武官到门口了。她示意让他进来。

"真准时啊。"她向他打着招呼,按习惯把手伸了过去。

阿贝斯·加西亚脱下军帽,低下抹得发亮的头亲吻了她的手。这让她有些惊讶,因为在危地马拉几乎没人会亲吻女人的手。

"绝不能让女士等待,"上校冲她笑了笑,"更不能让共和国总统等待。玛尔塔夫人,您不知道我多感激您帮我安排这场见面。"

"我还年轻,叫我夫人不太合适,"她也冲他笑了,还眨了眨眼,"叫我玛尔塔好了,我已经和你说过了。"

尽管路程不远,上校还是租了辆豪华轿车送他们去总统府,连司机都穿一身制服。玛尔塔让自己的两名保镖到总统府门前等她。他们到达时,玛尔塔发现那里的标语牌已经换掉了,换上一个更大的牌子,上面写的也是"上帝、祖国与自由"。自由军革命胜利的象征性口号如今遍布整座城市。上校记起卡斯蒂略·阿马斯的自由军宣传攻势在多米尼加共和国也出现过,当时在胡安·巴勃罗·杜阿尔特的带领下,多米尼加人民曾奋力和海地占领者战斗。

认出她之后,守卫立刻放他们通过了,连常规登记都没做。进入后,一个年轻的军官碰了下鞋后跟,把手高举到军帽边行了军礼,把他们领到了总统办公室门前。军官替他们敲了敲门。

卡斯蒂略·阿马斯一看到他们走进办公室就从书桌后方的椅子上站起来。

"好了,"玛尔塔说道,"我走了,你们好好聊吧。"

"不,你别走,就待在这儿,"总统拦下了"危地马拉小姐","你和我之间没有秘密,不是吗?"

他又转身向阿贝斯·加西亚伸出手:

"很高兴见到您,上校。咱们以前还没见过面呢。您肯定能想象我手头总是有忙不完的事情。"

"我向您转达元首特鲁希略陛下的诚挚问候。"阿贝斯·加西亚用多肉、柔软的手握住了危地马拉总统的手。

总统引着两位访客坐到位于办公室一角的红色天鹅绒座椅上。一个穿白色制服的小伙子走进来,卡斯蒂略·阿马斯让他拿来点儿咖啡、饮料和冰水。

"元首陛下最近好吗?"卡斯蒂略·阿马斯问道,"我很尊敬他，这您是知道的。特鲁希略是我们所有拉丁美洲国家的导师和楷模，不仅因为他成功挫败了共产党人的数起阴谋，更因为他给多米尼加共和国带去了令人艳羡的秩序，使它不断发展。"

"钦慕是相互的，总统先生，"阿贝斯·加西亚充满敬意地说道，"元首也很欣赏您对自由军的领导。是您拯救了危地马拉，使它躲过了成为苏联殖民地的命运。"

两人互相吹捧，这让玛尔蒂塔觉得无聊。"他们怎么好像日本人似的。"她想道。阿贝斯·加西亚坚持请她安排这么一场会面就是为了说这个？为了和卡洛斯互致敬意？

像是猜到了她的想法，多米尼加上校严肃起来，冲着总统倾了倾身子，低声说道：

"我知道您很忙，总统先生，所以我不想耽搁您太长时间。我请求和您见面是要向您转达元首特鲁希略的一条口信。此事关系重大，他要求我必须当面亲口告诉您。"

一直在观察湖畔玛雅金字塔画作的玛尔塔收回心神，聚精会神地等待着多米尼加人接下来的话。卡斯蒂略·阿马斯也严肃了，冲着来访者侧了下身子。

"好，好，请放心讲吧。不必担心玛尔塔，她和我不分彼此。在需要的情况下，她绝对会守口如瓶。"

阿贝斯·加西亚点了点头。再次开口说话时，他把声音压得像蚊子叫。他的目光中闪现出一丝焦虑，眉头紧皱，似乎把额头劈成了两半："元首的情报部门得到消息，有人要密谋杀害您，总统先生。事情已经策划很久了，资金和指示都来自莫斯科。"

玛尔蒂塔注意到卡斯蒂略·阿马斯气定神闲，脸色未变。

"又一场暗杀？"他笑着嘀咕道，"'巨汉'，我是指国家安全部门负责人特里尼达·奥利瓦上校，每天都会挫败数场类似的阴谋。他是您的朋友，对吧？"

"这次是一场国际阴谋，"阿贝斯·加西亚继续说道，仿佛没有听到总统的问题，"可以想象，领导这次行动的是前总统阿雷瓦洛和阿本斯，不过策划者和执行者很可能是苏联人挑选的。据说他们还得到了国际共产主义势力的支持。当然，资金都来自莫斯科。"

卡斯蒂略·阿马斯在阿贝斯·加西亚说话的间隙慢慢喝水。

"有证据吗？"他问道。

"当然，总统先生。特鲁希略是绝不会把未经证实的消息告诉您的。当然了，我们的情报部门正夜以继日地跟踪那起阴谋。"

"我很清楚，他们想杀了我。我从很久以前就知道了，"卡斯蒂略·阿马斯耸了耸肩，"我夺走了他们手中的权力，那些共产主义分子绝不会善罢甘休。只不过鹿死谁手尚未可知……"

"正是如此，"阿贝斯·加西亚抬手打断他，"元首还让我告诉您一些别的事情。他有办法立刻挫败那起阴谋。"

"我能知道他准备怎么做吗？"危地马拉总统有些吃惊地问道。

"从根本上解决问题。"阿贝斯·加西亚说道。他停顿了一下，紧紧地盯着总统，补充道："在阿雷瓦洛和阿本斯对您不利之前，先把他们除掉。"

这下好了，"危地马拉小姐"的心提到了嗓子眼，她甚至感觉自己的心跳停止了。她的手掌开始出汗。不止因为阿贝斯·加西亚上校说的这些话，也因为他说这些话时那副冰冷决绝的语气和坚毅、狠毒的眼神。他就这样死死地盯着危地马拉总统。

"特鲁希略明白，您很难下这样的决心把他们连根拔除，"多米尼加人边说边用右手画起了圈，"在那边，在特鲁希略城，执行这项任务的准备都已就绪。您什么心也不必操，总统先生。咱们也不会再谈论这件事了。您也不会得知计划如何准备以及执行细节。

如果您希望，今天过后我也可以不再和您见面。您只需要同意我们这么做，然后把这件事忘了就好。"

阿贝斯·加西亚说完这些话，办公室里陷入了长时间的沉默。玛尔塔感觉自己的心跳得越来越快了。在卡斯蒂略·阿马斯堆满材料的书桌上放着一张标语图，它被镶在了玻璃框里，上面写着自由军革命的早期口号："上帝、祖国与家庭。"据说是马里亚诺·罗塞尔·伊阿雷亚诺主教本人想出来的，那几个字的颜色与危地马拉国旗的颜色一致。后来有人把"家庭"换成了"自由"。玛尔蒂塔全神贯注，仿佛同时听到了三个人的呼吸声。总统低着头，正在思考。几秒钟像几个世纪那么长。最后，她看到总统在开口前先微笑了一下：

"上校，我十分感激元首的提议，"他的语速很慢，像一个字一个字蹦出来的，"他是个慷慨的人，这一点我再清楚不过了。他的支持对于我领导的自由军获得最终胜利起到了决定性作用。"

"您不必立刻答复我，"阿贝斯·加西亚又前倾了身子，"如果您想再考虑考虑也没有任何问题，总统先生。"

"不，不，我倒是希望现在就答复您，"总统斩钉截铁地说道，"我的回答是不。那两个家伙活着比死了更好。我有我的理由。有机会的话，我会解释给您听。"

他似乎还想再说些什么，但又闭上了已张开的嘴。他没再说一个字，眼神也变得迷离。

"很好，总统先生，"阿贝斯·加西亚说道，"我立刻把您的决定转告元首。除此之外，我还会把关于阿雷瓦洛和阿本斯在莫斯科支持下策划阴谋的全部材料都交给您。"

"非常感谢。请务必向特鲁希略转达我对他这一提议的感激，"卡斯蒂略·阿马斯边说边站了起来，显然意在结束这场会面，"我很清楚他是我可以信赖的朋友。我也祝您在我的国家过得愉快。"

阿贝斯·加西亚和"危地马拉小姐"也站了起来。卡斯蒂略·阿马斯向来访者伸出手。

"祝您在危地马拉过得愉快。"他重复了一遍刚才的话。他转向玛尔塔,此时他的语气不那么官方了:"我看看能不能回家吃午饭。不过你还是别等我了,你知道我对自己的时间做不了主。"

她和上校一起静静地离开了总统府。走到街上,上车前,阿贝斯·加西亚低声对她说道:

"我不知道让您听到这场对话是不是件好事,夫人。但别无他法,这也许是我把元首特鲁希略的口信带给总统的唯一机会。"

"我什么都没听到,什么都不记得了,"她十分严肃地说道,"请别担心。"

车子向"危地马拉小姐"的住处驶去的路上,两人都没有开口说话。上校先下了车,为她开车门。道别时,玛尔蒂塔注意到阿贝斯·加西亚的手又热又湿,他握住她的手,比正常情况下握得更久。他还以一种大胆的方式紧紧地盯着她,眼神里甚至含有某种挑逗的意味。她感觉自己出了一身冷汗。

18

恩里克·特里尼达·奥利瓦上校旋风般冲进办公室，从门口就喊道："总统遇刺！立即进入紧急警戒状态。关闭边境！战斗人员迅速在关键位置布防！军队不得随意行动！没有人例外！"

他看到办公室里的十几个人目瞪口呆，有警卫，有军人，此时只是从各自的办公桌后面呆望着他，不知该做些什么——有的人已经站起来了——他们惊慌，恐惧。过了一会儿，所有人都抓起电话，开始把长官的命令传达至全国各地。

"看上去是值夜卫兵干的，"上校说道，"我得立刻和总统官邸的警卫队长谈谈。"

"是，长官，马上。"他的助手之一，一个戴眼镜、十分年轻、耳朵上架着支铅笔的警卫急匆匆地拨了电话。

"我是国家安全部负责人恩里克·特里尼达·奥利瓦上校，"他一接过电话就高声说道，好让办公室里的所有人都听到他的话，"您是哪位？"

"我是阿达尔贝托·布里托·加西亚少校，"电话那头的人答道，"消息已经得到证实，长官，是值夜的卫兵干的，而且凶手似乎自杀了。法医已经到了一会儿，传过来的消息是总统中了两枪，其中一枪是致命的。"

"有其他嫌疑人被逮捕吗？"上校问道。

"还没有，长官。我们正在搜索总统官邸，挨个儿房间地搜。我已经下令不允许任何人离开，直至收到新的指示。死亡卫兵名叫罗梅奥·巴斯克斯·桑切斯,似乎犯下那桩罪行后立刻自杀了。所有部长都过去了。国会议长埃斯特拉达·德·拉奥兹先生刚才也到了。"

"我先做一些紧急部署,然后过去,"特里尼达·奥利瓦说道,"有新进展立刻向我汇报。啊,等一下,奥蒂莉亚夫人怎么样?"

"医生给她吃了些镇定药。她的衣服上都是血。请放心,我会向您及时汇报新情况。"

恩里克·特里尼达·奥利瓦转向他的副手埃内斯托·埃雷斯布鲁少校,后者看到他冲自己走过来,立刻站起来,面色苍白,说话声音很小:"是共产主义分子刺杀的?我猜肯定是。"

"不是他们还有谁?"他的长官答道,"不管怎么说,得立刻逮捕有嫌疑的人。这件事就交给你了。我这里有一份名单,上面的人一个也别放过。出了岔子由你负责。"

"遵命,请您放心,我立刻下命令。"

特里尼达·奥利瓦上校本打算离开了,却又突然转过身走了回来:"行动的时候,把总统的情人玛尔塔·博雷罗也抓起来。"他命令副手。

埃雷斯布鲁少校望着他,十分惊讶。

19

对玛尔蒂塔来说,一九五七年七月二十六日那一天开始得不能说是糟糕,而是非常糟糕。她睡眠不足,还噩梦连连,清晨睁开眼,第一眼看到的就是窗台上那只正用魔鬼般的绿眼睛盯着她的黑猫。她从头到脚打了个寒战,但立刻恢复过来。她掀开蚊帐,穿好拖鞋,怒气冲冲地把猫赶走了;敲击玻璃声一响,猫就被吓走了。

她怒意未消,身子被噩梦和糟糕的睡眠折磨得疲惫不堪,但她还是撑着床头柜起了床,想到浴室去。她感觉自己的手轻轻碰了下放在床头柜上的小镜子,镜子落到地上,摔得粉碎。这下子她完全清醒了。"黑猫、碎镜。"她冒着冷汗想道。今天不是好日子,最好别出门,因为任何糟糕的事都可能发生:从地震到革命。什么样的灾难都可能出现:恶魔横行,什么都做得出。

她换好晨衣,让西姆拉为她准备早餐和沐浴用温水。她喝果汁和茶,吃玉米饼和一点儿豆子,同时翻看着报纸。此时电话响了,是司法部长的妻子玛格丽塔·莱巴耶,她们是好姐妹。她打来电话是询问玛尔蒂塔是否愿意和她一道出席国防部长胡安·弗朗西斯科·奥利瓦于当晚举行的庆生酒会。

"卡洛斯没跟我说过那个酒会,"玛尔塔回答道,"他永远记不住这些事。还是说受到正式邀请的是奥蒂莉亚?"

"不会的,不会的,"玛格丽塔向她保证,"我刚刚和奥琳达通过电话,你知道她是站在你这边的。她对我说你才是受邀者,那个女人不是。"

"如果是这样,我很乐意去,咱们可以一道去,""危地马拉小姐"说道,"卡洛斯肯定会回来吃午饭。我还不知道我们是从这里出发还是他从总统府走。不管怎样,咱们可以一道去。"

和卡斯蒂略·阿马斯的原配夫人奥蒂莉亚·巴洛莫之间的战争让"危地马拉小姐"不胜其烦。如今连部长夫人们都站队了。司法部长夫人玛格丽塔是她的人,国防部长夫人应该也是她的人(她是叫奥琳达吧?玛尔塔只记得她那不停晃动的大屁股)。尽管这种站队以前满足了她的虚荣心,可如今她开始感到危险了。因为迈克,那个实际上肯定不叫迈克的古怪美国人有一次对她说:"您和奥蒂莉亚·巴洛莫太太之间的那场战争实在不太好看。我觉得没有人会从中受益。您不这么认为吗?"

想起那个美国人,玛尔蒂塔不禁笑了。他叫迈克?"咱们姑且叫他迈克吧。"阿贝斯·加西亚把他介绍给她时也笑了。他未作过多解释,只是补充道:"当然了,这是个假名字。"关于他的一切都笼罩着神秘色彩,但她毫不怀疑他是为美国中情局工作的。他从不问她重大机密(她自然也绝不会把那些事情透露给他),只问些鸡毛蒜皮的蠢事或八卦消息。有一天,她开玩笑说,想让她继续提供消息的话,他就得付费。可是让她无比惊讶的是,下次来的时候,迈克递给她一个小信封,解释说由于浪费了她这么多时间,他理应给予补偿。"我从来不懂得怎么给女人送礼物,"他补充道,"我甚至不会给我的妻子送礼物,所以我想最好还是您自己去买吧。"她犹豫着是应该把他从家里赶走还是接受那份礼物,最后选择了后者。那是一场危险游戏,她对此心知肚明,但她喜欢冒险,而且这样能使她有点儿私房钱。这不是很奇怪吗?确实奇怪,非常奇怪。事实上,她的整个生活最近都变得奇怪起来,这在很大程度上要归咎于那位多米尼加上校和那位实际上不叫迈克的美国人。

中午，卡洛斯来吃饭，但情绪很不好。当她提到玛格丽塔打电话来问今晚能否和她一起参加酒会时，他只说了句"什么酒会"，然后继续说"巨汉"的坏话：他什么也没做，什么都不懂，只是条寄生虫；更糟糕的是，他有事情瞒着他；他必将成为叛徒，和其他人一样。玛尔塔觉得危地马拉总统的身份不但没能让卡洛斯快乐，反而毁了他的人生。他整天不是怒火中烧就是焦虑不安，怀疑身边所有人，认为他们在密谋对他不利。

几分钟后，吃肉糜饭的时候，他突然转向她，怒气冲冲地问道："什么酒会？"

"国防部长在家里举办的，庆祝他生日。玛格丽塔说是上层人的聚会，所有的部长和部长夫人都会参加。"

"除了我。你不觉得这很荒唐吗？"卡斯蒂略·阿马斯耸了耸肩说道，"邀请了所有部长参加的聚会，却没有邀请总统。难道又是一个叛徒？我一直以为胡安·弗朗西斯科·奥利瓦是最忠诚的官员之一，不过当然也许是我错了。此外，他还是特里尼达的兄弟，这样一切就都解释得通了。"

"非常奇怪，你说得没错，"她表示同意，"玛格丽塔对我说你老婆也没被邀请。国防部长夫人奥琳达似乎是站在我这边的。"

不过卡斯蒂略·阿马斯似乎已经不再听她说话，他阴沉着脸在思考着什么。

"每天都有意料之外的事情发生，"她听见他说道，"对，我认为奥利瓦不应该担任现在这样的职务。让'巨汉'这种庸才干这样的活儿实在不合适，而且他可能会当叛徒。"

"你要把国家安全部负责人免职？"

"我不信任他了，"卡洛斯的脸色有些苍白，他没吃东西，只是不停地搅拌着肉糜饭，"不久前，我在他身上发现了些疑点。他有事瞒着我。他嫉妒我,在跟我耍花招。这种人总会成为威胁。"

"能告诉我你为什么不信任他了吗?他不是你的朋友吗?"玛尔塔问道。但是她发现卡斯蒂略·阿马斯又走神了。他没听她说话,也没看她。他被逐渐叠加的忧虑折磨着。他发现什么了?找到什么证据了?突然,她看见他急促地站起来。他习惯在午饭后喝杯咖啡,可是现在咖啡还没送来。

"我得走了。"他说着,机械地弯腰在她额头吻了一下,然后立即拿起放在椅子上的大衣,急匆匆地朝临街那扇门走去。

危地马拉这是见了什么鬼?玛尔塔不懂预测,不过她坚信早晨的那只黑猫和被摔碎的镜子预示着某件可怕的事情就要发生了,而这件事很可能会给她生活带来重大影响。阿贝斯·加西亚突然要离开危地马拉也是因为预感到将有灾祸发生吗?那件将要发生的糟糕祸事究竟是什么?

多米尼加武官两天前未经预约就突然出现在玛尔塔的住处,当时是下午三点,她刚刚从午饭后的例行午休中清醒过来。

"万分抱歉,突然来访,"上校道了歉,在入口处向她伸出手,"我是来道别的。"

他穿着西服,打着领带,手里提着个大箱子。

"政府给我下达了新的任务,"他对她解释道,"我得去墨西哥待几天。"

"公务出行吗?"

"对,"他急忙说道,眼珠转了一圈,舌头舔了舔干涩的嘴唇,"最多两三天就回来。您想让我捎点儿什么吗?"

"你能来和我道别,实在是太有礼了,"玛尔塔眨了眨眼,说道,"祝你旅途愉快,也祝你顺利完成任务。"

阿贝斯·加西亚依旧站着。她示意他坐下,但他说他很着急。

他也很严肃，压低了声音，脸色阴沉地对她说：

"玛尔塔，我对您的钦慕，您是知道的。"

"我也很仰慕你，上校。"她对他微微一笑。

但是阿贝斯·加西亚没笑。他环视四周，好像在确认没人能听到他们的谈话。

"我这么说是因为一旦在我离开期间发生什么事，我想让您知道，我永远是您可以依赖的人。我是您忠实的朋友，愿意为您做任何事。"

"会发生什么事呢，上校？"玛尔蒂塔担忧地问道。

"在咱们这样的国家，总是会发生一些意想不到的事，"阿贝斯·加西亚做作地笑了一下，补充道，"我不想吓到您。我只是想说，在我离开的日子里，如果您需要帮助，可以给迈克或加塞尔打电话。我把他俩的电话写在这张纸上了。您别丢了。无论白天还是黑夜，也不管什么时间，您都可以给他们打电话。回头见，朋友。"

他把小纸条交给玛尔塔，吻了吻她的手，离开了。玛尔塔当时只把那些话当作仰慕者的承诺，没有多想。但此时此刻，在这个充满诡异事件的日子里，多米尼加上校的那次道别似乎凸显出不同寻常的意味。那次突然离开、给我留下电话的行为背后是不是隐藏着什么？她检查了一下床头柜抽屉，发现写有那两个电话号码的纸条还在。西姆拉进来报告说迈克想见她时，她的手里正握着纸条。

迈克的装束和平常一样，牛仔裤，格子衬衫，袖子卷起，露出毛发浓密的胳膊。他的西班牙语说得很流利，堪称完美。阿贝斯·加西亚对她声称他是和美国大使馆有合作的气候学专家，结识她旨在多了解危地马拉的社会政治状况。每次谈话时，迈克总会在单纯的八卦话题中夹杂政治问题，还会气定神闲地交给她装有美钞的小信封，这些仍会让她感到不快。但是每当她想到自己起码可以因此有些积蓄时，也就释怀了。除了卡洛斯给她的用来维持生活的钱，她什么经济来源都没有，而卡洛斯每次都不会多给。但迈克这次不是来打探八卦和政治问题，而是来警告她。他很直截了当，这可不是他的行事风格。

"我是来给您提个醒，玛尔蒂塔，"他清澈的眼神带有警告意味，"您十分清楚，您有很多敌人。这自然跟您的处境，也就是您和总统的关系有关。可能很快您就会陷入异常艰难的境况。"

"你这是什么意思，迈克？"玛尔塔打断了他。她不想表现出害怕，但实际上她确实十分惊恐。

"准备好，把必需品装进行李箱，"迈克依然盯着她压低声音说道，"作好准备，您随时可能需要离开这里。我不能透露更多了。这件事您跟别人一个字都别提，尤其不能告诉卡斯蒂略·阿马斯上校。"

"我不会隐瞒卡洛斯任何事。"她心不在焉地回应道。

"但是这件事您必须瞒着他，这是为您好，"他清楚地回答道，"需要的时候，我会给您打电话或者来接您。无论发生什么事，都不要离开这栋房子。谁也别见。我会亲自来或者卡洛斯·加塞尔·卡斯特罗代表我来。您已经认识他了，是吧？他很丑，见过他的人都不会忘记。我对您说的这一切都是为了您好，玛尔塔，请相信我。我必须走了。再见。"

美国人没和她握手就离开了。她惊呆了，压根没反应过来要问他刚才这些命令意味着什么。而且，他怎么胆敢向她下命令？这个美国人是疯了吗？危地马拉是怎么了？她立即想到总统会有危险。她必须提醒总统。毫无疑问，这是一件非常严肃的事情，很可能有人在策划什么阴谋。可能是一场政变。但阿贝斯·加西亚和迈克是怎么得到消息的？她拿起电话，但在拨打之前犹豫了。如果已经来不及通知他了呢？而且卡洛斯并不知道阿贝斯·加西亚和迈克的定期来访，他肯定会刨根问底，询问具体的情况，醋意会让他生疑。那样的话，她就会陷入麻烦。她现在一头雾水，还十分焦虑，嘴巴也干涩了。

这个下午余下的时间，她都是在犹豫中度过的。到底要不要给卡洛斯打电话？突然，在某个时刻，她没有告诉西姆拉，也没往总统府给卡洛斯打电话，就开始往手提箱里塞必需品，开始为那场意料之外的旅行作准备了，尽管她并不知道自己这是在做什么。她把迈克给她的那些装有美钞的小信封也塞了进去。她的思绪如旋涡般杂乱，心快要跳到嗓子眼。这会是她生命中的最后一天吗？真的有人想杀掉她？是因为这个，美国人才来警告她？没错，肯定是这样。她把今天发生的一切和两天前阿贝斯·加西亚的神秘道别及其墨西哥之旅联系到了一起。她整个下午都惊恐紧张，就这样一直等到天黑。

五点钟，西姆拉来问她是否需要准备茶和饼干。看到她的面色如此惨白，西姆拉感到很奇怪。孩子，你不舒服吗？她摇了摇头。但是她太害怕了，不敢对西姆拉多说什么，怕西姆拉看出她的慌乱和紧张。

不久，她接到了卡洛斯从总统府打来的电话。

"你确定玛格丽塔对你说国防部长要举办酒会？"他问道。

"你以为我疯了？我怎么会编造这种事？我非常确定，"她回答道，"你为什么这么问？"

"我刚跟国防部长通过电话，他否认了，"卡洛斯说道，"玛格丽塔真的对你说……"

"她对我说的话我都原原本本地告诉你了，"她生气了，"她问我能不能和她一道参加酒会。她还说奥蒂莉亚没有受到邀请。我为什么要编造这种愚蠢的谎话呢？"

"你当然不会,但显然有人编了谎话。"卡洛斯在电话里说。

"可能是他老婆,那个大屁股女人是叫奥琳达吧?可能她为他准备了生日惊喜而他毫不知情。"玛尔塔补充道。

"可能,"卡洛斯说道,"不管怎么说,胡安·弗朗西斯科很吃惊,而且不像是装出来的。若如你所料,那咱们可就搞砸了奥琳达准备的惊喜了。"

"今早我一睁眼就看见一只黑猫,"玛尔蒂塔突然岔开话题,"后来我正要去浴室,又打碎了一面镜子。"

"这说明什么?"总统不合时宜地笑了。

"没什么,只不过是七年厄运罢了,"玛尔蒂塔说道,"我知道你不相信这些事,你觉得这很蠢。"

"当然很蠢,"卡斯蒂略·阿马斯答道,"你不必太过担心。"

"我也不相信。但尽管不信,我还是有些害怕,"玛尔塔承认道,"你今晚过来吗?"

"我想过去,但是不行,去不了,"卡洛斯说道,"还有很多工作要做,要忙到很晚。然后我还得在总统府和企业家代表开个会,我得鼓励他们在咱们国家投资。我明天去看你吧。这边的麻烦事可真不少,我回头再给你讲。"

挂上电话,玛尔塔浑身发抖,像得了疟疾,眼里满是泪水。"你得冷静下来,"她命令自己,"不想被杀就得保持冷静。"

她给玛格丽塔打电话,但她不在家。还是说,她故意不接?她又打了几次,每次用人的说法都不一样。玛格丽塔邀请她一道参加国防部长家举办的酒会,胡安·弗朗西斯科本人却对总统否认要举办酒会,这怎么可能?这些事和迈克的来访以及他那些令人难以置信的指示之间有什么联系?"把必需品装进行李箱",但不告诉卡洛斯,这样的做法是正确的吗?那个长着一张逃犯脸、名叫卡洛斯·加塞尔·

卡斯特罗的古巴人是特里尼达·奥利瓦上校的手下,也是阿贝斯·加西亚的司机,他会来接她吗?他会把她带到哪里去?是时候了,她得立刻往总统府打电话,她要把一切都告诉卡洛斯,她必须这么做。但她刚拿起电话又犹豫了,最后还是没那么做。迈克说过,"尤其不能"把这件事告诉总统。为什么那个实际上不叫迈克的美国人敢在她面前如此放肆?为什么他要给她钱?和那人做交易,给他讲八卦消息,这样做是对还是错?

西姆拉走进房间问她是否要准备晚餐时,她依旧处在那种焦虑的状态中。她看了看表:晚上八点。她说准备吧。但是晚饭做好之后,她却一口都没吃。她刷了牙,穿上睡衣上了床。她感觉浑身酸痛,虚脱无力,好像暴走了数小时。西姆拉再次进入房间,睁着惊恐的眼睛要告诉她美国人又打来电话时,她已经睡着了。他让西姆拉把她叫醒,说有十万火急的事。接下来她和迈克之间进行的那场简短对话,她一辈子也忘不掉。

"怎么了,怎么回事,迈克?"

"加塞尔去接你了,三四分钟后到你家。警卫被支开了。"

他语气平稳,但是玛尔蒂塔听得出,他是尽了很大的努力才没表露出自己的极度紧张。

"他要把我带到哪里去?我不信任那个大丑怪。"

"玛尔塔,你的死活现在掌握在他的手里。"

"我要给卡洛斯打电话,把一切都告诉他。"她说道。

"有人刺杀了总统,没人知道总统现在是死是伤,"迈克干巴巴地说道,"特里尼达·奥利瓦上校将以共犯的名义逮捕你,玛尔塔。如果真是这样,那么很可能不止逮捕你,他们会杀了你。是生是死,你自己决定。从下午开始,你家门前的警卫就被撤走了,这可不是什么好事。赶快出门上加塞尔的车,玛尔塔。"

他挂断电话。这次她连一秒钟都没迟疑——换好衣服，拎起手提箱，西姆拉画着十字跟在她后面。她穿过客厅，很惊讶地发现没日没夜守卫在那里的警卫都不见了。她略微打开门，当然了，正如迈克所言，门前的卫兵也都消失了。房子里空空如也。为什么要撤掉她的警卫？门前果真停着一辆黑色轿车，一扇车门敞开着，她看到加塞尔那张丑脸探出来，看上去也非常紧张。他下了车，连"晚上好"都没说，拎起她的手提箱迅速塞进后备厢。他打开后座车门，让她上车。

"快点儿，太太，快点儿。"她听到他说道。

车子发动了，玛尔塔这才想起自己忘了和西姆拉告别。车子从没有亮路灯的市中心街道疾驰而过，街上一片宁静。

此后的岁月中，玛尔塔将无数次回想起那辆轿车，街上的路灯熄灭了，车子全速穿过圣弗朗西斯科区昏暗的街道，那是危地马拉城最古老的区域。那时她还不知道自己再也不会回到这座城市了，更不会再次踏上这片以这种突然的方式被她舍弃的土地。她对自己身边发生的事一无所知。她也永远不会忘记那也许是她这辈子第一次又或是最后一次真正体验到什么是恐惧。那是一种极致的、刺骨的、冷汗浸透每一寸肌肤的恐惧。她的心跳声响得像一面大鼓，而且随时可能从她的嘴里蹦出来。卡洛斯真的被刺杀了？有什么可怀疑的？危地马拉的历史难道不是充斥了政治家和总统的遇刺事件吗？有多少国家元首是遇刺身亡的？难道特里尼达·奥利瓦上校下令逮捕她这种事不可能发生吗？说她是共犯！她！我的上帝啊，我的上帝！这肯定是奥蒂莉亚的阴谋，她和国家安全部的那位负责人才是共犯，人们早就传言"巨汉"有把柄在卡洛斯老婆手里。难道是迈克故意使她害怕，好把她带走？她从来不是虔诚的信徒，此时却诚心祈求上帝来拯救她这个无依无靠的姑娘：她在这个世界上又变成孤零零一个人了。她在逃亡，却不知道自己要逃到哪里去。如果这才是真正的陷阱，如果现在驾驶汽车全速前行的家伙才是受命来杀她的人，又该怎么办？这是有可能的，一切都是有可能的。他会把她带去荒郊野外，冲她开上四枪，然后把尸体丢在那里，任由野狗、秃鹫和老鼠啃食。

"这到底是怎么回事，是怎么回事啊？"她惊恐地问道。

"有巡逻队，"加塞尔说道，"你别乱动，也别说话，夫人。交给我来应付。"

一队军人拦在路中央，都是些全副武装的士兵。她看到一名拿着手电筒的军官朝车子走来；她发现军官的另一只手里握着手枪。加塞尔摇下了车窗玻璃，给他看了几张纸。军官打着手电筒看了看，然后往后座车门走来，手电筒的光笔直地照在了她的脸上。军官看了看她，什么也没说，把那几张纸又还给了加塞尔，冲手下的士兵下达了放行令。士兵们撤走路障，让车子通行。

"还好，还好，""危地马拉小姐"嘟囔道，"你给他看的那几张纸是什么？"

"国家安全部开具的文件，"加塞尔用他那辨识度极高的古巴口音说道，"在城里肯定没什么问题，因为特里尼达·奥利瓦上校在这里说了算。最危险的是在边境线上，您还是向上帝祈求咱们能顺利通过吧。"

"边境线？"她说道，"能告诉我你要把我带到哪里去吗？"

"去圣萨尔瓦多，"加塞尔简单地回答道，然后重复了刚才的话，"您还是向上帝祈求咱们能顺利通过吧，如果您信上帝。"

去圣萨尔瓦多？她从没办过护照，因为她从没离开过危地马拉。她要怎么进入圣萨尔瓦多？在那儿要做些什么？她身上仅有的钱是迈克给她的那些小信封里的美钞。她把它们塞进了手提箱，但很少,只够她花销很短的时间。她连身份证件都没有,要怎么在圣萨尔瓦多过活?为什么那个不以真名示人的美国人要保护她?一切都是谜,都意味着危险和迷茫。

"过了边境线,您可以睡一小会儿,夫人,"加塞尔说道,"希望阿贝斯·加西亚已经穿过边境线了,还是祈祷咱们能顺利通过吧,尽管我也不是很信那套神啊鬼啊的东西。"

"我怕得要死,根本没办法祈祷。"玛尔塔心想。不过她大概很快睡着了。她做了个噩梦,梦见自己快死了,到处是深渊、野兽和陷阱,避无可避,只能任由自己没入那片黑暗的空洞。她的脑子里不停地盘旋着同一个问题:加塞尔的话是什么意思?阿贝斯·加西亚不是两天前就启程去墨西哥了吗?但如果是真的,加塞尔又为什么自言自语地说不知道他此时有没有穿过边境线到达圣萨尔瓦多?

"最关键的时刻到了,"加塞尔说道,"请保持安静。"

她被这句话吵醒了。她看到许多灯光。他们排在一长列卡车和客车的后面,一队穿制服的军人和警察拦在前方。加塞尔停下车,手里拿着一叠纸下了车。他走远了,一句话也没和她多说。他走到车队尽头的一间小木屋那里,卡车和客车的司机也都在那里等着。她觉得那次等待无比漫长。夜空乌云密布,看不到星星,很快下起了雨。雨点敲打车子的声音让她感到越发不安。加塞尔终于出现了,一名穿塑料雨衣的官员陪在他身边,那人手里也拿着手电筒。加塞尔打开后备厢,官员探身检查了一番。他会来盘问她吗?不,官员走了,甚至没往车里看一眼。加塞尔回到车上,发动车子,长舒了一口气。车流缓慢驶过一座桥梁。雨势变大了,此时雨点落在车子上发出的声音就像枪声。过了桥,车子又爬上了一座山丘。

"现在您可以安心地睡了,夫人,"加塞尔毫不掩饰喜悦之情,"危险过去了。"

但玛尔塔再也没合眼。公路崎岖不平,她的身子不停地晃动,来回碰撞后座靠背。后来他们的车子驶入了一座大城市。过去几个小时了?她毫无头绪,没有了时间概念。三个、四个、五个小时?天还没亮。

加塞尔看上去对圣萨尔瓦多非常熟悉,因为他压根就不曾停车向昏暗街道上的寥寥行人问路。熹微的晨光开始从地平线上射出,雨停了。

最后,车子停在了一家酒店门前。加塞尔下车搬行李,还扶着玛尔塔下了车。他们一进入酒店,她就看到了阿贝斯·加西亚,他仍穿着同一身衣服,正坐在入口处的扶手椅上。看上去他也是刚到。看到她,他站起身迎了过来。他抓住她的胳膊,没把她带去正在观察他们的女招待员值班的前台,而是拉着她向走廊走去。他拍了拍加塞尔的胳膊,以示道别。穿过一条昏暗的走廊,他打开了一扇门。玛尔塔看到里面有一张床,还有半敞着门的衣柜,衣架还没挂上衣服。屋子里还有一只没打开的行李箱。没错,阿贝斯·加西亚显然也是刚到。

"我不能住单人间吗?"她问道。

"当然不能,"阿贝斯·加西亚拒绝道,肥胖的脸上露出一丝微笑,"对相爱的人而言,一张床就够了,而且绰绰有余。你和我就是这样。"

"我需要有人给我解释一下在危地马拉到底发生了什么,"她说道,"还有,即将发生什么。"

"你活着,这才是最重要的,"阿贝斯·加西亚换了语气,"即将发生的是:我要让你快活得叫个不停,'危地马拉小姐'。"

她发现,这不仅是这位多米尼加人第一次对她如此粗鲁,也是他第一次对她以"你"相称。

20

"我曾因反对共产主义而被阿本斯政府关押过！"恩里克·特里尼达·奥利瓦上校喊道。他把手举起来，晃了晃手铐："现在你们又把我抓起来。这是搞什么鬼？我希望有人能给我解释一下。"

军事法庭长官、军方委任的法律代表佩德罗·卡斯塔尼诺·加马拉上校没有理睬他，继续翻阅文件，好像办公室里只有他一个人。他差不多秃顶了，却留着墨西哥式的大胡子。他穿制服，戴眼镜，镜片很厚。亮光透过宽大的窗户斜射进来。窗户正对军营，天色有些阴郁。远处，几个士兵正在庭院里操练。

"还指控我参与刺杀总统！"上校喊叫着，同时感觉到自己的脸上全是汗，"我要求你们尊重我的职责和荣誉。我在圣萨尔瓦多参与过《和平条约》的讨论。我是引渡委员会的成员。我是总统亲自任命的国家安全部负责人。我要求你们尊重我，并考虑上述情况。为什么你们不让我和我的兄弟胡安·弗朗西斯科·奥利瓦上校，也就是卡斯蒂略·阿马斯政府的国防部长见面？为什么不让我见我的家人？难道他们都被捕了？"

这时，佩德罗·卡斯塔尼诺·加马拉上校抬起了头，扶了扶眼镜，死死地盯着他。一直等到特里尼达·奥利瓦上校闭了嘴，他才开口说话。

"您不是因为参与阴谋而被捕的，"他干巴巴地说道，"别相信那些风言风语。您的家人都很好，生活一切如常，所以请冷静点儿。您被捕是因为您在刺杀事件发生后滥用了职权。您撤换了一批军方高层，安插了亲信，无端逮捕那些对政府绝对忠诚的人。还因为您在没有请示上级的情况下就下令戒严。您的脑子抽了哪门子风？是卡斯蒂略·阿马斯总统的死刺激到你了？"

"我只是在履行自己的职责！"上校再次暴跳如雷，"我得找出杀害总统的凶手。这是我的责任，你不明白吗？"

"您越权了，"军事法庭长官说道，他说话时丝毫不带感情，像是在复述自己背诵的东西，"您把自己当成共和国新总统了。您肆意妄为，毫无顾忌，所以您此时才会出现在这里。"

"我要求你们尊重我的职责和荣誉！"上校又一次吼叫，而且再次亮出了手铐。他有点儿失态了："这种羞辱是我不能接受的。太荒谬了，我甚至不能见我的律师！"

屋子里只有他们俩。犯人被押进来，卡斯塔尼诺·加马拉示意犯人坐在他的写字桌对面，就命令警卫出去了。另一边的窗外，刚才还在训练的士兵们开始列队行进了。负责训练他们的副指挥官高昂着头，自信地走在前面；他的嘴巴开开合合，可是在这间屋子里听不到他喊了些什么。

"请您冷静一点儿，"卡斯塔尼诺·加马拉上校的态度和缓了一些，"您没有被逮捕，现在也不是在给您录口供。您看不出来吗？这是私人谈话，我们交谈的内容不会出现在媒体上，外人也不会知道。所以请冷静一点儿吧。"

"私人谈话？"特里尼达·奥利瓦又把手铐亮出来讥讽道。

"军方希望给您一次机会，"上校压低了声音说道，环顾四周，好像要确认房间里没有其他人，"请冷静下来好好听我说。我要提醒您，机会只有一次，如果您拒绝，就要作好承担后果的准备。"

"说吧。"

"您随便编个理由主动递交辞呈，可以是身体原因，也可以说是因总统遇刺而引咎辞职,什么都行。您还要承认自己越了权,滥用了国家安全部负责人的权力,违规任命亲信,逮捕无罪之人。"

上校停顿了一下,想看看这番话起到了什么效果。特里尼达·奥利瓦面色苍白。被关押的这几天里,他消瘦了不少,面容憔悴,额头都是褶皱,此时正浑身冒汗。

"我们会举行一场小型审判,做做样子,避免舆论关注。我的意思是,这件事不会声张,"上校慢慢地说道,继续解释,"您只会在军事监狱里被关上两年,而且会受到符合您身份的优待。您的抚恤金一分也不会少。"

"你觉得我会接受这种羞辱?"特里尼达·奥利瓦上校再次愤怒了,"在监狱里待两年!我有什么罪?就因为共和国总统亲自任命我为国家安全部负责人而我履行了职责?"

军事法庭长官此时面带嘲讽地盯着他。回答时,长官的口吻多了几分讽刺和轻蔑:

"我向您保证,如果在那些记者面前公开审理此案,将对您十分不利,上校。军方给您这次机会,实际上是在帮您。多想想将来,别感情用事。"

"我才是受害者!我希望、我要求军方给我一个解释!"特里尼达·奥利瓦怒吼道。他此时已经有些控制不住自己了,把戴着手铐的双手在长官面前晃来晃去。

后者失去了耐心,再次开口时语气很严肃,甚至带着些威胁:

"如果您拒绝这项提议,就会受到真正的审判,您就得上军事法庭。您参与刺杀总统的事就会尽人皆知。您的众多谎言就会被揭穿,例如您声称那个小兵为了给他的共产党人父亲报仇而杀害了卡斯蒂略·阿马斯,还说他在日记里就是这么写的,说什么您找到了他的日记本。可是巴斯克斯·桑切斯没有父亲——我是说,他根本不知道自己的父亲是谁，因为他是被母亲独力抚养长大的。除此之外，您向外界公布的那本日记，也就是那个小兵在其中写下了犯下凶案后自杀原因的日记本压根就是伪造的。军方的专家已经鉴定过了，笔迹不是小兵本人的。所以说，一切都是您炮制出来的。其实那个小兵压根不会写日记，因为他不识字。您希望这一切都在法庭上被公之于众吗？您还是主动递交辞呈，接受在军事监狱里被关押两年的提议吧，这可比被扔进普通监狱好得多。若不然，您的后半生都要在铁窗里度过了。我顺便问一下，您知道已故总统习惯称您'巨汉'吗？他为什么要这样称呼您？"

21

早上五点半，无需闹铃响，卡洛斯·卡斯蒂略·阿马斯上校就睁开了眼睛。每天都是如此。尽管他通常睡得很晚——作为共和国的总统，他的生活节奏几乎每天如此——可自从在军校成为士官生以来，他就习惯了随着最初的光亮起床。为了不吵醒奥蒂莉亚，他踮起脚尖走进卫生间，剃了胡子，还冲了澡。他在镜子里看着自己瘦削的面庞和浓重的黑眼圈，还有肩膀和腰部耷拉着的睡衣睡裤，意识到自己的体重又降了。这不奇怪。从三年前开始，周围的废物和叛徒们就不停地策划阴谋，实在让他头疼，日渐消瘦也就不足为奇了。食物对他而言也没什么诱惑力。不过他倒确实喜欢喝点儿酒，但那也没用，用餐甚至会引起他的反感，他得做足努力才能迫使自己在早餐时吃一点儿水果。如果中午没有宴会，他习惯简单吃点儿辣豆饼。晚饭时，他会强迫自己至少吃一盘菜，然后喝一两口朗姆酒，这样可以使自己略微放松一些，暂时忘掉那些令人沮丧、愤怒的事情带给他的苦涩。

剃须和沐浴的时候，他又一次问自己：周围的一切是从什么时候开始崩坏的？三年前一切刚开始的时候还不是这样的。当然不是。他还记得和武装力量进行和平协商之后自己从萨尔瓦多来到危地马拉城时的场景，那次协商是在美国大使约翰·埃米尔·普里弗伊的斡旋下进行的。他起初并不信任那大个子美国人，后来却和他关系很好。那个可怜人后来被任命为驻泰国大使，上任没多久就死于交通事故，当时车上还有他的一个儿子，那很可能是一场刺杀行动。希望上帝指引他们俩上天堂！他还记得自己在奥罗拉机场获得的掌声、欢呼声和喝彩声。他当时就像个国王！其他人也都是这么认为的，无论军人还是警察，朋友抑或敌人，甚至危地马拉所有媒体都是如此。所有人都立刻来谄媚他、讨好他、舔他的鞋子，乞求他给他们一官半职。有的人想当部长，有的人想升官，还有的人想要商业合同。都是些叛徒、流氓！但也可能从他获得热烈欢迎的同一天起，事情就开始变糟了。军校士官生和自由军军人的第一场冲突不就是那时发生的吗？都是些跳梁小丑。只是由于当时发生了太多事，那次冲突被大多数人忽略了，包括他本人。

三年过去了，现在所有人都在背后阴谋策划颠覆他的政府。他对此心知肚明。他们甚至想除掉他，当然了。甚至连他任命的国家安全部负责人"巨汉"也是如此，简直比其他人更过分。他可是亲手把特种部队、警察和军队的指挥权都交给他的呀。现在他十分确定："巨汉"想对他不利。恩里克的兄弟，国防部长胡安·弗朗西斯科已经承认："我不知道恩里克在搞什么鬼，你知道他一向有些疯狂，事实上我们现在很少见面了。"难道恩里克·特里尼达·奥利瓦上校早已磨好了刀，准备挑个合适的时机从背后给他来一刀？不过他不会给他这个机会，很快就会把他撤职，像对待蟑螂那样一脚踢开。很快，只要找到合适的替代者就立刻执行。这就是当叛徒的下场——无地自容，跪下来乞求他的原谅。叛变是没有借口的。他不会原谅任何一个叛徒。上帝为证！

换衣服时，他又过了一遍当日的行程——接见佩滕省来的印第安人代表团用不了多少时间。早上十点钟，美国大使会来。他很清楚大使此行的目的：请求他保持克制和理智。真是自相矛盾！现在又开始说什么克制和理智了，之前对待那些真正的或假想的共产主义分子、无用的傻瓜、从前的伙伴、工会领袖、农民代表、屈从的知识分子、不羁的艺术家、军人、合作者、恐怖分子、匠人甚至教会领袖时，他们却让他使出铁血手腕进行压制，逃进各个使领馆的人一个都不能放走，从"哑巴"阿本斯开始，他们都是犯人！如果共产主义分子不够多，那就编造、嫁祸一些出来。他这么做还不是为了让那些清教徒乡巴佬开心！

将在墨西哥大使馆做的演讲只会占用他十分钟左右。希望他的法律、外交和文化问题顾问马里奥·埃弗拉因·纳赫拉·法尔范写的演讲稿里没有太多难以发音、意义不明的怪词。他还要接见一些人，听取一些报告，直到午饭时间。要去"危地马拉小姐"家吗？当然。他很怀念和玛尔塔单独吃午饭时那份平静感，就他们俩，聊点儿脱离现实的事情，然后坐在窗台边舒适的藤椅上小睡一刻钟，这样在开始下午和晚上的工作前，他可以恢复一些气力。下午，他还要接见几个部长，解决一些拖了很久的问题，还得见天主教行动会的嬷嬷代表，她们是马里亚诺·罗塞尔·伊阿雷亚诺主教派来的，他曾经是他的朋友和合作者。不过，当然了，自从他和玛尔塔好上以后，主教就成了他的头号敌人。嬷嬷们肯定还是老一套：警告他说异教已经渗透进危地马拉社会，尤其是在贫穷、没文化的印第安人中间。他会任由她们唠叨、抱怨十五分钟，然后作为结尾，他会给她们来个保证："危地马拉的大门是不会为异教徒开启的，请相信我，就这样吧。"然后天色肯定已经黑了，他还得在总统府和这个国家最重要的企业家们开会。与此同时，奥蒂莉亚要代表他在一场关于教育的活动中发言。说服危地马拉有钱人的任务迫在眉睫，他们必须加大在危地马拉的投资力度，把他们藏在美国的钱带回危地马拉。他还得再做一次演讲，稿子也是马里奥·埃弗拉因·纳赫拉·法尔范写的。结束以后，要不要到"危地马拉小姐"家过夜呢？他算了算，自己至少一周没有做爱了，还是说已经两周了？

他的脑袋连那些重要的事情都记不过来呢,看看到时候累不累再说吧。

他正要出门,却听到妻子在半梦半醒之间问他中午回不回家吃饭。他没走近她,也没对她说早安,只回答说不回来,说中午有官方宴会。他不想和奥蒂莉亚多说话,于是加快了步伐。他和妻子的关系几周前变得更僵了,因为他得知奥蒂莉亚在军人俱乐部和一些军队要员见过面,对此她一个字都没和他提过。他向她询问此事时,发现她非常紧张,有些犹豫,还拒绝承认。但是当他提高嗓门之后,她坦白了一切:他们请她参会是因为他们要讨论的事情"十分重大、十万火急"。

"你觉得和那些在我背后耍手段的军人见面是好事?"

"他们没耍什么手段,"奥蒂莉亚毫不退让,用姿态和眼神挑衅他,"那些军人都是你的朋友,他们忠于你。他们只是很担心目前的情况。"

"什么情况?"卡斯蒂略·阿马斯觉得怒气上涌,竭力克制着扇她耳光的冲动。

"还不是你找情人的事,这已经成为整个危地马拉的丑闻!"她喊道,"不仅军方对此十分担心,教会和这个国家所有有教养的人都看不惯。"

他无言以对。在此之前,奥蒂莉亚从不敢在他们争吵时正面提及"危地马拉小姐"。他迟疑了几秒钟,然后作出了回答。

"关于我私生活的事,我无需对任何人负责!"他肆无忌惮地喊道,"你给我想清楚点儿,再别啰嗦了。"

"但你得对我负责,我是你的合法妻子,我们是在上帝的见证下完婚的,"她的眼神中涌现出无尽的怒意,和她的语气一样,"你和那个婊子的丑事会让你付出惨痛的代价,所以我才和那些军人见面。他们很担心,说这种局面对你、对政府、对国家都不是什么好事。"

"我禁止你再和叛徒们见面!"他吼道,只想早点儿结束这场对话,"如若不然,我警告你,你要承担后果!"说完甩门而去。

"吃屎去吧!"他听到奥蒂莉亚在身后喊道。那是卡斯蒂略·阿马斯第一次想抛弃他的结发妻子。他愿意为结束这段宗教见证的婚姻关系而付出相应的代价,然后他要和玛尔塔结婚,和她生活在一起。和她在一起让他觉得快乐,这是最重要的。在"危地马拉小姐"身边,他重新燃起了欲望,在床上又成了真正的男人。和奥蒂莉亚会面的军人是谁?乞求和威胁都不能让她把那些人的名字吐出来。他知道其中一些,但对于其他的就没那么确定了。无能的"巨汉"对他隐瞒了此事。毫无疑问,那次聚会肯定也是一场阴谋。那些混蛋是在策划政变呢,绝对是这样。

和来自佩滕省的印第安人的会面比他想象的效果要好。他本以为他们是来抗议收回他们手中的土地或是抗议在与警察和庄园主的冲突中造成他们一方的人员伤亡。但事实并非如此,他们只想让政府帮忙重建一座毁于由雷电引发的火灾的教堂,还希望政府给当地的教友会和两家兄弟会提供一些资金扶持。总统很惊讶,当即允诺了他们的请求。

相反,和美国大使的会面比他想象的更艰难。他们谈的主要是永远是这个话题!联合果品公司。美国认可现政府对补偿联合果品公司所做的努力。在阿雷瓦洛和阿本斯执政时期,该公司受到了极不公正的对待。危地马拉的法庭和国会同意废除那些损害外国公司利益的法律,重新认可双方以前签订的协约,这很好,但别的损失又该怎么说?例如该公司为重建因前任政府的政策而毁弃的厂房和购置新设备的花销,再如之前被无端处罚而缴纳的罚金,又如那些荒唐、沉重的税款，等等，等等。该公司并不是想让新政府承诺补偿所有这些费用，但至少要找一家可信的中间方对该公司蒙受的损失进行估值，然后双方以公平的、可接受的方式来分摊。卡斯蒂略·阿马斯有些暴躁地提醒大使，所有这些事情都该交由法庭处置，他的政府愿意服从任何判决。

在墨西哥大使馆进行的活动持续了半小时，这是他要求的。他读了演讲稿，这次马里奥·埃弗拉因·纳赫拉·法尔范同样以巴洛克式文风信马由缰地撰稿，导致他读错了那位先生爱用的几个怪词，而他明明已经交待过很多遍了，说喜欢简洁明了的文风，还说希望不要给他惹麻烦，更不要写一些他压根不知道是什么意思的单词(看来还得再给这位先生说一次才行，甚至要威胁说如果这位先生继续给自己的演讲稿制造这么多麻烦，就会被辞退)。

接近午饭时间，他又签署了几份文件。来到玛尔塔家时已经差不多一点半了，但是和之前不同的是，这次在和他的情人用餐的过程中，他的身心并没有放松下来。得知国防部长组织了一场生日聚会而他竟然压根不知道，他感到十分不快。更令他接受不了的是，他的政府里的所有部长都受到了邀请。

下午回到总统府，他给国防部长胡安·弗朗西斯科·奥利瓦上校打去电话，半开玩笑半严肃地责备他没有邀请自己参加酒会。胡安·弗朗西斯科·奥利瓦上校说肯定是搞错了，他表现出的惊讶看上去不像是装的——他的生日确实是七月二十六日，但要说举办酒会就是假的了。相反，他和妻子将在家里和孩子们一起吃晚饭，压根没有邀请谁去他家。这是一个怎样的玩笑？这种异想天开的事情是从哪里传出来的？

总统给玛尔塔打去电话。她也很吃惊，向他保证是司法部长的夫人玛格丽塔·莱巴耶请她陪同一道参加酒会，还说就算这件事是编造的，也不是她的问题。卡斯蒂略·阿马斯的第一反应是胡安·弗朗西斯科·奥利瓦上校确实组织了一场酒会，可是发现没有邀请总统，就取消了活动。此时他和夫人肯定正忙着给部长们打电话，告诉他们取消酒会的理由。也可能是胡安·弗朗西斯科发觉自己犯了错，因而宁愿不举办生日宴会了。做得好！可是后来他总有一种异样的感觉，好像这种解释有什么地方站不住脚。所有这一切使他在这一天余下的时间里都感觉如鲠在喉，这使他更坚定了信念：他身边没有什么人是值得信任的。

下午的工作异常繁忙。和经济部长一起同经济专家开会时，他总是无法集中注意力。最近几周，他老是这样。尽管他在会上竭力想弄懂专家们说了些什么，但还是会忍不住走神。那些人一直在谈论借贷、全球资本排行、世界银行和拉丁美洲经济委员会之类的东西，尽管也提到危地马拉，可他还是听得云里雾里，而且那些混账经济专家没做任何努力来让他听懂。还好经济部长看上去比他更懂那些数字和专业术语。除了听不懂，那些东西还让他觉得很无聊。他只好摆出极为严肃的表情，死死地盯着发言人，装作全神贯注，只是偶尔发表评论或抛出问题。他努力使自己泛泛而谈，以免露出马脚。尽管如此，他还是发现专家们有时会露出略带嘲讽、惊讶的表情，这让他意识到自己没说到点子上。

他后悔了？没有，当然没有。如果他的国家再次陷入像之前那样的境地，他还是会拿起武器战斗。他要和共产主义分子及其盟友作对，要为他的朋友兼导师弗朗西斯科·哈维尔·阿拉纳上校报仇，豁出性命也在所不惜。然而有些人，例如那些美国佬很快就忘掉了他冒过的险——是他从"哪巴"阿本斯手里拯救了联合果品公司，现在那群美国佬竟然要求他对待那些曾把他们吓破胆的左翼分子时要保持"克制"。是的，卡洛斯·卡斯蒂略·阿马斯上校有足够多的理由感到失望，尤其是对他在军队里的伙伴们感到失望。他现在已经不信任他们中的任何一个了。他尤其不信任"巨汉"。他曾经信任过那个叛徒。他肯定"巨汉"就是和奥蒂莉亚见面、商谈关于"危地马拉小姐"之事的那群人中的一员。他的兄弟胡安·弗朗西斯科是否也在其中？他们找到了把他拉下宝座的最好借口，但由于所有人都野心勃勃，导致他们至今都没商量好由谁来当领头的。目前，正因为每个人都想当总统，他才暂时安全。太无礼了！窥视他的私生活是他绝对不能容忍的。好像那些人没有情人似的，难道有了情人就当不得总统？

和经济专家们开完会，他还得和部分议员开会，这些人来向他解释将在议会投票的几条新法律的情况。和他们在一起时不像和经济专家们开会时那么不自在，但即便是和议员们开会，他也集中不了注意力，没法就他们咨询的东西提出切中要害的建议。他只能在很短的时间里专心听他们说话，很快就会不自觉地又想到国防部长那场不再举办的生日酒会。为什么玛格丽塔·莱巴耶要给玛尔塔打那样一通电话？是刻意诱导总统毁掉胡安·弗朗西斯科·奥利瓦的酒会——给后者打电话责问为什么不邀请自己？真相是什么？毫无疑问，这个话题很愚蠢，也无关紧要，但有些东西里有他希望调查清楚的事。难道有人想对"危地马拉小姐"不利？想绑架她，然后以此要挟、胁迫他退位？他从一开始就非常惧怕有人会绑架"危地马拉小姐"，才下令派一队警卫不间断地保护她的住所，同时严禁玛尔塔单独外出。

议员们走后（没能从他这里得到明确指示），两位秘书抱着一大摞信件走了进来。索要东西，就知道索要东西，索要什么的都有，而且这些信来自全国各地。当然大部分是底层穷人写来的，他们乞求政府的帮助，恬不知耻地张口要钱。接下来的两个小时，他不断地拆信、读信，时不时收到新的报告。晚上七点半，他很想取消当天余下的行程安排，想回家了。他很沮丧、失落，感觉自己快累死了。尽管与妻子见面会使他更加心烦意乱，他还是决心避免和她争吵，只想早早上床睡觉。为了能睡好，他得像往常一样吃点儿药。虽然医生交待他一周最多只能服用两到三次戊巴比妥钠，可实际上他每晚都要吃一粒，否则压根没办法合眼。

不过他还不能离开，天主教行动会的嬷嬷们还在等候接见呢。自然是主教派她来的，那也是一个千方百计想除掉他的敌人。他在接见她们之前就已经计划好了，如果她们胆敢触及关于"危地马拉小姐"的话题，哪怕是间接提到，他也要严词打断。但是嬷嬷们并没有提到那档子事，她们只是来表达对"天主教危地马拉"现状的担忧。在这个国家，信奉天主教的占绝大多数，不过近来有些新教组织系统性地进行着渗透，那些"传教士"带着美元来这边建教堂，向印第安人传教，还在印第安人聚居区修建庙宇——根本不像教堂，更像马戏团——在里面唱歌跳舞，都是黑非洲来的那一套。他们企图诱骗无知的民众，接下来肯定就是提倡离婚和其他反天主教教义的怪论，甚至是堕胎。尽管全国百分之九十九的人口信奉天主教，可如果政府不制止这种对天主教会的入侵，这个国家很快会变成新教国家。

总统很专心地听着她们的话，还在她们讲话时认真做了笔记。最后他保证第二天就下令给相关的部长，让他们处理这件事。正如她们所言，情况是非常严重的，他完全理解她们的忧虑所在，当然应该制止那些异教徒的入侵。危地马拉已经是自由的国度了，已经摆脱了共产主义，不能堕入半异教的野蛮状态。天主教行动会的嬷嬷们走了，而他确信她们的脑袋里肯定都装着"危地马拉小姐"的名字，只是不敢提罢了。他早就通过私人谈话了解到那些人称呼玛尔塔的方式，那是神父们为了诋毁她而生造出来的："王宫神女"。他查过字典，愤怒地发现"神女"也有"婊子"之意。

在总统府巨大的会客厅里与企业家代表见过面，他终于结束了当天的行程。是他本人作出决定请企业家们前来的，但他很惊讶竟然来了那么多人：超过一百人，大概有一百五十人。与在墨西哥大使馆所做的演讲相比，这次他的演讲内容更丰富，也更清晰。他详细地解释了这个国家正在进行的经济改革的细节，鼓励商人、农场主和工厂主大胆投资，倡导爱国主义精神，助力危地马拉复兴。

回到总统官邸时，他的妻子也刚刚结束那场关于教育的活动回到家，正和按摩师、美甲师一起待在浴室里。他感到十分疲惫，脱下西服和鞋子就倒在床上立刻睡着了。他做了个奇怪的梦，梦到自己缓缓坠入一口阴暗的深井，同时与一个从头到脚裹在披风里、脸上戴着有角动物面具的人交谈。那人对他说，他应当好好处理一下生活中的问题，尽快寻回失落的快乐。他想凭声音认出那人，但没成功。"你是谁？告诉我你的名字，让我看看你的脸，求你了。"

是妻子把他叫醒的。"晚饭好了。"她对他说道。然后又像是责备般地补充了一句："你睡了快一个小时。"

他起了床，到浴室用凉水洗了手和脸，好彻底清醒过来。从卧室走到餐厅，他们得穿过一座带走廊、只种着一棵金合欢的小花园。他们刚刚走出卧室，上校就产生了一种奇怪的感觉，但先开口的是他的妻子：

"为什么不点灯？"她问道，"用人们都去哪儿了？"

"警卫呢？"他喊了一声。他们继续前行，但眼前的一切都显得极不正常。

为什么这么黑？本该二十四小时不间断地在花园和临街入口处执勤的警卫呢？

"费利佩！安布罗修！"奥蒂莉亚喊着管家的名字，但是没人回应，也没人现身。

他们走进通向餐厅的走廊，那里同样一片漆黑。

"你不觉得所有这一切都很奇怪吗？"奥蒂莉亚转身朝她的丈夫问道。

卡洛斯·卡斯蒂略·阿马斯此时心念一动，开始朝卧室跑去，想去拿靠在床头柜的冲锋枪。就在这时，他身后响起了枪声。他蹒跚地又走了几步，然后脸朝前，倒在了地上。第二颗子弹射入他身体的时候，他能听到奥蒂莉亚发出的歇斯底里的哭喊声。

22

如果当时接受了军事法庭长官佩德罗·卡斯塔尼诺·加马拉上校以军方名义给他的那个建议，也许更好，前上校恩里克·特里尼达·奥利瓦经常会这样想。不过，如果他主动认罪，他们真的会履行承诺，只在军事监狱里关他两年，让他好吃好喝，还给他发钱？

很可能不会，但也许他就不会像现在这样，在那次见面之后的五年里被不停地转换监狱，从军事监狱到普通监狱，整个危地马拉的监狱似乎去了个遍。这是令人难以理解的"朝圣之路"，那些人专横又愚蠢，都是些虐待狂，只想羞辱他，叫他活受罪，让他为那些从技术层面来看不是他所犯下的罪行付出代价。两次开枪射杀卡斯蒂略·阿马斯的难道不是那个多米尼加人？所有的上校、中校、少校、队长都想干掉他，既然有人那样做了，他们只会感到开心。最开心的是米格尔·伊迪戈拉斯·富恩特斯那个混蛋，他现在终于能登上总统宝座了，可他根本不配。

在那五年里，他被耻辱地从军队中驱逐了，不再有权享受抚恤金，而且被扣上了最可怕的罪名：叛国。妻子和孩子都离他而去，移民去了尼加拉瓜。似乎他的姓氏让他们抬不起头，走之前还卖掉了房子，把他在银行里的存款全部取走。现在的他怕是比乞丐还穷。他们忘了他，既没有来探视，也不再像他入狱之初的几个月那样给他寄食物。父母和兄弟姐妹也都忘了他，好像他真的是家族之耻。

但最糟糕的是他一直没有接受审判，既不曾被判刑，也不曾为自己辩护过。起初为他服务的那几个律师——至少看上去他们是在为他服务——自从他没办法继续付费就消失了。妻子、孩子和家人共同把他推入了悲惨的深渊。

五年来,和他一起生活的有杀人犯、强盗、杀害子女者、弑母者、杀亲犯、堕落分子、恋童癖等各种各样的恶人,还有压根不清楚自己为什么会被关进监狱的印第安文盲。他不得不吃那些给囚犯吃的肮脏食物,还得靠踢打、撕咬来保护自己——在这种到处是虫豸、像猪圈一样人挤人的普通牢房里,总有变态想趁机强暴他。

五年的铁窗生涯中,这位前上校不得不学会吃下那些狗屎般的食物。汤又脏又淡,面包也不干净,而且是中空的;米饭里夹杂着虫子。他甚至在有些地方见过蟋蟀、蟾蜍、乌龟、蚂蚁和蛇。而且至少在最初那段时间里,在那些极度焦虑的夜晚,他不得不像青年时那样靠手淫来放松身心。后来他的性欲变淡了,再也勃起不了。

经历了两三年不断转换监狱的过程,他终于明白自己永远不会受到审判,更不会上法庭。他知道自己的余生都将这样度过,于是决定自杀。可是在危地马拉的监狱里自杀并不容易。他用裤子和衬衫做了个套索,身上只穿着内裤。结果却很荒唐:他把套索抛上了囚室的房梁,踮起脚胡乱把套索往脖子上一套,愚蠢地摔倒在地——那根早就被虫蛀空的房梁断成了两截。他只能在黑暗中苦笑,心想这个世界真是太不公平了。他被迫害至此,却求死不得。

在奇奇卡斯特南戈的监狱里,有一天,一个泥瓦匠对他说马上就要大赦了。可哪怕是这个消息也没能令他提起精神。他骨瘦如柴,整天愤怒地抓头上的虱子,胡子拉碴,头发也长得不成样子,鞋子、衬衫和裤子上到处是破洞。他被扔到街上时,身上一分钱都没有,只有满是破洞的衣物。他没有身份证。值得庆幸的是,没人认得出他了。他变成了另一个人。

他一路行乞,几周后终于来到了危地马拉城。他露宿街头,靠在果园里偷点儿东西来填饱肚子。他一路上还做了许多荒唐的小活儿，例如给庄园除草，搬开道路上的杂石，就这样赚了点儿小费。到达首都后，他住在一家教堂的收容所里。他在那里洗了澡，许多年后终于又用上了肥皂。教会送给他几件没那么破旧的衣服，他都换上了。他也能理发剃须了。他在镜子里看到的是一个老年人，尽管那时他还不满五十岁。

他靠做些小活儿生存了一段时间。他当过守夜人、清洁工、药店与市场的夜间保安。直到有一天，他从一家赌场门前走过时，突然记起了那个臭名昭著的珠宝商"突厥"阿赫迈德·库洛尼，多米尼加人和他当年曾想过找他当赌场的挂名人。他给"突厥"写了封信，求他给一份工作。不可思议的是，"突厥"回了信，还约他见面。看到这位前军官走进自己的办公室时，"突厥"露出了惊讶的表情。恩里克大致给他讲述了事情的经过，他很同情恩里克。当然了，我会给您找份工作，我保证。我还会帮您搞到身份证明。令人吃惊的是，他真的履行了诺言！不久，特里尼达·奥利瓦成了"突厥"库洛尼在危地马拉首都地下赌场的安保负责人。

23

收到因黑白混血种人的长相而被称为"黑特鲁希略"的埃克托尔·特鲁希略·莫利纳将军的邀请时,"危地马拉小姐"已经在特鲁希略城生活数年,多米尼加共和国的首都那时还叫那个名字。她是在很久之后才知道这个国家有一位通过表面完美的选举程序选出的总统,但不是"新祖国之父""大恩人"拉斐尔·莱昂尼达斯·特鲁希略·莫利纳——总统是他的弟弟,被这个国家的主人当作傀儡,让美国人不好说什么。美国人曾不遗余力地帮过他,如今却指责他贪恋权势,还说自他于一九三〇年通过军事政变上台后,这个国家就和民主渐行渐远了。现在是一九六〇年了!像玛尔塔这样知道除了元首拉斐尔·莱昂尼达斯·特鲁希略之外这个国家还有一位傀儡总统的多米尼加人并不多,这位总统只是选出来应付美国人在民主议题上的指责。美国政府和特鲁希略政权的关系看上去就像父与子,可是近些年,双方相处得并不融洽。

玛尔塔把收到的邀请函给阿贝斯·加西亚上校看,他在多年前已经晋升为多米尼加军情局局长了。他仔细读了邀请函,挠了挠下巴,皱了皱眉头,然后压低声音提醒她:

"你得小心点儿,玛尔蒂塔。'黑特鲁希略'人不坏,但确实没用。他整天无事可做,只会盛装出席元首不想参加的活动。他喜欢到别人家里去听闲聊,或是去睡朋友的老婆,而我们早就在那些人家里安装了窃听器。如果你决定赴约,就要作好最坏的打算。"

阿贝斯·加西亚比她刚认识那会儿又胖了;军装有些紧,很显肚子，胳膊和屁股上的赘肉也很显眼。阿贝斯·加西亚下巴上的肉越堆越厚，脸上的肉则凹凸不平，有的地方甚至比眼睛更凸。他是秘密警察的最高长官，还是令全国人民又怕又恨的监听高手。尽管她只是他的情人，却不敢再和除他之外的男人有什么瓜葛。只不过见到他的时间越来越少了。她一直记得他们的"爱情初夜"（可以这样说吗？）是在萨尔瓦多的那家小旅馆里，当时还是上校的这位多米尼加人无比粗俗地说要让她快活得叫个不停，可实际上他并不像自己吹嘘的那样是一头凶猛的野兽。他的那玩意儿很小，还早泄，所以他们几乎是刚开始做就完事了。这不仅让她，恐怕也让和他做过的其他所有女人都感到沮丧。他真正喜欢的其实是把头埋在女人的两腿之间。他老婆鲁佩是个墨西哥女人，像个汉子，总是随身带把手枪，还总是把枪柄露在外面。他和她也是这么做的吗？玛尔塔一想到这里就笑了。鲁佩头脑简单，轻率鲁莽，肥头大耳，胸不小，眼神虽说呆滞，却透着股狠劲儿。有很多关于她的可怕故事在人群中流传，例如她喜欢和乔尼·阿贝斯一起去特鲁希略城里的妓院，她喜欢享受妓女的服务，但在那之前总是会先用鞭子把她们打一顿。他曾经把鲁佩介绍给玛尔塔，他们仨一起逛了街，后来还去哈拉瓜酒店的赌场里玩乐了好一阵子。玛尔塔很少会感到害怕，但是在那样一个人面前也觉得浑身不自在，甚至有些恐惧。那个墨西哥女人待她的态度却总是很友善。众所周知，鲁佩还会陪阿贝斯·加西亚一起到瓜伦达监狱及其他监狱去，他们在那里折磨、杀害那些或真或假地图谋推翻特鲁希略政权的人。有人说，在折磨人这方面，她的手段还要胜过她的丈夫。

"你怎么会和这么丑的女人结婚？"某天晚上，玛尔塔在床上向乔尼提出了这样的问题。

他并没有生气，只是变得严肃了，回答之前先思考了一会儿。

最后，他兜了个圈子：

"我们之间不是爱情关系，而是同谋关系。把我们联结到一起的不是爱，也不是性，而是血。男人和女人之间最有力的纽带就是血。此外，我不认为我会继续和鲁佩生活很长时间。"

事实上，不久之后，她听说上校离婚了。他准备和一个叫希塔的多米尼加女人结婚。不过既然他没和她提这件事，她就装作不知道。他仍来找她，但次数越来越少。

阿贝斯·加西亚对她好吗？毫无疑问是好的。他曾在卡斯蒂略·阿马斯遇刺的那个夜晚在危地马拉救过她的命，这是事实。阿贝斯·加西亚说，杀害总统的真凶是那个天杀的恩里克·特里尼达·奥利瓦上校，还下令要以同谋罪抓捕她。他们从萨尔瓦多乘坐私人飞机来到特鲁希略城的当天，他就安排她住进了位于旧城区伯爵街一间朴素的房屋中。三年过去了，他依然自掏腰包为她付房租，因为"多米尼加之声"电台付给她的报酬不多，只够她维持基本生活。刚来多米尼加共和国那会儿，阿贝斯·加西亚每周会来找她过夜一两次，还会带她去夜总会和赌场，给她钱，让她碰碰运气。但是最近几个月，她见到他的机会少了很多。据他所言，这是因为他们正在应对由委内瑞拉总统罗慕洛·埃内斯托·贝坦科尔特和古巴的菲德尔·卡斯特罗所支持的、试图推翻特鲁希略政府的恐怖袭击。所有这一切让玛尔塔很困惑，尽管她没有把自己的想法和任何人说过，可是她打心眼里觉得特鲁希略政权并不像外表那样稳如泰山。实际上，它很脆弱，那些内部和外部的敌人，例如教会和新近翻脸的美国，将会一点儿一点儿地击溃它。最严重的打击来自美洲国家组织于一九六〇年八月在哥斯达黎加召开的会议，会上由美国牵头，该组织成员国决定与多米尼加共和国断交，并在经济贸易方面对多米尼加共和国发起抵制。

尽管她由于制作那些激进电台节目而成了名人，但最大的问题还是缺钱。虽说房租是阿贝斯·加西亚付的——吃饭睡觉没问题了——但她只有从危地马拉穿出来的那一身衣服。她用那个实际上不叫迈克的美国人给她的那点儿美钞买了些衣服和必需品。幸运的是，逃亡将满一个月的时候，阿贝斯·加西亚建议她为"多米尼加之声"工作，那是一家新创办的电台，他是股东之一。尽管不多，可能够有些收入已经让她十分满足，尤其当她发现自己在那里找到了愿意做很久的工作：评论报道。起初她只是写一些短评，对着麦克风朗读它们之前还会再次修改。很快她就只写提纲，然后照着提纲随意发挥了。她做这些并不费力，有时还会越说越来劲，声量会升高，甚至啜泣起来。她经常评论中美洲和加勒比海地区的政治局势，严厉抨击已经确定的或可能存在的共产主义分子。对她而言，但凡意识形态和思想立场不一的人都可以用"共产党人"或"共产主义分子"来称呼，包括那些胆敢攻击或批评独裁者、政治强人和考迪罗的人——不管这些独裁者、政治强人和考迪罗活着或死了，例如特鲁希略、卡里亚斯、奥德里亚、索摩查、"医生老爹"①、罗哈斯·皮尼利亚、佩雷斯·希门内斯等。她本人是那些现存的和已成为历史的所有南美独裁政权的捍卫者和坚定支持者。不过，她在节目中谈论最多的还是危地马拉，对卡斯蒂略·阿马斯遇刺身亡后出现的军人政权抨击尤甚。她把炮火对准了那些所谓的自由军军人，也就是一九五四年卡斯蒂略·阿马斯从洪都拉斯出兵攻克危地马拉时的同伴和追随者。在很长一段时间里，她持续指责那些人参与了那起刺杀事件，主谋则是卡斯蒂略·阿马斯政府的国家安全部

---

① "医生老爹"（Papa Doc）即弗朗索瓦·杜瓦利埃，出任海地总统前曾经是医生，他的儿子让-克洛德·杜瓦利埃又称小杜瓦利埃，绰号"娃娃医生"（Baby Doc）。

负责人恩里克·特里尼达·奥利瓦上校，此时他正被关押在危地马拉的某所监狱里。她指控他不仅策划谋杀了卡斯蒂略·阿马斯，还想把罪名嫁祸到共产主义分子头上，以此保护那些真正的凶手。她从一开始就揭穿了危地马拉政府高层的谎言，那些人声称士兵罗梅奥·巴斯克斯·桑切斯是杀害总统的凶手。她还信誓旦旦地声称警方找到的那本所谓的巴斯克斯·桑切斯所写的日记是伪造的，士兵在日记里承认自己是共产党人，还说一旦行动成功就会自杀。她指出，伪造日记同样是为了保护真凶。

随着那些节目的播出，她在多米尼加共和国成了家喻户晓的人物。人们能在街上认出她，还会请她签名、合影。她对危地马拉自由军军人的指控——直截了当地称他们是"叛徒"——往往异常犀利。她热衷于那些极端的演说，因此很高兴能私下结识元首特鲁希略。一天早上，阿贝斯·加西亚出现在"多米尼加之声"电台。她刚从演播间出来，他就对她说："跟我来，你要见到元首了。"他把她带去了总统府，立刻有人把他们引到了元首办公室。元首衣着华贵，发根和太阳穴处的头发是银白色的，目光具有穿透力。她激动得眼眶饱含热泪。

"卡斯蒂略·阿马斯上校很有品位。"元首上下打量着她，用尖细的嗓音说道，然后立刻转而祝贺她在"多米尼加之声"参与制作的那些电台节目。

"您敢于出面抨击自由军炮制的谎言，这很好。他们自然才是杀害卡斯蒂略·阿马斯的凶手，"特鲁希略对她说道，"现在重要的是，您能支持米格尔·伊迪戈拉斯·富恩特斯将军的政府，他是我们的朋友，正在设法让您的国家变得更好。自由军想找他的麻烦。实际上，自由军十分软弱，被那些赤色分子玩弄于股掌之上。伊迪戈拉斯·富恩特斯极富有勇气，我知道他一定会严惩杀害卡斯蒂略·阿马斯的真凶。"

道别时,玛尔蒂塔吻了元首的手。自那之后,她在每期节目里都会捍卫伊迪戈拉斯·富恩特斯将军,替他做宣传。他是从一九五八年三月二日起就任危地马拉总统的。她说他是唯一有能力引领危地马拉建立新秩序的人,就像元首在多米尼加共和国所建立的——不仅能让那个国家取得经济上的发展,还能抵抗"红色入侵"。

阿贝斯·加西亚在卡洛斯·卡斯蒂略·阿马斯遇刺事件中扮演了怎样的角色?这是"危地马拉小姐"在那些年里揪心地不断思索的问题。一切迹象都表明,这位多米尼加上校与那起案件有某种联系,甚至可能是罪案的策划者乃至执行者。他接近她的主要目的之一难道不就是想和卡斯蒂略·阿马斯见面?他代表特鲁希略向卡斯蒂略·阿马斯提议杀死阿雷瓦洛和阿本斯难道不是她亲眼所见、亲耳所闻?上校在罪案发生前两天离开危地马拉是不是为了逃命?为了不留下与罪案有关联的证据?可是玛尔塔依然心存疑惑。抵达圣萨尔瓦多当晚,她发现阿贝斯·加西亚只比她早到了几分钟。而且加塞尔无意间说过一句话,意思是阿贝斯·加西亚是和他们同时逃离危地马拉的,是这样吗?每次聊到这个话题,军情局局长都会打断她,命令她换个话题。为什么那件事让他那样不自在?她对他起了疑心,但不敢挑明,因为若要在特鲁希略城生活,她还得仰仗他。那些年仅有的几次提到卡斯蒂略·阿马斯时,他只说些描述性的话,例如说他"毫无用处",说他性格软弱,还说美国中情局选错了领导自由军对抗阿本斯的人,说卡斯蒂略·阿马斯平庸、无远见,还缺乏威信,而且对特鲁希略不敬——元首明明曾经向他提供资金、武器和人力支持,甚至曾为他领导的军事行动提供建议。此外,卡斯蒂略·阿马斯废除了土地改革法这一危地马拉共产主义者安插的"特洛伊木马"之后,又试图重新给农民分土地,难道不是这样吗?那些人虽说杀了他——从人道主义的角度来看,这着实让人难过——可是也挽救了危地马拉的反共革命事业。现在情况好多了,伊迪戈拉斯·富恩特斯将军掌权了,这对危地马拉而言绝对是一件好事,他肯定会将特鲁希略为多米尼加共和国所做的贡献奉为典范。

玛尔塔每天都在电台节目里夸赞伊迪戈拉斯·富恩特斯。危地马拉人都可以顺畅地收听到这档节目,因为"多米尼加之声"电台的设备放眼整个加勒比海地区都是最先进的,中美洲所有国家乃至委内瑞拉、哥伦比亚甚至美国迈阿密都能接收到信号。

一天,做完节目从演播间走出来,玛尔塔吃惊地见到了那个实际上不叫迈克的美国人。他还是那么瘦,和玛尔塔记忆中的样子一样,穿的仍是很不正式的牛仔裤和格子衬衫。他们像老朋友一样拥抱。

"我还以为永远不会再见到你了,迈克。"

"你现在是多米尼加共和国的名人了。祝贺你,玛尔蒂塔,"他说道,"所有人都在跟我说你的节目,不仅生活在特鲁希略城的人在谈论它,整个加勒比海地区乃至整个中美洲也在谈论它。你现在是当红的政治评论家了。"

"这场仗,我打了许多年,""危地马拉小姐"承认道,"我得感谢你在那边给我提供的帮助。我当时差点儿死在杀害卡斯蒂略·阿马斯的那伙人手里。"

"我请你吃顿饭吧,"迈克说道,"防波堤那边新开了一家叫维苏威的披萨店。"

他们来到饭店,迈克请她吃了份玛格丽特披萨,还喝了基安蒂红葡萄酒。他对她说,他要在多米尼加共和国待上挺长一段时间,想和从前在危地马拉那样定期和她聊天。

"你还会付钱吗?"她赶忙问道,然后解释道,"在危地马拉时有人养着我,你当时给我的那些钱算是锦上添花。可现在我在这边得自食其力——我敢说，这可不容易。"

"当然，我当然付钱，"迈克安抚她，"放心，包在我身上。"

从那时起，只要迈克在特鲁希略城，他们就每周聚一次，而且地点不重样：饭店、咖啡馆、公园、小教堂、玛尔塔租住的房子或美国人下榻的高级酒店。他们聊的都和政治有关。玛尔蒂塔给他讲述她在电台评论的那些事情。对迈克而言，最重要的是阿贝斯·加西亚对她说的那些与国家安全及其工作相关的信息。和以前一样，每次谈话结束后，他都会交给玛尔塔一只装有美钞的小信封。有一次她问起这算不算他俩都在为美国中情局效力，迈克微笑着用英语回答她："无可奉告。"

除了交谈，迈克也交给她一点儿其他的小任务，例如调查某些人的某些事，或者给某些她不认识的男人和女人捎去消息，那些人基本上是军人。

"我做这些事是不是在玩命？"有一次他们走在防波堤上，看着彼时彼刻亮得发白的海面，她提出了这个问题。

"在元首特鲁希略的统治下，我们只要身处这个国家就是在玩命，"他是这样回答她的，"你很清楚这一点，玛尔蒂塔。"

确实如此。近些年，情况越来越糟糕了。玛尔塔留意到这一点是因为乔尼·阿贝斯越来越忧心忡忡了，虽说如今他们见面的机会不多，可每次见面他都会比上一次更紧张、焦虑。据他所言，又出现了几次新的入侵事件，死了不少人。人们都在谈论人口失踪事件，有些人悄无声息地消失了——有的是在军营里被枪决，有的则是被敌人暗杀，他们的尸体会突然出现在街头。还有传言说，有的人会被抓去喂鲨鱼。即使在"多米尼加之声"电台，玛尔蒂塔也经常听到员工、主持人、记者等低声谈论着这个国家日益紧张的政治局势。她开始在心里拉响警报。如果特鲁希略倒台，共产党人上台,就像古巴那样,她该怎么办?她经常做噩梦,梦到那样一个国家:她永远无法离开,那里禁止信奉天主教——她如今成了虔诚的教徒,每周日的弥撒都准时参加,甚至会到老城区披着披风举着蜡烛参加游行——监狱和集中营里人满为患。她毫无疑问也会被关进去,因为她是鼎鼎大名的反共人士,捍卫特鲁希略和拉丁美洲其他所有军事独裁者及政治强人。

在这样的背景下,共和国总统埃克托尔·特鲁希略将军的邀请函到了,请她于两天后的晚七点到总统府去。一个穿制服的摩托车手把邀请函送来,她的好几个同事因此开起了她的玩笑。她来到多米尼加共和国将近三年了,为什么总统偏偏挑这个时候邀请她?

玛尔塔尽可能地打扮了一番——衣柜里几乎没什么可供选择的衣服——叫了辆出租车,在指定的时间来到了总统府。一名工作人员引领她穿过长长的建筑物,此时她开始担心起来了。那人把她留在了接待台,她得在那里等上几分钟。最后,总统办公室的门打开了,她走了进去。"黑特鲁希略"穿着将军服,胸口挂满勋章。玛尔蒂塔一进门就感觉到空调把整间办公室吹得非常寒冷。那人给她的印象很差劲。他正在打电话,只打了个手势示意她坐下。他边打电话边用放荡的眼神从头到脚打量她,这让她感到非常厌烦。电话又持续了几分钟,总统就这样边讲电话边观察她,似乎想用眼神把她的衣服扒光。这可真是太粗俗无礼了。她觉得自己有点儿生气了。

挂断电话,总统咧嘴冲她笑了笑,嘴角不断颤抖着。他走过来向她伸出手,在她面前坐下来。他是个魁梧的黑白混血种人,但远远称不上高大威猛,还挺着个大肚腩。

"我早就想认识您了。"他说这话时依然用那副眼神打量她。他肤色黝黑,脸盘很大,赘肉很多,手却很小,不停地做着夸张的动作。"我从几年前就开始收听您在'多米尼加之声'电台的节目,祝贺您。您说的那些话自然都是我想说的,也是政府想宣传的。"

"非常感谢,总统先生,"她说道,"我能斗胆问问我因何获此殊荣能到总统府来拜见您吗?"

"他们对我说,您不仅是好记者,还是大美人儿,"总统眼神放荡地盯着她,笑容里带着点儿嘲弄的意味,"而我不得不向您承认,我对美女没什么抵抗力。"

玛尔塔不觉得这是赞扬,而认为这是冒犯。她分不清究竟是总统的眼神还是他那金属般的嗓音——习惯把话音拖长,显得浮夸——更令她不悦。

"言归正传吧,"他突然站起来说道,"我很忙,您肯定能想到这一点,玛尔蒂塔。所以咱们还是直入主题,聊聊这次请您来的原因吧。"

他走向办公桌拿起桌上的一只信封递到玛尔塔面前。她有些困惑,不知该说什么或做什么,但还是打开了。里面有一张支票,署名是"埃克托尔·本贝尼多·特鲁希略",金额栏却是空白。

"这是什么意思,总统先生?"她嘟囔道,隐约猜到了其中的含义,却有些难以置信。

"你自己填金额,""黑特鲁希略"说道,与此同时,目光依然片刻未从她身上移开,"你给自己估个价,你估的价值就是我估的价值。"

玛尔蒂塔站了起来。她脸色发紫,浑身战抖。

"我不能在这些事情上浪费时间。"他进一步解释道。然后继续大放厥词:"或者这么说吧,我没时间搞那些风花雪月的事,所以倒不如简单直白。我想跟你做爱,咱们一起享受享受。与其我给你送什么礼物,倒不如你自己……"

他还没说完,玛尔塔的巴掌已经掴到了他脸上。这还不算完。

玛尔塔没给他时间回过神就扑到了他身上,一边双手并用捶打他一边对他大喊:"没人能这样羞辱我,包括您在内!"除了捶打,她还咬住了他的耳朵。她绝不松口,用尽所有力气咬紧牙关,怒火燃遍了她的每一寸肌肤。她听到他尖叫着喊了一句,于是门开了,进来好几个穿制服的人,抓住她、拖着她从总统身上拉开了。总统脸色大变,她看见他用双手捂住那只几乎被她咬下来的耳朵大喊:

"关起来!把这狗屎疯婆娘给我关起来!"

试图把她和总统分开时,有警卫击打了她的头部,她感到昏沉沉的。她像做梦似的隐约记得自己被拖着走过走廊,走下楼梯。等她彻底恢复意识的时候,已经被关在一个像牢房的地方了,那间小屋子连一扇窗户都没有,只放着把椅子。昏暗的灯光笼罩着她,无数苍蝇和蛾子绕着那盏小灯盘旋。在拉扯过程中,她的手表脱落了。难道是那些人故意拿走的?她被囚禁在总统府内那间地下室的四十八小时里,最糟糕的不是缺乏食物和水,而是不知道时间。她甚至分不清外面是白天还是黑夜,也无法计算过去了多久。她的周围一片死寂,尽管有时能听到从远处传来的零星脚步声。这间屋子肯定位于总统府内的某个偏僻角落,绝对是一间地下室。失去时间感让她无比焦虑,甚过她对未来的想象。他们会杀掉她吗?被关在只有一把椅子的小房间里实在太可怕了,她甚至不能去卫生间解决内急,没人给她吃的或喝的,可能他们就是想让她这样慢慢死去。缺乏食物倒不那么令她担忧,但是连一口水都喝不到,这确实让她受不了。她不停地舔舐嘴唇,感觉自己的舌头像砂纸一样干燥。她躺在地上,但一方面是不够舒适,另一方面是警卫击打造成的疼痛感让她难以入眠。她脱下鞋,发现脚肿了。不过她连片刻都没有后悔过自己怒火中烧地扑向"黑特鲁希略"边抓边打、用力撕咬他耳朵的行为。那个混蛋黑白混血种人像一只受惊的老鼠那样尖叫,她都听到了。她还看到他那双放荡的眼睛里流露出的惊讶和恐惧。他胆敢冒犯女人，却无力保护自己。那个可怜的魔鬼尖叫了，害怕了。哪怕她会因此丧命，她也决不后悔。如果可以重来，她还是会作出同样的选择。她这辈子从没受过这种羞辱。那个婊子养的把信封递给她，她打开，看到支票，明白了他的意图，那一刻，她备感屈辱。让她当婊子还让她给自己估价！尽管浑身酸痛，生死难料，但她还是笑了，因为她回想起自己撕咬那只肥耳朵时的狠劲儿。

过了一会儿，她睡着了。她梦到这一切不过是一场噩梦。可是醒来后，她发现噩梦是活生生的现实。她感觉有些绝望，那些狗娘养的肯定会任由她在这里慢慢死去，濒死之时才是她最痛苦的时刻。突然，她回忆起了危地马拉城，想起了埃弗伦·加西亚·阿尔迪莱斯医生和被她抛弃的儿子。她离开他们时，他只有几岁。他的父亲会向他提起她吗？她梦到自己小便了，醒来后才发现内裤和裤子真的都湿了。她是不是也会像这样把屎拉到自己身上？她模糊地想起了父亲和无比疼爱她的保姆，用人西姆拉。她生下的那个男孩还活着吗？他现在应该差不多十岁了。埃弗伦·加西亚·阿尔迪莱斯是不是把他送去孤儿院了？特伦西托还在世吗？她再也没收到过关于他的消息。西姆拉有时候会打来电话，告诉她父亲的状况——依然足不出户，似乎完全被悲伤吞噬了。她感到胃部有些疼痛。她小时候很敬重的父亲抛弃了她，此时她对他所怀有的依然是无尽的恨意。阿图罗·博雷罗·拉玛斯还活着吗？口渴的感觉开始折磨她了，她拖着身子来到门前用力敲打，大声喊着要喝水。但是没人回应。这间牢房附近根本没有守卫，或者可能守卫们收到了命令，不能同她讲话。最后她又困又乏，倒在了地上。她开始数数，这是她从孩童时代就知晓的助眠秘诀。

牢门终于打开，走进来几个穿制服的人把她扶起来，帮她整理了衣服,还拍了拍她,可她已经虚弱得不成样子了。他们架着她走过长长的走廊,上了楼梯,而她以上帝的名义乞求他们给她点儿水喝,因为她就要渴死了。他们似乎压根没听到她的话。他们几乎是把她悬空架着穿过几间大厅、几条走廊,最后来到一扇门前。门立刻打开了。她看到几个人在看着她,其中有元首特鲁希略,有耳朵上缠着绷带的"黑特鲁希略",还有乔尼·阿贝斯·加西亚。三个人都在望着她,眼神中都透着警惕。军人们把她架到一把扶手椅边,帮她坐下来。玛尔塔终于费力挤出了一句话:

"水……求求你们,给我点儿水……水。"

有人给她递来一杯水。她闭上眼睛慢慢吞咽,感受那冰凉的液体滑入身体时的感觉。它赋予了她新的生命。

"我谨代表我和我的弟弟,请求您的原谅,"她听到元首特鲁希略用尖细的嗓音十分严肃地说道,"他本人也会向您道歉。"

多米尼加共和国的傀儡总统此时听力受损,因而依然呆立未动。元首厉声喝问:

"你还在等什么!"

"黑特鲁希略"赶忙强打起精神,嘟囔道:

"请您原谅,夫人。"

"这种请求原谅的方式太敷衍了,一点儿都不真诚,"她听到元首说道,"你应该这么说:我对您做的事,只有缺乏教养的蠢猪和流氓才做得出来。你还得跪下,为你所做的那些愚蠢的冒犯行为乞求她的原谅。"

元首说完,屋子里沉寂了一会儿。有人又端来一杯水,玛尔蒂塔依旧小口小口地慢慢吞咽着,感到自己的身体、肌肉、血管和骨骼都在感激那股渐渐拯救着她的甘泉。

"现在你可以滚了,"特鲁希略说道,"但是在那之前,你得记清楚一件十分重要的事，黑鬼，你并不存在。你给我记清楚，尤其是在你想干那些蠢事，例如你对这位夫人干那种事的时候，你并不存在。你只是我创造出来的。我既然可以把你创造出来，就随时可以把你毁掉。"

她听到一阵脚步声，门打开，又关上。傀儡总统滚了。

"夫人的状况很不好，我看得出来，"元首说道，"你负责送她去特鲁希略城最好的酒店，立刻找医生给她做个全身检查。她是政府邀请的客人，我希望她能得到最好的照料。现在就去吧。"

"遵命，元首，"阿贝斯·加西亚说道，"立刻照办。"

他弯下身子，伸出胳膊。她尽了最大努力才在他的搀扶下站起来。她想感谢元首，但根本说不出话来。她想呕吐，也想睡觉。她的眼泪流下来。

"坚强一点儿，玛尔蒂塔。"刚走出那间屋子，阿贝斯·加西亚就这样对她说道。

"现在要把我怎样？"她嘟囔着问道。上校用两只手扶着她的胳膊，开始穿过大厅和走廊。

"先在哈拉瓜酒店住几天，像元首说的，享受几天高规格待遇，"阿贝斯·加西亚说道，然后压低声音补充道，"一旦好转就得找机会离开这个国家。元首羞辱了'黑特鲁希略'，这家伙睚眦必报，肯定想把你除掉。现在你要冷静下来好好休息，恢复气力。我会和迈克聊一聊，看看怎样能快点儿把你救出去。"

24

在"突厥"阿赫迈德·库洛尼开的地下赌场做安保逐渐使得恩里克·特里尼达·奥利瓦重新找回了活着、吃喝、做梦、穿衣的意义,也慢慢恢复了对女人的欲望。他满怀激情地投入工作,对他的老板感激万分,因为是这个人让他重新做人。在之前恐怖的五年里,他觉得自己不再活得像个人。

他的工作并不轻松。"突厥"的秘密赌场里龙蛇混杂。当时的危地马拉城内,政治暴力和刑事暴力事件与日俱增:绑架、暗杀、袭击……这些事在以前是很罕见的,现在却成了家常便饭。恩里克命令打手们仔细检查客人的包裹和口袋,这些客人大多习惯随身携带武器,要在他们进入赌场前收走。还得防止客人们醉酒斗殴,一旦发生这样的事,就要立刻把他们分开,尽最大可能安抚他们的情绪,不能让赌场变战场。

监管和雇用打手也是个劳心的活儿,因为这些人都不是省油的灯。他们之中的很多人曾蹲过监狱,是有前科的罪犯,更在牢房里养了一身坏毛病。恩里克的做派倒是可以压制住他们——只要出一次错,他就会辞退他们。他经常提醒他们:"惹恼我的人,我势必让他加倍付出代价。"

他的样子改变了许多,还换了名字。现在他叫埃斯特万·拉莫斯。他留了大胡子,把半张脸包起来,完全看不出原来的样貌了。他很少摘下深色眼镜,也换了发型。他把一天二十四小时都投入了工作,连睡觉的时候都会梦到自己在设法改进工作方式。他在离尤里塔教堂不远处租了个小房间,邻居们都以为他是电报员。他还养了一只叫米西弗兹的猫,那只猫很亲近他,总是睡在他的床边。

"突厥"时不时请他吃顿午饭,顺道喝上几杯。一天,祝贺他卓有成效地完成了工作任务之后,"突厥"提出要把他安排到"更重要的岗位"上。"突厥"五十岁左右,粗粗大大,半秃顶,很喜欢戴戒指,整天戴着深色眼镜。"工资当然也会更高。"他拍了拍恩里克的肩膀说道。他提醒说,新的岗位会有点儿风险。恩里克早就怀疑过,此时终于确认"突厥"的主业并非赌博,而是走私。

从那时起,他就开始多头兼顾了。除了赌场的安保工作,他还要跑到边境线的不同位置接收、发送货车或货船,却从不过问"突厥"接收、发送的到底是什么货物。其实他很清楚自己在干什么事。

他也知道自己在流沙中越陷越深。他正在做的事随时有可能把他再次送进监狱,甚至让他有性命之忧。但是他开始赚到更多的钱了,能买上档次的衣服,吃得也更好了。有天晚上,他在孔科尔迪亚公园的酒吧里找了个妓女,把她带到附近的小旅馆,证实了自己的性功能已经完全恢复。他本以为自己再也不会对女人感兴趣了,这一证实让他感到非常幸福。

收入多了之后,他得以在十四区租房,这座城市里最好的别墅都分布在那里。他雇了管家和女厨师,还买了辆二手福特轿车,和全新的没什么区别。证件方面也没问题。"突厥"对公务人员一向出手大方,他的那些朋友和伙伴很快就会给他以埃斯特万·拉莫斯的名字办理证件,甚至包括一份工程师证件。他知道自己已经在"突厥"的事业版图里占据了很重要的位置。一天,两人吃过一顿上档次的午饭,喝了些啤酒,"突厥"表示想把他派去波哥大。"突厥"直截了当地告诉他此行是处理关于可卡因价格的事情——哥伦比亚供货方把价格抬得离谱,他的任务是说服他们降低价格,如若不然，对方就会失去危地马拉市场。

恩里克简直不敢相信自己的眼睛：他拿到了一份护照，上头必要的印章一应俱全，还有证件照，写明他的新名字和新职业：埃斯特万·拉莫斯，工程师。他出发了，住在波哥大的特昆达马酒店。他的房间所在楼层很高，让他有些眩晕。他成功使得供货方接受了一个合理的价格。回国后，"突厥"对他此行成果非常满意。

有时，在饭店、咖啡厅或剧院，或是某个夜晚在西罗斯歌舞厅——在卡萨布兰卡歌舞厅开业前曾是危地马拉城唯一的歌舞厅——他会认出在从前的生活圈认识的人，也就是说，在他还是个军人、还贪恋权力、还没被关进监狱之前认识的人。他们从没认出过他，他也没和那些人打过招呼。他再没见过任何一位亲人，也不知晓家人的近况。这让他感到十分平静：他认为自己彻底变成了另一个人。

但令他担心的是，从很久以前开始，暴力事件就在整个危地马拉不断发生，大有愈演愈烈之势。佩滕省发生过小规模战斗，东部某些地区也发生了多起袭击、绑架、"征用"银行钱财和宵禁事件。有时犯罪案件还会被伪装成政治事件。另一方面，军事政变接二连三地爆发。对所有人而言，危地马拉人的生活和以前比起来更加危险。这种状况对他们的生意自然不利。

25

一九五四年六月十八日，卡斯蒂略·阿马斯率领的自由军从三个方向突破危地马拉和洪都拉斯的边境线，艾森豪威尔任命的美国驻危地马拉新任大使约翰·埃米尔·普里弗伊已在任上七个月。毫不夸张地说，这位精力充沛的外交官没有一天不在努力执行其上司、国务卿约翰·福斯特·杜勒斯交办的任务：颠覆哈科沃·阿本斯政权。

约翰·埃米尔·普里弗伊当时四十六岁，有着大猩猩般强壮的体魄，吃过很多苦，完成了许多任务，才爬到了现在这个位置。一九〇七年，他出生在南卡罗来纳州小镇沃尔特伯勒，年轻时父母双亡，只好寄宿在亲戚家。为了生存，他当时干过各种异常卑微的工作。他梦想着有朝一日能入伍当兵，梦想着被西点军校录取，可是因为身体原因，他很早就不再上学了。他在华盛顿做过电梯服务员。一九三六年，他与贝蒂·简·科克斯结婚，不久便在政府里谋得了一个不起眼的职位。他野心勃勃又坚韧不拔，逐渐从最底层干到了美国驻希腊大使一职。当时希腊共产党使得那个国家到处是武装斗争，眼看就要推翻希腊政府，掌控大权。他在希腊待了三年。

那是他最荣光的一段时期。他能力非凡，见识卓绝，重视实践，具有常人难以企及的勇气。他靠这些品质成功重建了受希腊官方支持的军队，美国和英国为之提供武器和资金支持。正是这支军队击溃了共产党人，在希腊建立起专制的高压政权。他因此赢得了"希腊屠夫"这一绰号。约翰·福斯特·杜勒斯和弟弟——美国中央情报局局长艾伦·杜勒斯——认为，既然已经决心明里暗里地颠覆哈科沃·阿本斯政府，那么美国就需要一位像他这样的外交官赴危地马拉上任。事实上，自从他戴着那顶标志性的饰有羽毛的小帽子来到危地马拉，就毫不关心"阿本斯政府背后有共产主义力量支持"这一说法是否属实（尽管他的副手曾斗胆建议他调查清楚），而是立即全身心投入颠覆危地马拉政权的行动。

来到危地马拉城中那座巨大、庄严的总统府递交国书的当天，他就让阿本斯总统明白了和这位新任美国大使打交道有多么艰难。仪式结束后，总统把大使请进了一间小型私人会客室。还没等总统举起由小伙子端来的香槟和大使碰杯，普里弗伊就先递过来一张纸，上面写着四十个人的名字。

"这是什么意思？"阿本斯总统十分高大，衣着得体，举止优雅，却不通英语，因此他的身边总会跟着一名翻译。普里弗伊也带着翻译。

"这是您政府里的四十个共产主义分子，"普里弗伊的口气十分蛮横，全无外交官该有的样子，"我谨代表美国政府请求您立即撤销这些人的职务，因为他们正在为外国势力效劳，危害危地马拉的国家利益。"

阿本斯回答前先看了一眼那份名单，上面除了一些所谓的左派人士，还有他的朋友和伙伴。许多人和他一样，跟共产党一点儿关系也没有。太愚蠢了！但他还是微微一笑，对客人说道：

"大使先生，咱们的交往开始得并不顺利。您的情报有误。这份名单里有四位危地马拉劳动党议员，只有他们曾公开表示自己是共产党人，但实际上危地马拉劳动党的大部分领导和加入该党的军人压根就不明白共产主义是什么意思。名单上的其他人和您一样反对共产主义，"他停顿了一下，然后保持和善的语气继续说道，"另外，难道您忘了危地马拉是主权国家，您只不过是大使，而非殖民地总督？"

普里弗伊大笑一声，嘴巴时开时合，咽了口唾沫。为了便于两位翻译开展工作，他把语速放得很慢。大使高大、强壮，肤色很白，眼神深邃，具有侵略性；他的眉毛很浓，翘起的胡须中夹杂着几根白须，这种情况对于他这个年纪的人而言有些提早了；他的额头被汗水浸得发亮，从那一刻起，阿本斯总统每次望向大使都觉得他浑身散发着热气，好像随时会爆炸。

"我一直觉得自己从第一天和您打交道起就得对您开诚布公，总统先生，您不是说您的政府里满是共产主义分子的说法只是美国人的幻觉吗？这份名单证明那并非幻觉。"

"我能知道是哪个想象力丰富的人列了这份名单吗？"

"是美国中情局，"大使挑衅地笑了笑，然后解释道，"这是一个很有效率的机构，纳粹已经在战争中领教过它的厉害。感谢麦卡锡参议员，美国中情局如今正在肃清美国政府内部的敌对分子，很多赤色分子被揪了出来。这种人在您的政府里也为数不少。这样看来，您是不会对他们采取措施了，是吗？"

"不止如此，您的建议还帮了我的忙，"总统也反过来嘲讽道，"既然美国中情局认为他们是敌人，就意味着我可以信任这些人。感谢您的无礼举动，大使先生。"

"咱们还真是相处融洽啊，总统先生。"普里弗伊又笑了。

那天晚上回到家，阿本斯总统对妻子玛利亚·维拉诺瓦说道：

"美国派了只大猩猩来当大使。"

"这很合理，"她回答道，"美国人不是一向把咱们这里看成动物园嘛？"

在卡洛斯·卡斯蒂略·阿马斯上校看来，自由军于一九五四年六月十八日和十九日发起的早期军事行动收效甚微。从洪都拉斯出发的军队由一百二十二人组成，前往萨卡帕、经过瓜兰时，他们与塞萨尔·奥古斯托·席尔瓦·希隆少校率领的一支三十人卫队不期而遇。这位少校虽然年轻，但智勇非凡，早就作好了战斗准备。他的士兵全副武装，在瓜兰附近的山地设下埋伏，然后出其不意地对自由军发起攻势，迫使自由军节节败退；还打死了十几名自由军士兵，包括胡安·查洪·楚亚上校，也就是那支自由军部队的统帅；此外还造成了多名自由军士兵负伤，大约三十人被俘。

米格尔·安赫尔·门多萨上校领导的自由军从新奥科特佩克出发，"斧子脸"也在其列。这支队伍在黎明时分穿越边境线，直逼埃斯基普拉斯。他们在那里遭遇的敌军拥有比他们想象中更优良的装备，而且和瓜兰战事一样，那里的政府军同样士气高涨，作好了迎头痛击叛军的准备。自由军能够在那样一场屈辱的惨败中幸存，还得感谢布罗德福斯特上校从尼加拉瓜紧急派遣的几架战斗机，其中表现尤为突出的是杰瑞·弗雷德·德拉姆驾驶的战斗机扔下两枚炸弹，准确地击中了埃斯基普拉斯的政府军军营，不知是他技术高超还是运气太好，其中一枚炸弹恰好炸中了两门大炮，造成政府军伤亡惨重。

从洪都拉斯境内马库埃利索出发的一路人马人数最众，共计一百九十八人，他们兵分两路逼近巴里奥斯港。一路水军，军中有两栖坦克，还有轻便船，都是元首特鲁希略派出的，这一路的领头人是阿尔贝托·阿尔蒂加；另一路则是陆军。他们的计划是一举歼灭布防在危地马拉濒临加勒比海大港军区的守军。但是两路人马都遭遇了火力猛烈的压制，甚至有民兵协助政府军的守卫工作。除了士兵，巴里奥斯港的军事设施里还有许多码头工人协助作战，他们是几天前刚刚被工会和政府武装起来的。这是在整个危地马拉境内唯一一次出现所谓"人民武装力量"，反对派曾经多次警告它的存在，但在那之前它从未现身。自由军只得仓皇逃窜，把死者和伤者抛弃于战场或港口周围。巴里奥斯港的驻军受到了广泛支持，普通民众拿起猎枪、石块和小刀帮助军官和士兵在那场战斗结束数个小时后再次击退了来犯之敌。自由军再次败退，政府军则俘虏了不少败军，许多俘虏后来被杀死了。第一次正面交锋，自由军可以说是全面溃败。

另一方面，从萨尔瓦多的圣塔安娜出发的叛军还没到达危地马拉国境线就先被萨尔瓦多军队悉数逮捕，他们的武器尽数被收缴，理由是没有拿到持械许可。两天后，在美国大使馆的积极斡旋下，被捕的人被移交给了洪都拉斯，因为萨尔瓦多总统奥斯卡·奥索里奥反对卡斯蒂略·阿马斯的追随者在他的土地上发起反对危地马拉政府的军事行动。

然而，在入侵行动开始的最初两天，对卡斯蒂略·阿马斯叛军打击最大的是自由军空军为前线叛军输送武器弹药的所有行动均以失败告终。空军当时得到的情报是叛军已经在危地马拉国土上展开了有效的军事行动。但那只不过是吹嘘。按照约定，布罗德福斯特上校会派遣数架道格拉斯C-124C运输机前往运送战斗物资，其中包括食物和药品，这些物资将以伞包的形式被投放到战场上，可实际上接应物资的人压根就没有出现在指定地点。美国飞行员在空中盘旋多时，直至接到放弃投送物资、返回马那瓜的指令，因为如果继续等待，可能他们最后只能把物资扔到海里。本来他们共有三架道格拉斯C124-C运输机，后来中情局局长艾伦·杜拉斯亲自授权并拨款，增派了一架前来支援。空军的实力不断壮大，到战争爆发前夕，他们已经拥有六架C-47（DC-3）运输机、六架F-47雷电战斗机、一架P-38闪电式战斗机、一架塞斯纳180和一架塞斯纳140。所有飞行员都是美军，他们每个月的工资是两千美元，顺利完成一次任务还可以再拿额外的奖金。

接下来，普里弗伊大使在危地马拉度过的将近八个月里，阿本斯总统几乎每次与他见面都会努力向他解释这个国家的真正状况。阿本斯总统坚持认为自己的政府主导的改革，包括土地改革，都是为了把危地马拉变成像美国和许多其他西方国家一样现代、民主的资本主义国家。难道他们在这个国家搞过集体农场之类的东西吗？难道有哪家私人企业被国有化了吗？政府把闲置土地收归国有再分发给穷苦农民，土地就归农民个人所有了，这都是为了发展私有化的资本主义农业啊！"对，您没听错，大使先生，资——本——主——义——"总统把这个词说得很清楚，翻译也模仿他的口气译成了英语。如果政府向联合果品公司征税，那么危地马拉所有的农民也都要缴税，政府会利用这些税款兴建学校、公路和桥梁，给教师提高工资，吸引有能力的人来当公务员，拨款给印第安人聚居区进行公共建设——印第安人占了三百万危地马拉人口的大多数，却生活在穷乡僻壤，饱受贫困折磨。即使阿本斯总统很快发现普里弗伊大使压根不听任何事实及道理也依然坚持自己的说法。可大使甚至不愿听总统讲话，只是像个口技演员那样不断重复地称共产主义已经在整个危地马拉蔓延开来。马里亚诺·罗塞尔·伊阿雷亚诺主教在他著名的宣教书中不就是这么写的吗？自胡安·何塞·阿雷瓦洛时代起，政府就允许成立工会组织，难道不是这样？在煽动分子的鼓动下，农民和工人越发难以管束了，这也是假的？他们侵占农场主和企业家土地和庄园的行为又该作何解释？难道农场主和企业家没有感受到威胁？他们之中的许多人不是逃到国外去了？报纸和电台每天都在报道这种事，不是吗？

"难道美国没有工会组织？"阿本斯反驳道，"没有自由独立的工会组织的地方恰恰是苏联啊。"

但是大使压根不予理睬,只是一次又一次重复地宣称美国绝不允许在加利福尼亚和巴拿马运河之间出现苏联的卫星国。他的语气时而严肃,时而威胁,还说"为了避免出现这种威胁",海军陆战队已经从加勒比海和太平洋两个方向包围了危地马拉。

"您知道此时此刻在危地马拉有几个苏联人吗?"阿本斯说道,"一个都没有,大使先生。在这个国家里,一个苏联人都没有,请问苏联打算怎么把危地马拉变成殖民地?"

由美国报纸打头阵,继而全球的报纸都开始炮制假消息,阿本斯总统对这些媒体的抗议完全徒劳。《纽约时报》《华盛顿邮报》《时代周刊》《新闻周刊》《芝加哥论坛报》之类的权威媒体怎么会众口一词地发布如此异想天开的玩意儿?共产主义在危地马拉蔓延?这是彻头彻尾的谎言,是在抹黑这个国家正在进行的社会改革,这些改革的目的恰恰是要解决贫困、不公和不平等的社会问题,这些问题才是把危地马拉人民推向共产主义的黑手。那位外交官只会回答说美国是民主国家,倡导言论自由,政府不会干涉媒体发布的消息。阿本斯事无巨细地向他解释土地改革不会把"水果摊"也就是联合果品公司手中的任何一块土地收归国有,对危地马拉本国的大庄园主也是一样。政府只收回那些无人耕种的闲置土地,而且如果收归国有的土地是有主的,政府还会根据他们的纳税情况估算土地价值,予以经济补偿。

总统表示,大使与其和军人时常见面、煽动他们发动颠覆政府的政变——即使听到这类细节,大使也显得无所忌惮——倒不如在这个国家多走走,亲眼看看五十万印第安人是怎样终于有了自己的土地,成为有产者。对,大使先生,有——产——者——他们会越来越富有,危地马拉也将会变成没有饥饿、没有剥削、没有贫穷的国家。这都得益于他的政府是以美国为模板的。普里弗伊大使不为所动，依然专注于完成自己的使命，因此他从没走出危地马拉城去看看这个国家。每次和总统会面，他只是不断重复同一个问题：

"为何您的政府要对联合果品公司这样的美国企业如此残酷，总统先生？"

"'水果摊'来到危地马拉半个多世纪了，却没缴过一分钱的税，您认为这合理吗，大使先生？"阿本斯回答道，"没错，您没听错：没缴过一分钱，从来没有。这是事实，它贿赂独裁者埃斯特拉达·卡布雷拉和乌维科，和他们签订协议，免除税款。可是现在它贿赂不了我。它必须纳税，就像所有在美国、在西方民主国家经营的企业都要纳税一样。在您的国家，公司难道不必缴税？事实是，这边的缴税金额只是在您国家的一半。"

总统知道说什么都是白费唇舌。事实上，他很清楚普里弗伊大使会继续设法煽动军队发动政变，颠覆他的政府。他曾经询问过部长们的意见，看看是不是应该把他驱逐出这个国家，但是总理吉列莫·托里埃略反对说那样一来势必激怒美国，激化矛盾。美国甚至可能以此为借口，下令海军陆战队登陆危地马拉。这种入侵威胁一直是他们担心的核心问题之一。阿本斯很清楚，军方对此异常恐惧，他们很担心美国真的会武力入侵危地马拉。政府通过私下调查了解到，如果美国真的武力入侵危地马拉，那么至少一半到四分之三的危地马拉政府军会叛变投敌。这也是总统本人最大的担忧。直到目前为止，他尚能压制住那些军人伙伴，但他很清楚，一旦美国海军陆战队登陆危地马拉本土，军队内部势必会出现投敌大潮。在这段紧张时期，他的身体起了反应，经常渴望喝上一口威士忌或朗姆酒，但他从不曾在利诱面前低头。

阿本斯指出普里弗伊是危地马拉头号反共人士时看到对方嘲讽地笑了笑。阿本斯还说自己的国家里一个苏联人都没有，又怎么可能成为苏联的卫星国？不仅如此，他的国家既没有跟苏联建立外交关系，双方也没有经贸上的往来，危地马拉宪法还禁止组建国际性政党。大使只听着，从不作回应。总统保证说，虽然危地马拉劳动党被认为是共产党，可它只是一个不起眼的小型政党。此时大使的脸上往往会露出一抹疑虑的神情。有时，普里弗伊大使反驳说危地马拉劳动党虽然只有四位议员，却掌控着所有的工会组织，这件事千真万确，这就给危地马拉的农场主和企业家带来了极大恐惧，迫使他们不得不逃往国外。"真是对牛弹琴，"阿本斯想道，"美国派了个蠢蛋来。"

然而约翰·埃米尔·普里弗伊并非蠢蛋。毫无疑问，他是狂热分子，是种族主义者，也是极端的麦卡锡主义者，接受不同看法的速度很迟缓。对于这一点，阿本斯的夫人玛利亚·克里斯蒂娜·维拉诺瓦自从见过这位大使之后就不断地向别人这样形容他。不过他确实很有效率，会闷头直冲，扫清达成目标的道路上的一切障碍。他甚至胆敢设法收买军队司令卡洛斯·恩里克·迪亚斯上校（绰号"小阿本斯"）。在上校前往加拉加斯的旅途中，一名美国中情局特工来找他，提出可以给他二十万美元的酬劳，换取他"与美国合作"。迪亚斯上校不为所动，从委内瑞拉回国后，将此事报告给了阿本斯总统。上校承认那次经历着实让他"胆战心惊"，还以为找上门的那人是自己老婆派去的，因为上校是和情人一起去加拉加斯旅行的。

普里弗伊大使制定的策略与其当年在希腊实施的方针很像：说服军队高官，让他们相信阿本斯的政策不仅会损害国家利益，而且会伤害军队，因为共产主义分子首先要荡平的就是军队，然后用自己的民兵来替代职业军人，苏联及其在二战后扶持的那些国家都是这样做的。美国大使干这些勾当时丝毫不加掩饰，因此阿本斯总统及其政府对这些情况了如指掌。总统认为这是"激将法",是想诱使他把普里弗伊驱逐出危地马拉,这样美国就有借口发动军事入侵了。普里弗伊不断邀请上校和军队指挥官到美国大使馆去,从军队司令迪亚斯上校开始,然后是其他上校,例如埃尔菲戈·H.蒙松上校、治安部门长官罗赫里奥·克鲁斯·威尔上校、法警队长海梅·罗森博格将军等。大使有时也会在军人俱乐部或某人的私宅里和他们见面,提供见面地点的主要是那些反对各类改革尤其是反对《900号法案》和土地改革的企业家及庄园主,他们之中的许多人这辈子从不纳税。大使提醒这些军人,说如果局势继续恶化下去,美国很快就会别无他法,只能选择武力干预。难道他们想和世界上最强大的军队作战?此外,他还提醒这些军人,自一九五一年以来,也就是自被阿本斯称为"社会团体"的共产主义组织首次在这个国家出现以来,美国就被迫限制危地马拉从西方国家购买武器、弹药和其他军事物资了,许多欧洲国家也采取了同样的封锁措施,这极大地损害了危地马拉军队。他们对此难道不是都心知肚明?难道这个理由还不足以让他们采取行动颠覆现政府?

然而大使发现,当卡斯蒂略·阿马斯的军队于六月十八日越过边境线的时候,那些定期和他会面的军队高官大多对此叛变持反对态度。他们认为这种"背叛行为"是"难以容忍的"。那个不起眼的军人、那个卑微的好事之徒竟敢集结一支绝大多数是外国雇佣兵的队伍来攻击自己的祖国。官员们的这种反应迫使普里弗伊改变了策略。他紧急联系美国国会和中情局,希望美国不要把它对军事政变的支持表现得过于明显,同时建议美国政府支持他早前提出的"制度政变"策略。

另一方面,普里弗伊大使通过努力,在危地马拉政府内部成功安插了间谍。"那些人的要价比希腊人低多了。"这是他在提交给美国国会的报告中写下的文字。不是所有人都像迪亚斯上校那么多疑。普里弗伊大使每天都会向华盛顿通报他所搜集到的情报，十分轻视卡斯蒂略·阿马斯在流亡时期的所作所为，坚持认为让政府军背叛阿本斯将比自由军的军事行动更快地颠覆危地马拉现政府。他总结道，政府军的内部叛乱要比自由军的入侵行动更有效率。入侵行动不会立刻收效，拖延得越久，政府军那些人发动叛乱的决心就越动摇。

一九五四年六月十八和十九日，卡斯蒂略·阿马斯的军队（普里弗伊习惯称之为"团伙"）越过边境线后，他的看法得以证实。如果没有空军支援，自由军的行动将一败涂地，是空军使得在瓜兰和巴里奥斯港作战的自由军免遭被全歼的命运，还奇迹般地拯救了那支试图攻占萨卡帕的队伍。阿本斯政府的空军力量十分薄弱，可能只拥有五架比奇AT-11型战斗机，其中一架在入侵行动爆发首日就投敌了，飞行员把它开去了洪都拉斯，加入了叛军。阿本斯不敢让余下的四架战斗机参战，因为害怕其他飞行员也投敌。布罗德福斯特上校指挥的自由军空军因此可以横行无忌。

美国飞行员大大利用了这种空中优势，尤其是在奇基穆拉，以杰瑞·弗雷德·德拉姆为首的叛军空军机队对政府军造成了极大破坏。杰瑞·弗雷德·德拉姆自杀式地闯入驻军军营，成功抛下了一枚炸弹，不仅造成了重大伤亡，还摧毁了军火库，迫使其余官兵在六月二十三日缴械投降。自由军占领了该地。这大大刺激了其他几路入侵者，那些人在最初两日遭受重创，差点儿就要退回洪都拉斯境内了。自由电台把卡斯蒂略·阿马斯的军队对埃斯基普拉斯和奇基穆拉的占领形容为阿本斯政府"终结的序幕"。

此时，普里弗伊大使致函美国国务院和自由军战略指挥部（由美国中情局官员罗伯特森和威斯纳指挥）要求轰炸危地马拉城。只有让城内军民人心惶惶,军队才会下定决心采取行动。多位政府高官曾详细地给大使解释了这一策略,其中包括蒙松上校和军队司令迪亚斯上校:"必须造成平民伤亡,要在民众当中散播恐怖情绪。这是能够使得我们借机插手颠覆阿本斯的唯一手段。"埃尔菲戈·H.蒙松上校在何塞·路易斯·克鲁斯·萨拉萨尔上校和毛里西奥·杜博斯上校的陪同下来到大使馆,他们明白无误地指出自由军应该轰炸的地点是马塔莫罗斯军营,它位于危地马拉首都的中心。

六月二十五日傍晚,轰炸开始了。自由军空军当时更加壮大了,由威廉姆斯和德拉姆驾驶的两架雷电战斗机飞往首都前先在奇基穆拉和萨卡帕上空盘旋,炸毁了一列运载支援前线的官兵的火车,又摧毁了一座桥梁。幸存官兵选择继续步行前进,这让他们更加步履艰难。

两架战斗机在凌晨两点二十分飞抵首都。率先在马塔莫罗斯军营上空盘旋的是威廉姆斯驾驶的战斗机,它携带的二百七十五磅炸弹被卡住了,没能发射成功。跟在后边的德拉姆则成功地用五百五十五磅炸弹击中了军火库,直接把它炸成了一片废墟。这次轰炸引发了一系列后续爆炸,造成军营内外无数军民伤亡。两架战斗机还收到命令,对幸存者进行了低空扫射。撤退前,威廉姆斯又在城里投下了两枚较小的炸弹,其中一枚击中了军校的荣誉广场。这次,以军队司令迪亚斯上校和埃尔菲戈·H.蒙松上校为首的政府军高官终于满意了:平民死伤无数,成千上万的家庭出于恐惧已经开始逃离这座陷入火海的城市,他们背着大包小包,有的抱着摇篮,还有的带着爱犬,大家都很怕自由军会进行新一轮轰炸。

马塔莫罗斯军营遭遇袭击二十四小时后,整座城市依然弥漫着袭击造成的恐慌,死者和伤者依然躺在路边,还有大批居民正试图逃往乡间。在这种混乱的状况下,阿本斯总统收到了军队司令卡洛斯·恩里克·迪亚斯上校"以军方的名义"发来的请求信，信中称，"由于昨天发生的那起重大事件即敌方战斗机对马塔莫罗斯军营及周边地区的轰炸"，他请求与总统及军队其他要员召开紧急会议。迪亚斯、蒙松和军方的其他官员都是阿本斯在军校的同学，也是他的私交好友。在迪亚斯荣升军队司令的进程中，阿本斯发挥了重要的影响。但是收到那封请求信，阿本斯就知道迪亚斯上校已经不再是他所熟悉的那个人了，也不再是自年轻时就一直陪伴在他身边的好友和伙伴了。直到两天前为止，他还一直在向自己汇报普里弗伊与军队高官见面、试图说服他们发动政变的情况。政变真的要爆发了？他也被敌人收买了？在回信中，他约迪亚斯和其他军方要员于当日下午在总统办公室见面。

回信后，他招来了三位密友，也是他的谋士：卡洛斯·曼努埃尔·佩耶赛尔、农民和工人工会总秘书长维克托·曼努埃尔·古铁雷斯和危地马拉劳动党(共产党)党魁何塞·曼努埃尔·福图尼，他们都曾在制定土地改革法和推动国会通过该法案的过程中与阿本斯通力合作。此外，这最后一位密友在一九五四年年中还曾肩负赴捷克斯洛伐克秘密购置军火的任务，当时美军将会入侵的威胁令军方十分紧张，于是阿本斯决意早作准备。福图尼顺利完成了任务，阿本斯也成功地通过瑞典的阿尔芬姆号货船把军火运抵巴里奥斯港而没有引起美方察觉。苏联对危地马拉发生的事情压根没有半点儿兴趣，这不就是一个很好的证明？阿本斯无数次这样想过，他的政府只能吃哑巴亏，以很高的价格购入那批武器，半点儿折扣都要不到。美国媒体后来把那次购置军火事件描述成了一桩丑闻。实际上，军方永远不会同意用那批军火来武装民兵力量，况且所谓的民兵压根就不存在。

阿本斯没有向他们提及迪亚斯的请求，只是询问他们招募和训练士兵的情况如何。三人带来的数据十分糟糕，尤其是福图尼那边的数据：进展缓慢；不是所有的农民工会都愿意让其成员应征入伍；其他的工会尽管愿意合作，可是内部有不少反对意见。那些人刚刚分得小块田地，现在只想好好种地，不愿卷入战争，更不愿当兵。福图尼在当年大选之前就是哈科沃和玛利亚·阿本斯的好友了，他对总统坦陈，最大的问题实际上是负责训练新兵的老兵消极怠工，他们害怕那支"民兵"，以为那些新兵将来会成为军队的威胁；又或许他们收到了上层的命令，才不好好训练新兵。在首都奥林匹克城的体育场里，来到募兵点报名的只有几十个人，他们原以为会有成千上万人前来。负责管理新兵的官员还无故缺席，根本就没出现在训练地点，还百般推辞，不把武器交给新兵。事情已经很明白：危地马拉军方不希望吸收新兵来保卫革命成果。普里弗伊大使说服了他们，让那些之前尚在迟疑的官员相信政府的所作所为是"邪恶的"，如果任由事态发展下去，"民兵"就会取代政府军。打仗、参战，这些都是军队的事，不是工会和农民该做的。由于持类似观点，何塞·曼努埃尔·福图尼后来被危地马拉劳动党（他担任该党总书记）中央委员会指责"个人行为与所担任职务不相称"，还说他发表了"错误且糟糕的政治言论"。后来他受到了"纪律处分"，被踢出了该党的领导层。

阿本斯没有告知这三人他下午要和军方高层见面，但是从他们那里收到的情报让他感到很悲观。他早就怀疑他们所说的情况了：军队不愿意训练新兵。负责管理新兵的官员很可能收到了更上层的指示而找理由拖延，也有可能是他们个人想消极怠工。尽管这些人都曾支持土地改革，但他们毫无疑问更看重个人得失。总统一直都很清楚，军方不愿意和美国作战。尽管他们十分轻视卡斯蒂略·阿马斯，但如果要跟美国海军陆战队作战就是另一回事了。谁又能说他们的顾虑是错的呢？

从晚上八点开始，总统办公室就被大约二十位军方首脑挤满了，其中有一些是管理首都驻军的。所有人都身穿军服，胸前挂满勋章。总统立刻让军队司令发言。

卡洛斯·恩里克·迪亚斯上校刚开始演讲时还有些紧张，比较克制，在演讲的全过程都使用了充满敬意的"总统先生"这一称呼。尽管如此，哈科沃·阿本斯也猜到了他接下来会说些什么。他会捍卫"十月革命"、改革措施和土地改革法，会赞扬把土地交给农民的措施。就是这样。当然了，迪亚斯坚持说道，当然了，总统先生，军队理解并支持这些改革，危地马拉军方自然也不会容忍卡斯蒂略·阿马斯这样的叛徒发起叛乱，而且这场叛乱背后还有外国势力支持，美国已经公开表达对我国政策的不理解和敌视态度。从洪都拉斯入侵的叛军在瓜兰和巴里奥斯港都受到了重挫，我们必须打败他们。这一点毫无疑问。对此，危地马拉军队中的八千名官兵十分坚定。但是危地马拉军队是无力和美国这样的世界头号强国对抗的；另一方面，美国对"总统先生"的敌意（"是对危地马拉的敌意。"阿本斯纠正他），对，对危地马拉的敌意，迪亚斯修正了说法，对我国军方造成了损害：封锁、限制购买武器、弹药和储备品。多年前，美国就说服了其他西方国家站队效仿，使得我国军力大伤，从这几天我军和卡斯蒂略·阿马斯领导的叛国者及叛军的交战情况就看得出来，很明显，在武器供应方面，东方国家是无法替代美国的。几个月前，我方从捷克斯洛伐克购买武器的行为最终成了国际丑闻，这就是一个例证，这几乎给了美国海军陆战队入侵我国的口实。而且那批武器中的很多品种都派不上用场，因为弹药和后期维护跟不上。

他停顿了很长时间，所有人一动不动，大气也不敢喘。"要发难了。"阿本斯想道。的确如此，迪亚斯开始发难了。

"因此,总统先生,出于保护革命成果、尽快击溃卡斯蒂略·阿马斯叛军的需要,军方高层请求您做出爱国且慷慨的举动:辞去总统一职。军方将接管这个国家。我们承诺一定会拯救改革,尤其是土地改革。我们也承诺会把卡斯蒂略及其同党彻底打败。"

卡洛斯·恩里克·迪亚斯上校闭了嘴,现场又陷入了漫长的沉默。最后,阿本斯总统问道:

"在场的所有官员都同意军队司令的建议?"

"这是我们共同的建议,总统先生,"迪亚斯上校答道,"首先是作战部队的决定,然后得到了各分军区和驻首都部队的支持。"

又是一阵沉默。这次,哈科沃·阿本斯从椅子上站起来,坚定地说道:

"尽管我是通过干干净净的选举被绝大多数危地马拉人投票选出来的总统,但我不会贪恋权力。人民支持我推行社会经济改革,改变数百年来折磨我国农民的不公状况。如果我的辞职能够挽救这些改革,我又有什么理由继续待在这个位置上呢?尤其是,如果这样做还有助于军队击溃、惩罚叛徒卡斯蒂略·阿马斯,那么我更是义不容辞。"

"我们以军人的名誉担保,总统先生。"卡洛斯·恩里克·迪亚斯上校行着军礼说道。

"请军队司令留一下,"总统说道,"其他官员可以回到各自的岗位上去了。迪亚斯上校将转达我的决定。"

官员们陆续离开了。所有人离开前都向总统行了军礼。

办公室里只剩下了他们俩,这时阿本斯向脸色苍白的迪亚斯提了个问题:

"你认为我的辞职可以安抚美国?"

"美国会怎么样,我不清楚,"迪亚斯上校答道,"但是军队会稳定下来，哈科沃，军人们眼看就要暴动了。我向你发誓。我能暂时阻止他们已经是一个奇迹了。普里弗伊大使对我保证，说只要你主动辞职，美国就会尊重我们的改革，尤其是土地改革。华盛顿只是不希望由共产主义分子掌权罢了。"

"他们有没有要求你把所谓的共产主义分子枪决？"

"暂时只是把他们关进监狱，并立刻撤销公职。他们有一份很齐全的名单。"

"卡斯蒂略·阿马斯会怎样？"

"那算是一块难啃的骨头，"迪亚斯上校说道，"但是在这方面我很坚定，连一毫米都不会退让。不能和叛徒妥协。普里弗伊大使向我保证过，只要军方掌权，把共产主义分子都抓进监狱，宣布危地马拉劳动党为非法政党，美国就会放弃卡斯蒂略·阿马斯。我已经对大使说过无数次了，那个叛徒必须被消灭。我们必须以叛国、叛军的罪名让他接受审判。"

"很好，卡洛斯，"总统说道，"我相信你对我说的都是真话。我希望你至少能保全我们在社会经济方面所做的改革，并阻止那个混蛋当上总统。"

"我发誓，哈科沃。"军队司令又行了个军礼说道。

阿本斯看着军队司令走出办公室，还顺手关上了门。他浑身战抖起来，只得闭上眼睛，做着深呼吸，借此平静下来。他即将作出的决定是正确的吗？如果卡洛斯·恩里克·迪亚斯上校和军队遵守承诺，不和叛徒及叛军妥协，他的决定就是正确的。但是他并不能确定军队一定会听从迪亚斯的命令。如果所有的官员都是忠诚的，那么即便敌军拥有空军优势，即便能对政府军造成重大杀伤，叛乱也肯定能被镇压下去。他最近收到的消息显示，叛军对香蕉工人进行了可怕的屠杀。尽管他相信卡洛斯·恩里克的承诺，也依然担心在自己辞去总统职务之后,那些官员又会背叛卡洛斯·恩里克,进而夺走权力。

他给福图尼打电话,告诉他自己要辞职的决定。福图尼既迷惘又担心,他试图说服阿本斯,但是总统提高声量表示自己已经作出了最终决定,因为这是挽救改革成果、阻止卡斯蒂略·阿马斯获得权力的唯一方法,福图尼便不再多言了。另一方面,这也是唯一可以阻止美国入侵的办法,毕竟要是打起仗来,他们的军人能以一敌十。挂断电话前,总统对福图尼说,和其他演讲不同,辞职演讲稿要由他亲自来写。他还提醒福图尼,在他辞职后,不管是真的还是假的共产党人都会像女巫被猎杀一样被追捕,所以福图尼最好早作打算。总统随即挂断了电话。

他下令国家电台在两小时后对全国直播他的讲话。然后他给墨西哥大使普里莫·比利亚·米歇尔打去电话,两人最近往来甚密。总统对大使说,当天晚上做完辞职演讲,如果墨西哥政府同意,他和家人将立刻到大使馆去寻求庇护。大使保证说墨西哥方面不会有问题,但他还是表示会在演讲前一小时回复阿本斯确定的消息。总统接着给妻子打了电话,只对她说了七个字:"收拾行李,玛利亚。"短暂的沉默过后,玛利亚·克里斯蒂娜·维拉诺瓦回答道:"都收拾好了,亲爱的,什么时候出发?""今天晚上。"他答道。

总统请助手们不要来打扰他。他把自己关在办公室里,往手提箱内塞着需要带走的物品,然后毁掉那些带不走的文件。做这些事的时候,他想到自己三年多滴酒不沾了,于是倒了半杯威士忌。他闭上眼睛,一口喝光。

26

危地马拉城南部最近新开了许多大型商场。这天是家里女厨师的生日，他决定去其中一家商场给她买件礼物。他刚走出商场大门就听到有人叫自己的名字："恩里克？"他猛地停下脚步，转了个身，看到一位穿着蓝色牛仔裤和在年轻一代中很流行的迷彩服的女孩。她还戴了顶蓝色贝雷帽。她的眼睛很美，此时正冲他微笑，好像他们是熟人。

"您是恩里克·特里尼达·奥利瓦上校，对吗？"女孩冲他走近一步，伸出手来，脸上依然挂着微笑。

他变得严肃起来，阴沉着脸回答道：

"你认错人了，我不知道那是谁，"他语气生硬，不过立刻微笑起来，似乎想缓和一下气氛，"我叫埃斯特万·拉莫斯。愿意为您效劳。您是……"

"啊，那就是我搞错了，"女孩微笑着说道，"非常抱歉。"

她转身走远了。她的脚步很轻盈，走起路来蹦蹦跳跳的。

他呆立在原地，手里拿着礼物袋子，既吃惊又自责。他因刚才的反应方式而咒骂着自己。他的双腿在战抖，手心也潮湿了。他在心里不断自责。他一次性犯了三个严重错误：听到有人叫他以前的名字时停下了脚步；否认自己是恩里克·特里尼达·奥利瓦上校时带着怒意；和那个女孩说话时混用了"你"和"您"两种称谓。他本应该继续前行，不要停步，这样那女孩就会确定自己认错了人。"你露馅了，白痴。"他心想。开车回家的路上，他感到有些头晕。他有太多疑问：那女孩是谁？只是一次偶遇？她在跟踪他？她不可能早就认识他。她看上去不过十七八岁，也就是说，他被关进监狱时，她还只是十一二岁的小女孩。她不可能记得他，而且他的外貌改变了很多。此外，他对那张面孔、那双眼睛和那副天真的表情一点儿印象都没有。不，她以前并不认识他。她确实是在跟踪他，想确认他的身份。她成功了，他跳进陷阱了。她是警察？不太可能。是军情局的人？很难讲。她看上去像大学生，像圣卡洛斯大学的学生，攻读人文学科或者法律专业……总之，肯定是在那些风气比较激进的院系学习的。她可能是极端组织成员，那些人最擅长绑架、给银行或军官住宅安炸弹。只有他们才有兴趣调查卡斯蒂略·阿马斯的自由军政府国家安全部负责人是不是还活着、是不是改名换姓地活着。

同一天下午，他把这件事告诉了"突厥"。后者虽然没觉得此事有多重要，但还是安慰恩里克说有办法查清楚警方或军情局是否在跟踪他。两天后，阿赫迈德·库洛尼对他保证，说那些部门都没有在跟踪他。他的线人是很可靠的，无论警察还是军方都对他不感兴趣。当然并不能就此认定那只是一场偶遇，有可能是那些恐怖主义组织中的某一个在调查这位曾在自由军革命时期犯下无数可怕罪行的前军官的行踪。

从那时起，恩里克加强了戒备。他又开始随身携带武器了，已经很久没这样做了。这座城市的治安不好，恐怖袭击和犯罪案件频发，街头多了警方和军方的许多巡逻队，他们经常会拦下路人搜身并检查证件。自从遇见那个女孩，恩里克没有一天不把"突厥"送他的手枪佩在腰间。也是从那天开始，无论走到哪儿，他都始终保持警惕。他总感觉有人在跟踪、监视他。他尽量不在街上逗留，只在家和工作场所之间移动，也不再去酒吧和餐馆，更不踏入西罗斯歌舞厅和卡萨布兰卡歌舞厅。一天晚上，"突厥"邀请他去见有名的伦巴舞娘——有着乌黑秀发和雪白肌肤的通戈莱莱——他也拒绝了。哪怕是去"突厥"的地下赌场，他也一定要让他信得过的保镖特米斯托克莱斯陪同前往。

正是在赌场巡视的某个夜晚，他确认了自己被跟踪的事实。事情是以十分愚蠢的方式发生的。当时他正在赌场里溜达，那家赌场设在位于老城区卢比奥街巷的一幢老式建筑物内，当时他感觉背后有一道亮光闪过。他迅速转身，命令保镖立刻抓住拍摄的人。在几个门卫的帮助下，保镖抓住了一个小伙子，那人一看就不是拍照者，因为他身上根本没有相机。结果查明这人只是普通顾客，从几年前开始就经常光顾这家赌场。恩里克亲自向他赔礼道歉。尽管如此，他依然相信刚才有人在自己背后拍了照，门卫和保镖却对此否认。是我疯了？我产生幻觉了？不，不是幻觉，他的洞察力很敏锐。他听到了"咔嚓"一声，还感受到了亮光。也许只是因为拍照的人比保安的行动更快。那晚他睡得很差，一直做噩梦，等到天亮，他忍不住想：自己费尽周折从深渊里爬出，重新打造的新生活就要像多米诺骨牌一样垮了。

一天早上，管家迪布尔西奥来叫醒了他。管家把一根手指放在嘴唇上，示意恩里克不要出声。当时还是清晨，晨光熹微。他让恩里克起床，把他带到窗边，然后拉开了一点儿窗帘。恩里克看到一个男人正在给自己的房子和大门拍照。他不断变换位置，从不同角度拍摄。然后那人不是跑开，而是慢慢走到街角，那里停着一辆汽车。人刚上车，车就开走了。

证据确凿。再无疑问。有人在跟踪他，他们随时可能把他绑架或直接杀掉，可能就在今天。这不可能是普通犯罪。怎么会有人想绑架他？他不是百万富翁，没钱支付高昂的赎金。当天下午，他和"突厥"聊及此事,请求"突厥"帮忙,让他离开这个国家一段时间。阿赫迈德·库洛尼起初只以沉默应对。他非常需要恩里克留在这里,留在危地马拉帮助他,因为现在恩里克在他的生意里所起的作用已经很大。也许只是看错了,有人一大清早在街头拍照不是什么稀罕事。可能只是游客,是喜欢捕捉清晨光线、喜爱摄影的怪人。但是由于恩里克一再坚持,他最后还是说了"好吧"。他会让恩里克到墨西哥待上几周,看看在那里他是不是能忘掉这些假想出来的跟踪者。在那座蜂巢般的城市里,或许他可以更轻易地隐蔽自己,也会更有安全感。

27

全国人民都从广播中听到了哈科沃·阿本斯总统的辞职讲话，但反应最激烈的也许有两个人。一个是普里弗伊大使，他简直乐坏了，这岂不恰恰证明他的"制度政变"策略生效了？他的战术迅速击垮了这个国家的共产主义分子。另一个则是卡斯蒂略·阿马斯上校，他当时正在埃斯基普拉斯的大本营，听到消息后不禁怒火中烧，像往常一样骂骂咧咧，他的手下只能站在一旁默默忍受。

约翰·埃米尔·普里弗伊大使迫不及待地给美国国会写去报告：阿本斯的辞职表明军队已经背叛了他。军队掌权有助于我们清理政府内部的破坏分子，还可以帮助我们迅速废除与工会相关的法律，包括针对联合果品公司的歧视性政策。他立刻和新总统卡洛斯·恩里克·迪亚斯上校见了面，请求他采取上述行动。

卡斯蒂略·阿马斯给美国中情局(也就是说，给弗兰克·威斯纳先生并抄送布罗德福斯特上校)送去的消息则截然不同。他并不为刚刚发生的事感到高兴，他把"哑巴"阿本斯辞职看作为挽救"十月革命"而耍的手段，因为继任者是阿本斯的手下兼同谋，那位军队司令的绰号不就是"小阿本斯"吗？这位新总统允许前总统通过电台发表辞职演说，指责自由军和阿马斯，还声称是美国策划、支持、领导了这场入侵行动，也就是说，把那些共产主义分子惯用的谣言又重复了一遍。卡斯蒂略·阿马斯表示自己绝不认可这种政治交易。如果美国天真地支持卡洛斯·恩里克·迪亚斯上校，他就宣布卸任，并立刻返回洪都拉斯。等他回到洪都拉斯，就会让全世界都知道危地马拉的共产主义分子又一次胜利了,还是在华盛顿的支持下!阿本斯虽然辞职了,但是什么都没有改变,赤色分子依然会继续摧毁危地马拉。"斧子脸"催促美国中情局("后妈")、国务院和艾森豪威尔总统尽快拿主意,不要被普里弗伊大使("牛仔")欺骗,要立刻迫使"小阿本斯"辞职。他绝不会和共产主义分子协商。目前,他还会在必要的时间内继续领导自由军。最后,他在发给那些机构的报告中写道,阿本斯辞职后,已经有众多危地马拉军人与他取得了联系,试图与他做交易;还有一些军人已经公开表示支持自由军的军事行动。

卡斯蒂略·阿马斯的狂言并非都是自说自话。听了阿本斯在电台做的辞职演讲,那些之前由于顺从或信仰而对革命抱有信心的军方要员大多都丧气了,很多人觉得自己可以自由地作出选择了。大部分人的选择自然是:在目前如此混乱无序的时刻,不如倒向卡斯蒂略·阿马斯的侵略军,因为他有美国人撑腰,而且就像普里弗伊大使说的那样,这场战争如果持续下去,最终受伤害最大的肯定是危地马拉军方。因此,驻守萨尔帕、在那之前一直有效阻击侵略者的维克托·M.莱昂上校在阿本斯宣布辞职的当晚就给卡斯蒂略·阿马斯送去了消息,希望以投降换取和平。据他所言,这一决定获得了他手下所有军官的支持。

普里弗伊大使没机会庆祝他自以为唾手可得的胜利了。递交报告数小时后,他收到了上司约翰·福斯特·杜勒斯的回信,后者以严厉的口吻对他说,无论如何不能接受卡洛斯·恩里克·迪亚斯取代阿本斯担任总统的现状:他俩明显有勾结。迪亚斯允许前总统通过电台发表辞职演讲,公然污蔑美国,还对卡斯蒂略·阿马斯和自由军进行了抨击。大使应该要求迪亚斯辞职,并设法组建完全独立的军事委员会,该委员会必须和阿本斯毫无关联。大使应当向军事委员会施压，甚至可以用美国的军事入侵相威胁，迫使他们和卡斯蒂略·阿马斯上校谈判。上校已经表态，坚决废除所有共产主义改革举措。

普里弗伊大使改了主意，决定按照约翰·福斯特·杜勒斯的指示行动。他立刻请求迪亚斯上校接见，自称有一条从华盛顿发来的口信，必须当面向总统汇报。新总统在次日(漫长的一日开始了)上午十点接见了他。为了准备那次会面，普里弗伊大使特意把枪套藏在了外衣下，把他和希腊军人会面时总会携带的手枪装在里面——说句真心话，他觉得那些希腊叛军比这些西装革履的中美洲印第安佬更像文明社会的人。

会面是在军队司令办公室进行的。迪亚斯上校正和另外两位高官见面，一位是埃尔菲戈·H.蒙松上校，另一位则是治安部门长官罗赫里奥·克鲁斯·威尔上校，大使还是第一次见到后者。那三个人高兴地招呼大使："我们终于按您的设想办成了那件事，大使先生，阿本斯辞职了，现在该抓捕共产主义分子了。"事实上，先前打过招呼后，迪亚斯上校已经告知普里弗伊，说下了命令要逮捕工会领袖、危地马拉劳动党党员和活动在这片土地上的其他赤色分子。

"只不过，很遗憾，"他补充道，"危地马拉劳动党的部分领导人昨晚向墨西哥大使馆申请了政治庇护。普里莫·比利亚·米歇尔大使是他们的同伙，自然同意了他们的请求。"

"这件事没做好，错都在您，迪亚斯上校。"普里弗伊咄咄逼人地责备道。他很清楚如果不能先发制人就满盘皆输了。听了这句话，那三个人脸上的喜悦之情一下子消失了。

"我不明白您的意思，大使先生。"终于，迪亚斯上校先开口。

"您很快就会明白了，上校，"普里弗伊答道，他的声音依然充满能量，还把手指举到与上校脸部等高的位置摇来摇去，"我们的协议并不包括让阿本斯在辞职前还发表一段整个危地马拉都能听到的讲话，他在讲话里抹黑美国，说我们为了保障联合果品公司的利益而密谋对抗社会改革。他还抨击了卡斯蒂略·阿马斯及其部队，说他们是'叛徒联盟'，必须被击垮。显而易见，是您允许他这样做的。"

迪亚斯上校脸色难看。普里弗伊不给他申辩的机会。在场的另外两位官员也闭口不言，面色惨白。口译员快速地翻译大使的话，还模仿他那咄咄逼人的口吻和充满威胁意味的手势。

"我们的协议里没提过，"外交官继续说道，"要给阿本斯留出时间来通告政府里的共产主义分子，好让他们提前跑去墨西哥大使馆避难，当然也有人跑去了哥伦比亚大使馆、智利大使馆、阿根廷大使馆、巴西大使馆、委内瑞拉大使馆，等等。昨晚他们就开始行动了，军方和警方当时都没有阻拦他们。这和咱们约定的不同。我国政府感觉受到了冒犯，并对发生的事情感到愤怒，将采取相应的对策。迪亚斯上校，我不想拐弯抹角，您不是美国可以接受的继任危地马拉总统的合适人选。您不能接替阿本斯的职务。我是代表美国政府对您说这些话的。如果您不辞职，就要承担后果。您很清楚您的国家目前处于怎样的状况。美国舰队已经从加勒比海和太平洋包围了危地马拉。海军陆战队早就作好了登陆准备，他们只需几个小时就能做成您没做成的那些事。请不要把您的国家拖入苦海。请立刻辞职，把权力交给军事委员会，这样更有助于让现在的局面以和平的方式收场，避免外国军队干预，也可以让这个国家免受非政府军控制——如果这些事情发生，危地马拉人民势必会血染街头，这个国家也必将遭受沉重的打击。"

他闭上了嘴，观察着三位上校的表情。他们很严肃、很认真地在听他说话，但都没有作出回应。

"这算是最后通牒？"卡洛斯·恩里克·迪亚斯上校终于开

口。他声音颤抖,眼眶里已经有泪水在打转。

"对,没错。"大使斩钉截铁地说道,但是他的表情和语气又立刻缓和下来,"我建议您为您的祖国作出牺牲,上校。您的辞呈可以使得危地马拉免遭侵害,不然的话,这个国家将变成一片废墟,成千上万的人将会死去。考虑到军人的尊严,恐怕您也不想因为自己贪恋权力而导致国破家亡,从此被载入史书吧?你辞职之后,我们可以尝试组建一个由三到四人组成的军事委员会,去和卡斯蒂略·阿马斯上校谈判,达成一个你们双方和我国政府都满意的协议,美国还可以帮助危地马拉重建并持续推进民主化进程。"

尽管三位上校沉默不语,脸色阴沉,但普里弗伊大使知道,这次也和以前在希腊一样,他又赢了。他默默地深吸一口气。三位上校互相对视了一眼,现在他们有反应了。他们强挤出笑容,尽管笑得有点儿阴森,可还是表示了认可。他们请他坐下,还叫人端来了咖啡和矿泉水,然后抽起烟来。他们边抽烟边交谈,彼此吐出的烟雾混杂在一起。大约一小时后,他们商定了军事委员会的成员,决定了把卡洛斯·恩里克·迪亚斯派去某个国家当大使,还起草了通告危地马拉人民关于成立新的军事委员会的讲话稿。为了早日迎来和平,他们决定和卡斯蒂略·阿马斯进行和谈,协商出既没有胜利者也没有失败者的成果,以此开启危地马拉自由、民主的新纪元。

一离开军队司令办公室,普里弗伊就回到大使馆赶忙给华盛顿打电话,事无巨细地汇报了事情的进展。很显然,现在的问题只在于卡洛斯·卡斯蒂略·阿马斯上校了,他要求危地马拉政府军立刻投降,他想在盛大的欢迎场面中仰首挺胸地率领自由军进入危地马拉城。"也得挫挫那个无赖的锐气,"普里弗伊想道,"他要了太多花招。"他虽然筋疲力尽,但和往常一样,紧张的局势激发出他体内的新能量,他又重振精神,准备行动和冒险了。

阿本斯总统辞职后的那些天陆续出现了五届政府管理委员会，一届比一届更亲美，这自然都是普里弗伊大使的斡旋功夫和政变策略起了作用。每一届委员会都希望压过上一届，都想抓捕、折磨、枪毙更多的共产党人。危地马拉劳动党的头头脑脑要么跑去各国使馆寻求庇护，要么钻进了大山或雨林，他们能活下来还得感谢阿本斯和福图尼的及时警告。不过也有很多人没能逃走，尤其是工会领袖、学校老师、青年学生和原住民，他们中的许多人都是自"十月革命"以来才真正开始有了政治意识。永远没有人知道确切的受害者人数，可能是几百人，也可能是几千人，都是些普通人，是没有姓名也没有故事的农民，他们分到了一丁点儿被收归国有的土地，以为这是上天赐予的礼物。但是后来土地改革法被废除，他们以为已经是自己私有财产的土地又被收走了，可他们什么也做不了。有些人屈服了，也有很多人誓死保卫自己的土地，这些人因此而受到折磨、屠杀或被无休止地关在监狱里。他们永远也搞不懂那些奇怪的政策，想不明白为什么自己先是受益者，却在两三年后成了受害者。

最短命的军事委员会——只存在了短短几个小时——是由卡洛斯·恩里克·迪亚斯、何塞·安赫尔·桑切斯和埃尔菲戈·H.蒙松组成的。卡斯蒂略·阿马斯宣布不承认这一军事委员会，也不和他们商谈，于是委员会失去了存在的价值。卡斯蒂略·阿马斯的胆子越来越大。阿本斯辞职后，本来被派往危地马拉和洪都拉斯边境地带与之交战的军队大多投靠了他，于是他越发自信起来，也越来越不服从美国人的管束。阿本斯逃亡到墨西哥使馆后，普里弗伊依旧持续施压，时刻提醒军队正面临美国海军陆战队登陆的威胁。他们一点儿一点儿地让步了。迪亚斯的辞职没能使卡斯蒂略·阿马斯见好就收，后者坚持要在盛大的欢迎场面中仰首挺胸地率领自由军进入危地马拉城。如果政府一方不同意，他就不和政府军达成停战协议。普里弗伊大使在那几天里茶饭不思，难以入眠，不停地和各方人士进行磋商，可达成的协议大多仅维持几小时或几分钟就被某一方阵营推翻了。他还要不停地向华盛顿汇报协议内容，很多时候必须从头到尾修改协议。

与此同时，士兵和警察在长官们的指示下肆无忌惮地实施着"猎巫行动"，那是危地马拉历史上最暴力的时期。工会和土地改革办公室原本遍布全国的乡村，此刻都被取缔了。军人和警察把在那些场所中找到的人员无一例外都关进了监狱，他们肆意罗列所谓的黑名单，实际上被捕的很多人都是些卑微的穷人，他们饱受折磨，有的甚至被折磨致死。家人不可能领到他们的尸体，因为那些尸体都被草草掩埋或烧掉了。恐怖氛围弥漫在整个危地马拉社会中，越是贫穷、卑微的人就越害怕，他们从未经历过像当时那样的暴力恐怖时期。卡斯蒂略·阿马斯成为总统之后的几个月里，在危地马拉被屠杀或逃亡到墨西哥恰帕斯州的玛雅印第安人多达近二十万，这一数字——这可能是在那些可怕的日子里唯一可信的数字——来自墨西哥的官方统计信息。

自宗教裁判所时期结束以来，危地马拉政治史上再没出现过这种局面：官方人士在军营和公共广场肆意焚烧"具有破坏性和煽动性的文件"。宣传册、散页、报纸、杂志和书籍——作者都是经过精细挑选的，挑选的标准十分神秘，入选的有维克多·雨果和陀思妥耶夫斯基——被燃起篝火焚烧，不远处有许多孩童在玩耍，宛如欢度圣胡安节的夜晚。

自由军和政府军的最后谈判是在萨尔瓦多举行的，萨尔瓦多总统奥斯卡·奥索里奥(在华盛顿的提议下)自愿接待了双方。普里弗伊大使仍习惯性地把那把装满子弹的手枪别在左侧腰间，他在现场的身份不是观察员，而是"相关见证人"（这是他本人到处宣扬的名号，也只有他一个人明白这是什么意思）。他受政府委托，可以在谈判中代表美国政府的立场,这一身份也在提醒他,必要时他得出面保证卡斯蒂略·阿马斯的要求被危地马拉新政府全盘接受。这十年里,发生在危地马拉的一系列事件大大伤害了这个国家,因此艾森豪威尔政府希望危地马拉新任国家元首不仅要有政治手腕,还得是华盛顿的好朋友,甚至成为美国公司在中美洲的协调人。

尽管美国驻尼加拉瓜、萨尔瓦多和洪都拉斯大使也都在现场提供帮助,但最积极参与谈判的还属普里弗伊大使。事实上,整个谈判过程都是由普里弗伊主导的,他支持卡斯蒂略·阿马斯的要求,打压危地马拉政府军代表埃尔菲戈·H.蒙松和毛里西奥·杜博斯两位上校。最后双方达成了协议,组建临时委员会,由卡斯蒂略·阿马斯、蒙松、何塞·路易斯·克鲁斯·萨拉萨尔、毛里西奥·杜博斯和恩里克·特里尼达·奥利瓦少校组成。他们约定,只要新宪法取代了旧宪法,这个委员会就会解散。他们还约定在胜利日那天,自由军和政府军会联合举行阅兵仪式。

在萨尔瓦多,卡斯蒂略·阿马斯和"牛仔"打招呼时非常冷淡,但是在返回危地马拉途中,他又变得亲近起来,感谢普里弗伊在谈判过程中对他的支持。"您在您的国家会像英雄一样被迎接,上校。"普里弗伊对他说道。事实确实如此。但是到达危地马拉城之后,第一个走下飞机的并非反叛军领袖,而是美国大使。在盛大的游行活动中——大约有十三万人参加——卡斯蒂略·阿马斯让普里弗伊向"危地马拉人民"致意。外交官本人被邀请发言后,竟出人意料地表现得很羞怯,他只是祝福危地马拉拥有光明的未来。众多厌倦了此前充满暴力与不安的生活的民众拥向机场和街头,迎接卡斯蒂略·阿马斯,从那时起,他就无可争议地被公认为军队首脑。按照华盛顿的指示,普里弗伊大使建议他和在圣萨尔瓦多成立的临时委员会成员进行协商,劝他们辞职,并支持卡斯蒂略·阿马斯。这差事并不好办。克鲁斯·萨拉萨尔上校反过来要求派自己去危地马拉驻美国大使馆工作，并且索要一笔不菲的报酬。毛里西奥·杜博斯上校也提出了类似的要求。他们每人都借由辞职获得了十万美元。至于其他人得到了何种形式的补偿，人们就不得而知了，但是最终所有人都递交了辞呈，表态支持新领袖。

就这样，自由军领袖在仓促举行的全民公投中当选新任危地马拉总统，他肩负着清除阿雷瓦洛和阿本斯在把危地马拉变成苏联卫星国的过程中任命的一切破坏分子及反民主分子的重任。（直到很久之后，"斧子脸"才得知，当他抵达危地马拉的欢迎仪式现场，军校士官生曾和自由军军人拳脚相向。）

七月四日，美国独立日，普里弗伊大使及其夫人贝蒂·简在他们位于十四区的住所热情接待了近五百位客人，那是危地马拉最高档的社区，活动现场播放着美国国歌，到处是祝酒声和祝贺拥抱声，那天晚上，人人都在夸赞那位英雄，不是卡斯蒂略·阿马斯，而是普里弗伊大使。

对这位已筋疲力尽的外交官而言，现在还不是放松的时候。节日过后，国务院命令他和美国中情局紧密配合。阿本斯政府已被颠覆，当务之急是将美国曾参与"胜利行动"的一切证据抹干净。只有做到这一点，才能堵住国际社会共产主义阵营和部分美国盟友的嘴——法国也加入其中，他们指责美国侵略弱小的主权国家，颠覆民选政府，以此庇护联合果品公司这样的跨国公司的特权。因此，尽管十分疲惫，普里弗伊还是强打精神，连胡子也没刮，没洗澡，没换衣服，就开始协调运作美国中情局派往尼加拉瓜、危地马拉、萨尔瓦多、巴拿马和洪都拉斯为侵略作准备的近六百名特工的回国工作。他还得保证抹净自由军空军那二十架飞机存在的痕迹，其中多架被赠送给了安纳斯塔西奥·索摩查，因为他曾在他的国家为卡斯蒂略·阿马斯的军队提供训练场地。其他飞机则被卡斯蒂略·阿马斯本人留下，他准备以此为基础，重建危地马拉空军。

在危地马拉公干的最后几天（国务院解释说，像他这样在颠覆阿本斯政府的过程中起到重要作用的人必须尽快离开这个国家，他对此表示认可），普里弗伊和家人忙于收拾行李，参加危地马拉农场主和企业家为他准备的告别宴会。他们都向他表示感谢，还保证愿意在普里弗伊需要时为他提供帮助。普里弗伊被任命为美国驻泰国大使。他想，在那个遥远的东方国家，他终于能有一点儿休息时间了。

启程奔赴新目的地之前，他还实现了一个私秘的愿望：墨西哥大使允许他进入满是避难者的大使馆。卡斯蒂略·阿马斯政府一直在寻找各种理由拖延，不给这些人颁发流亡许可。他没能见到前总统阿本斯，因为对方拒绝和他见面。但是他遇见了阿本斯所在政党曾经的党员、后来的危地马拉劳动党总书记何塞·曼努埃尔·福图尼，这使他感到十分满足。他们聊了几分钟，后来福图尼认出了他，就不再和他说话了。福图尼对他坦陈自己仍是阿本斯的朋友，毕竟他们曾经并肩战斗多年，尤其是在制定和推行土地改革法方面。站在普里弗伊面前的是一个无精打采的男人，完全被击垮了，消瘦了许多，说话时并不看大使；受失眠和胡思乱想的影响，他的眼睛完全是红的。他没有回答普里弗伊提出的任何一个问题，好像听不懂，又像是压根没听到。在向国务院递交的报告中，普里弗伊大使解释说，他们那危险的宿敌——毫无疑问是苏联的代理人——已经成了废人，精神方面也出了问题，可能还怀着隐秘的悔恨。

有传言称当美国国务院通知普里弗伊新目的地是泰国时，大使曾半开玩笑半认真地问道："那里也要发生政变？"他对妻子贝蒂·简和孩子们保证说他们在泰国终于能平静地拥有家庭生活了。事实上，尽管时间不长，但大使、大使夫人及其孩子们确实享受了几个月不受政治冲突影响的安稳日子,以至普里弗伊还产生了做按摩的想法——泰国人的按摩水平很高,那是一项融合了宗教信仰、体育实践、情色因素和国家激情的技术。在抵达泰国将满一周年之际,具体是在一九五五年八月十二日,普里弗伊大使在儿子的陪同下,像往常一样在曼谷郊区高速驾驶着他那辆崭新的蓝色雷鸟轿车。穿过一座桥梁时,他的车子迎面撞上了从反方向开来的一辆卡车,也可能那辆卡车是故意撞过来的。大使和儿子当场死亡。美国政府派去专机运回遗骸,但美国国务院并未施压调查这悲剧性的死亡是不是共产党的阴谋——毕竟他在阻止苏联扩张方面作出过重要贡献——美国政府更希望人们尽快忘记普里弗伊,因为他一直被国际社会拿来抨击美国插手颠覆阿本斯政权,也逐渐有舆论认为阿本斯并非共产主义者,而是一个没有坏心思的男人,只想给他的国家带去民主、进步和社会正义。他的出发点是好的,只不过听从了一些不好的建议,而且他的改革措施过于激进了。

  普里弗伊的遗孀贝蒂·简后来出版了一本日记,里面记录了她丈夫参与的许多外交活动的细节,把他描述成了英雄。那本书的发行范围不广,在媒体上也没什么曝光度。美国政府对此毫不在意。

  与此同时,在一场全无竞争对手的选举中当选新任总统的卡斯蒂略·阿马斯——毕竟军事委员会的所有成员都已经辞职,而且表达了对他的支持——正努力终结"十月革命"带来的一切影响。他查封了工会和其他各种各样的工人及农民组织,封杀了国立印第安学院,把收归国有的闲置土地归还给了庄园主和"水果摊",废除了勒令企业主和庄园主纳税的法律条款,把众多工会成员、教师、记者和学生以"亲共"和"搞破坏"的罪名关进了监狱。农村时常发生暴力事件,有的地方还发生了大规模屠杀,和阿雷瓦洛执政初期一样糟,甚至更糟。当时在帕齐西亚(圣胡安科马拉帕)的混血种人和玛雅印第安人之间爆发过惨烈的冲突。新任美国驻危地马拉大使比普里弗伊收敛一些，他按照国务院的指示，竭力缓和卡斯蒂略·阿马斯的反共情绪，这使得美国新一届政府与这个人——由艾森豪威尔政府通过百般努力送上高位——之间产生了隔阂、芥蒂甚至小规模冲突。于是在危地马拉又开始出现一些流言：也许美国挑选"斧子脸"作为中美洲乃至全世界的自由模范是一个错误——此人过于极端，没能如美国所设想的那样让危地马拉军方完全信服。

28

他醒来时，天仍是黑的。钟表显示时间是早晨四点半，他大概睡了三个半小时。前一天晚上，他收拾了行李，一直收拾到凌晨一点。他整理好了两只行李箱和一只手提箱的物品，这是他的全副家当。他把一些旧衣服，不少领带、鞋子，少量全新衣物、手帕和内裤送给了管家和女厨师，那些东西他都带不走。他中止了租约，房东中午会来验房。昨天他们仨还一起检查了房子，确认房屋状况比他入住时还要好，因为他重新刷了墙，还购置了家具。

他从银行取出全部存款，兑成了旅行支票，这样就可以到墨西哥后再换汇。出发前往机场乘飞机前，他又去人民银行注销了最后一个账户，里面没多少钱了。

就在那时，他突然惊出一身冷汗。太多人知道他要离开——女厨师、管家、接待过他的几位银行职员——他是不是太大意了？难道不是应该一声不响地离开，等他们早晨醒来才发现他已经消失不见了？他立刻打消了这些疑惑。这些想法太荒唐了。他甚至想过既然要去墨西哥，走陆路是不是比乘飞机更安全？没错，也许走陆路更好，但是他买的那辆二手福特轿车已经开了好多年，完全走不了路况差的公路，尤其是在抵达恰帕斯州塔帕丘拉市之前还要穿过一片雨林。啊呀，反正再想这些也无济于事。特米斯托克莱斯就要来了，他是最好的保镖，答应帮他卖掉那辆福特轿车，还会把卖车款的一半给他汇去墨西哥(另一半作为手续费，由他自己留下)。

他在墨西哥首都的生活会是怎样的？他在那边人生地不熟，尽管知道自己家族中的几位长辈已经定居墨西哥多年,但是他根本不想见那些人。对他而言,自离开监狱起,那些人就死了。忘恩负义的人都去死吧。"突厥"阿赫迈德·库洛尼是他全部的希望,承诺会帮他在那边找到工作。恩里克知道自己信得过"突厥",正是因为有了"突厥",他这些年才能活下来,才能开始新生活。现在他已经适应了新的人生,要继续前行。到墨西哥去生活意味着不用再每天担惊受怕地过日子,也不必再害怕被那些想要绑架他、杀死他的人认出来。重要的是,既然他已经确定了有人在找他,他就必须赶紧消失,让危地马拉这边的人永远——或者至少在这几年里——忘掉他。他多次回想起这几天发生的事,想着如果发生最糟糕的情况,那么他宁愿被那些人杀掉。如果他们绑架了他,想要赎金,他就完了:他付不出赎金,也没人会替他付赎金。那些人将会残忍地折磨他,最后还是会把他杀掉。可那些人到底是谁?是最近这段时间在危地马拉出现的所谓革命者中的一员?那些组织的成员都非常年轻,不可能记得他作为卡斯蒂略·阿马斯政府国家安全部负责人曾干过的事。也许是在那些年里被他抓进监狱、死在狱中的某个人的孩子或亲人?

他忽然想到了妻子,还想到了他们的两个孩子。他们仨大概都已经在墨西哥定居了,他们说的西班牙语肯定都带着好莱坞电影里那种滑稽可笑的墨西哥口音吧。如果哪天他们在街头偶遇,也许他认不出他们,他们肯定也认不出他了。他要在那边再找个老婆。这段时间他总是感觉很孤独,一门心思想着拼命活下去。也许他能娶到某个漂亮又可爱的墨西哥姑娘,然后和她一起开始新生活,再次感受家庭的温暖。他厌倦了自出狱后一直过的这种日子:没老婆,没爱情,没朋友,如果他被人杀死,连一个为他祷告的人都没有。

五点钟,他起了床,到卫生间冲了澡,还刮了胡子。这些动作他做得很慢，任由时间流逝。换好衣服，他给自己冲了杯拿铁咖啡，女厨师早就给他留下了切好的吐司，于是他把吐司烤了烤。吃过早餐，他打开收音机想听听新闻。不过他的心思完全没放在广播里的新闻播报上，反倒回忆起自己遭受的不公正待遇。他不是那种喜欢花时间自我怜悯的人，不过最近这些天，尤其是证实了有人在跟踪他之后，他就经常显得像此刻般脆弱。所有人都对他不好，尤其是卡斯蒂略·阿马斯。他帮过他，在圣萨尔瓦多的谈判过后，他成了临时委员会的成员。他辞去了这一职务，帮助卡斯蒂略·阿马斯登上了总统宝座。他是怎么回报他的？把他边缘化，还轻视他，让他当了荒唐的国家安全部负责人——这有什么意义？他还能说什么？多少官员曾是他的密友，可后来都背弃了他，和军队里的那些混蛋一起把他关进了监狱，一关就是五年。他连在法官面前为自己申辩的机会都没有，压根就没上过法庭，因为他们害怕他开口说话，害怕他把所有人的丑事抖出来。

等到了墨西哥，他就会把这些全部忘掉。新的城市、新的工作、新的爱人、新的生活。

他关掉广播，逐渐平静下来。他在客厅的沙发上睡着了，一直睡到保镖特米斯托克莱斯到来，那是早晨八点钟。他是个年轻小伙子，总穿同样款式的衣服：牛仔裤、宽皮带、衬衫，再配一件宽大的外衫，衣服里总是藏着两把手枪。他当过兵，在那时学会了射击。他已经跟了"突厥"许多年。在照看"突厥"生意的所有人之中，恩里克认为特米斯托克莱斯是最精明的一个，也是他最信得过的一个。他给他端了杯咖啡，但小伙子吃过早饭了。他帮恩里克把行李箱搬上停在住所前的二手福特轿车。

他关上公寓大门，按照和房东的约定，把钥匙丢进信箱。

他们一起来到人民银行分行。银行还没开门，时间也还很充裕。他们在车子里等了一阵子，聊了一会儿，还抽了支烟。车子就停在银行门前几米处。他的航班将于上午十一点起飞，机场不远，留出一小时赶过去足矣。八点半，银行开门了。

特米斯托克莱斯陪他走进银行，一直守在他身边，手抄在黑色外衫兜里，连他去柜台办理手续时也一直跟着。最后他们走出银行，上了车。把钥匙插进钥匙孔准备发动汽车时，恩里克看到了那个女孩。没错，就是她，就是那天他在商场门口碰到的那个女孩，连穿着也和那天没什么两样，蓝色牛仔裤、时髦迷彩服、蓝色贝雷帽。她离他们大概五十米远，正倚着一根大柱子远远地望着他们的车子。她似乎在冲他微笑。

他很紧张，情绪快要失控，于是赶忙发动汽车。炸弹一瞬间爆炸了。下午的广播、次日的报纸乃至一九六三年三月底的那几天里，也就是推翻米格尔·伊迪戈拉斯·富恩特斯、使得恩里克·佩拉尔塔·阿苏迪亚荣登宝座的那场政变爆发前几天，所有媒体都报道说，首都市中心发生了一起恐怖袭击事件，造成两人死亡，多人受伤。很久之后，通过《公正报》两名记者所做的调查，民众才得知那次袭击事件中的死者之一，所谓的工程师埃斯特万·拉莫斯实际上是前国家安全部负责人，曾因侵犯人权、间接参与刺杀卡洛斯·卡斯蒂略·阿马斯总统而被军方开除的恩里克·特里尼达·奥利瓦上校。

后来，媒体上出现了关于恩里克隐秘生活的许多报道，他受到许多新的指控，例如加入策划颠覆他国合法政权的美国极右翼组织"白手套"，但就是没有一篇报道提及他曾经帮一名赌徒干走私生意，还成了那名赌徒的左膀右臂。

埃弗伦·加西亚·阿尔迪莱斯从西姆拉那里得知阿图罗·博雷罗·拉玛斯病得很重。他迟疑了一会儿，最后还是鼓起了勇气。他请求玛尔塔的老保姆询问他的老朋友，是否愿意让他去拜访。出人意料的是，阿图罗给出了肯定的答复，甚至给出了具体的日期和时间：周六下午五点。埃弗伦记得以前这是博雷罗·拉玛斯的朋友们到他家玩牌戏的日子，那种三人纸牌游戏在其他地方已经没人玩了。那段岁月仅仅过去了数年而已，危地马拉却发生了太多变化！他的生活也经历了翻天覆地的变故。阿图罗的情况又如何呢？

　　他的状况比埃弗伦想象的更糟糕。他只能躺在床上，卧室成了病房，药物到处都是。一位住家护士看到埃弗伦走进屋子，就机敏地出去了，只留下他们俩。屋子里很黑，窗帘是拉上的，因为病人很讨厌亮光。屋子里弥漫着药味，那些与疾病紧密联系的物什不禁使埃弗伦想到了自己的老本行。两位老用人，帕特罗西尼奥和胡安娜都还在。阿图罗很瘦，几乎是皮包骨了，眼窝深陷，语气和眼神都流露着倦意。他说话时声量很小，时常停顿许久，嘴唇几乎一动也不动，好像连说话都会消耗他极大的气力。

　　他们没有握手，但是埃弗伦拍了拍他的肩膀，问道：

　　"你觉得怎么样？"

　　"你很清楚，我就要死了，"阿图罗干巴巴地回答道，"如果不是这样，我就不会见你。但是人都要死了，作为基督徒，就应该抛下所有的恨意。所以请坐吧。我很高兴见到你，埃弗伦。"

"我也一样，阿图罗。你感觉怎么样？"他又问了同样的问题。

他的老朋友盖着条毯子，还盖了层床单。他很冷吗？埃弗伦却觉得很热。屋内的墙上挂着四幅古画，床后方的墙上还挂着个带垂死耶稣像的十字架。病人的脸上没有血色，这说明他已经很久没有见过阳光了。

"好吧，我不清楚你是不是知道我已经不再当医生了，阿图罗。他们把我从圣胡安·德·迪奥斯将军医院赶走了，堵死了我可以谋生的所有门路。在卡斯蒂略·阿马斯执政时期，我被迫关闭了诊所，因为几乎没有病人来就诊。如今我在一所私立中学教书，教生物、化学和物理。你肯定想不到，我发现自己竟然挺喜欢教书。"

"那你可要饿肚子了，"病人喃喃道，"在危地马拉当中学老师意味着要像乞丐一样生活，或者稍微好一点儿。"

"好吧，也没那么严重，"埃弗伦耸了耸肩，"比当医生赚得少，这是肯定的。但我母亲去世后，我把房子卖了，加上这笔收入，我过得也还可以。"

"换句话说，咱俩的下场都很不好，"病人嘟囔道，"咱们连六十岁都不到啊。真是一对失败者！"

为了能听清楚他的话，埃弗伦不得不又弯了弯腰，还往床边走近了一点儿。他等了一会儿，终于大胆问出来：

"你不问问你孙子的情况吗，阿图罗？"

"我没有孙子，"病人回答道，"又怎么可能问你关于一个并不存在的人的情况？"

"他十一岁了，像小松鼠那样活泼，"埃弗伦像是没听到他的回答，自顾自地说着，"他很有爱心，很爱笑，对一切都很好奇。西姆拉给他起了个昵称：特伦西托。他的学习成绩很不错，喜欢各种体育运动，尽管没有一种是他擅长的。他生活得很幸福。我对他很好。当然了，我既当爹又当妈。我给他讲故事，他也会自己读故事。尽管年纪不大，可是他已经读过很多书了。他很爱读书，每次读书的时候，眼睛都睁得大大的。他会问我许多问题，有时我答得很费力。如果要我说他像谁，我会说他像你。"

西姆拉走进屋子，给埃弗伦端来一杯柠檬水。她问阿图罗需不需要喝点儿什么，他摇了摇头。老保姆自从去伺候"危地马拉小姐"之后就不在阿图罗家干活了，但还是会时不时来给帕特罗西尼奥和胡安娜搭把手，顺道探望阿图罗，尤其是在得知后者患了癌症之后。"我去给特伦西托准备晚饭。"她走出屋子前在埃弗伦耳边轻轻说道。他一开始并不喜欢这个昵称，但由于根本没办法让这位老保姆好好地叫孩子的大名，也就慢慢接受了。

"胰腺癌，"病人略带惊恐地突然说道，"是最糟糕的癌症。发现得太晚，已经转移了。真是太疼了，我只能不停地吃镇痛药。我的朋友——耶稣会的乌约亚神父，我想你还记得他——不允许我求死，他说那和自杀无异。他想让我忍耐到最后时刻。我对他说教会的这种思想简直是在折磨人，他却跟我谈起上帝和教义中那些无比神秘的东西，直到我听从。但我不知道还能忍受多久。你怎么看？"

"我已经不信上帝了，阿图罗。"

"这么说，你又成了无神论者。你先是共产主义者，现在又成了无神论者。看来你是没救了，埃弗伦。"

"倒不是无神论者，而是不可知论者。我现在是这样一个人：无时无刻不感到困惑。我既不相信什么，也不是不相信什么。如果你愿意，可以把我看成糊涂蛋。我再告诉你点儿别的事情吧：你还记得年轻的时候咱们想到死亡和死后的世界时是多么迷惑吗？在这方面，我也改变了不少。尽管你可能会觉得我在撒谎，但我已经不在乎死后还会不会在另一个世界里继续生存了。"

"在癌症杀死我之前,我已经被你杀死了,埃弗伦。"病人打断了他。他稍微撑起身子,坚定地望着埃弗伦的眼睛:"但我不恨你了。你知道我是从什么时候原谅你的吗?从我得知玛尔蒂塔成了卡斯蒂略·阿马斯的情人那一刻开始。这比我发现她怀孕时的感觉更糟。"

埃弗伦不知道该说些什么。阿图罗又把头靠回到枕头上,闭上了眼睛。他的脸色更加苍白了。这栋老房子里的墙壁应该是用很厚重的砖石垒成的,根本听不到来自街面上的任何声音。

"对,更糟,"病人坚持说道,他没有睁开眼睛,只是做了个深呼吸,"我的女儿成了那个混账小上校身边的婊子,那人真是个杂种。你也这么想吧?"

埃弗伦又一次无言以对。他有些惊愕。他从没想过阿图罗会和他谈起这个话题,还是这样大方地说出来。

"甚至有传言说她可能参与了刺杀卡斯蒂略·阿马斯的行动,"博雷罗·拉玛斯似乎嗓子眼儿卡住了,不过很快又继续说道,"告诉我,埃弗伦,看在你和我这么多年友情的份上,自从那件事发生之后,这种说法就一直困扰着我。你觉得有那种可能吗?她也是刺杀事件的同谋?"

"我不知道,阿图罗,"埃弗伦觉得很不舒服。在这个问题上,他思考了很久,也在很多个夜晚做了与之相关的噩梦。"和所有熟悉她的人一样,我很难相信那是真的,但我认为后来的玛尔塔已经和你我记忆中的玛尔塔判若两人。关于那起事件,还有很多甚至可以称得上是奇思异想的其他推测。和危地马拉历史上发生过的许多别的事件一样,真相说不定永远不为人所知。你知道我通过发牛在咱们国家的所有这些事情得出了什么结论,阿图罗?一个对人类很悲观的看法。我认为所有人心里都住着一个怪物,它一直在等待合适的时机破体而出,带来灾祸。我自然很难相信玛尔塔会和那种可怕的事件有关。考虑到她的处境,很多人恨她,例如卡斯蒂略·阿马斯的妻子奥蒂莉亚,很可能那种说法就是这些人对她的诽谤,也有可能是真凶想借此转移焦点。总之,我不知道真相是什么。请原谅我,但是我无法作出回答。"

一阵长时间的沉默。卧室里飞进来一只昆虫,像是一只马蜂,随着灯光摇曳,忽远忽近地飞着。

"还有一件事,"埃弗伦问道,"我们每周六在这个房子里玩的三人纸牌游戏,你到底是从哪里学会的?那种游戏没有人会玩,现在也没有人再玩了。我一直想问你这个问题。"

"是我父亲和他的朋友们玩的,我喜欢保持传统,"阿图罗回答道,"传统总是那么美好。但显而易见,所有美好的事物都在消亡。三人牌戏也是如此。告诉我一件事:你还和以前一样相信那些激进的政治思想吗?你还是共产主义者吗?我知道卡斯蒂略·阿马斯胜利后你曾经被抓进监狱。出狱后的你似乎不太一样了。"

"你错了,我从来就不是共产主义者,"埃弗伦说道,"我不知道这种奇怪的说法是从哪里冒出来的,但它毁了我的人生。不过现在我已经不在乎了。我的思想应该没有发生太大改变。事实是我曾经对阿雷瓦洛政府尤其是阿本斯政府抱有极高的期望。但你也知道事情最后是如何收场的。我们身边最终只是出现了更多的屠杀和流亡。美国把那些期望都碾碎了,我们又回到了老样子:独裁政权层出不穷。你觉得伊迪戈拉斯·富恩特斯将军当上总统是件好事吗?"

"疾病把我折磨得够呛,"病人没有正面回答,"我唯一确信的是,我们国家的一切事务都是美国说了算。但是换一种模式的话,情况可能更糟。我是想说,如果来管理我们的不是华盛顿,而是莫斯科。而且就算我们获得了真正的自由,也只会把这个国家变得更差。

这么看来，继续当奴隶反而是最好的出路。"

他笑了一会儿，笑声很低沉。

"也就是说，对你而言，哪怕当奴隶也比当左翼分子强。你也还是一点儿没变啊，阿图罗，"埃弗伦耸了耸肩，"你和许多危地马拉人一样，还是打从心眼儿里相信此刻拥有的就是最适合我们的——我是指由伊迪戈拉斯·富恩特斯来当总统，他是个杀人犯，还是个窃贼。不能说你是悲观主义者，但你确实选择了最糟糕的道路。"

"事实上，如果你想听真心话，那么政治对我而言一文不值，埃弗伦，"病人说道，"我只是想激怒你。这是我以前最喜欢做的事，你还记得吗？激怒你，然后看你如何反应，再然后，就该由你来给我上一堂意识形态方面的课程。这是你每周六都喜欢做的事。"

他似乎又笑了，但笑声立刻停下来。两个人又陷入长时间的沉默，埃弗伦趁机喝了几口柠檬水。来这里探望他是正确的决定吗？这间屋子令他感到悲伤，让他想起了末日的开端。这肯定是他最后一次和阿图罗见面了。不能说他们又变回了朋友，他们的政治观点依然南辕北辙，而且在两人的心底都还隐藏着"危地马拉小姐"这桩心结，这让他们再也不可能像以前那样了。他正站起来道别时，又听到了阿图罗的声音：

"我把这栋房子捐给教会了。乌约亚神父负责接管，把它改造成收容院。我还留了一笔钱，可以用来照顾那些被遗弃的孩童、未婚生育的女性、流落街头的老人，诸如此类。奇奇卡斯特南戈农场给你和我都留下了不堪回首的记忆，我也留给慈爱会的嬷嬷们了。我早就安排好了一切。我所想到的是，在我死后，玛尔塔能在危地马拉条件最好的收容院里生活，嬷嬷们会一直照顾她到死。当然，前提是她会死。到目前为止，她一直在看着别人死去。"

阿图罗在说谁？啊，他在说"妈妈"玛尔塔。埃弗伦突然记起

"危地马拉小姐"的母亲虽然精神错乱了，什么事情也不明白了，却依然健在。"什么也不明白对她而言是好事。"他想。

"你捐了这么多财产，我肯定你会上天堂的，阿图罗。"他开了个玩笑。

"希望如此，"阿图罗跟着他的玩笑回答道，但立刻显得难过起来，"问题是我根本不清楚是否存在天堂，埃弗伦。"

埃弗伦没再回话。他清晰地回忆起乌约亚神父，不正是他给自己和玛尔蒂塔主持婚礼的吗？他看了看表，到了小埃弗伦吃饭的时间。今天的晚餐由西姆拉来准备，她会看着他吃饭的，还会给他讲关于外公和妈妈的往事，那是他从来不曾和小埃弗伦谈论的话题。特伦西托确实很活泼，也充满好奇心。他是个健康、普通的小家伙，长着一双像玛尔塔那样充满神秘色彩的大眼睛。他不记得关于妈妈的任何事，因为她在他刚满五岁时就离开了。他以后会成为怎样的人？阿图罗可能也给他留下了点儿什么，可能是资助他上学、取得文凭的一小笔钱。埃弗伦什么都无法给他留下，因为日子过得很拮据，这是目前最让他焦虑的事。他不能在儿子的未来尚且充满未知的时候死去。他要教育他，帮助他成长。他没有什么关系近的亲人，如果他出了事故或像阿图罗这样身患重病，就没人能帮他照顾孩子了。他必须活下去，必须活到老，此外别无他法。他记起年轻时，他的家人和阿图罗的家人都曾对他俩抱有极高的期望。"你们俩肯定都能出人头地。"他的母亲总是会这样预言。"你错了，妈妈，我们可不会出人头地。阿图罗会在悲伤和难过中死去，而我永远成不了大事，哪怕这个国家允许我成大事也不行。"他陷入了沉思，然后心想，那些想法真是既荒唐又愚蠢，最好还是忘了吧，不如回家去和特伦西托一起吃饭。如果西姆拉还在，他还能和她聊一会儿。

他站起来，踮脚向外走去，生怕吵醒刚刚睡着的阿图罗。帕特罗西尼奥和胡安娜一直把他送到大门口，他拥抱了他们。

30

他在军情局位于特鲁希略城三月三十日大街和墨西哥大道拐角处守卫森严的办公楼里过了夜,因为害怕有人会到他家中把他杀掉。在军情局,尽管一些办公人员已经逃走,可是他身边最亲近的警卫、密探、探员和同伴不知要往哪里逃,也不知要做些什么。至少现在,政府还用得上他们。

但他本人用得上谁?他想不到答案,这也是最让他焦虑的。尽管服用了戊巴比妥钠,但他还是一夜无眠。自从元首于一九六一年五月三十日遇刺身亡,他就坠入了充满未知和惶恐的深渊。前一天,拉姆菲斯·特鲁希略通过第三方拒绝了他关于私人会面的请求,理由是不想见他。几乎与此同时,共和国总统堂华金·巴拉格尔通知他早上十点在总统办公室和他见面。怎样的命运在等待着他?

早上六点,他就从靠在书桌边的简易床铺上爬起来,冲了澡,换好衣服,又去食堂喝了杯咖啡,零星的几个服务生和食客跟他打了招呼,他们的眼神里满是迷茫:多米尼加共和国正在发生什么?元首遇刺之后会出现何种局面?这些问题连他也不知道答案。不幸的时刻降临之后,他心里唯一的念头就是抓住凶手。他做到了。现在只有路易斯·阿米亚玛·蒂奥和安东尼奥·英贝特还不知道藏在哪里,在特鲁希略城通往圣克里斯托瓦尔的公路上伏击元首的刺客中只有这两人还在逃。他确信,随着追捕行动的深入,英贝特和阿米业坞·蒂奥肯定会很快落网,然后他们就会在监狱里和同伙聚会,再然后一起下地狱。唯一确定的是,他心想,拉姆菲斯肯定会让他们血债血偿。所有的信息都表明他已经因父亲的死而变得偏激甚至近乎疯狂了。搭乘从法国航空租赁的专机从巴黎回国的第二天晚上，他就带着军校最高年级的士官生们来到夸伦塔监狱，下令每个士官生都要从那所监狱的犯人中挑选一个"共产主义分子"出来，然后一枪结果其性命。动手的自然也是那些士官生。他为什么拒绝接见自己？特鲁希略的这位长子一向看自己不顺眼。为什么？也许是出于嫉妒，因为元首对自己比对亲生儿子们还要好。比起拉姆菲斯和拉达梅斯，特鲁希略可能更欣赏自己。一想到这些，阿贝斯·加西亚就会非常感动。

简单吃过早餐，他回到了办公室。写字桌上摆着当日的报纸，他没读，只是随便翻了翻，大概看了下标题。他看不透多米尼加共和国未来要走向何方，只知道美国与贝坦科尔特、菲格雷斯、穆尼奥斯·马林以及其他鬼知道还有多少拉丁美洲国家的领导人对多米尼加共和国实施封锁前肯定会先提出要求，希望它成为民主国家。他们这些人不知道未来会发生什么。所有人都一样，迷茫又惊恐，不知道那群流氓杀害了领袖、至高无上的主人兼元首之后，多米尼加人将何去何从。把这个落后的国家变得团结又富强，还让它在当下的一九六一年拥有整个加勒比海地区最强大军队的不正是特鲁希略？忘恩负义！穷凶极恶！可悲可恨！一群臭婊子养的玩意儿！值得欣慰的是，拉姆菲斯将让他们为暴行付出代价，以血还血！

早上九点半，他打好领带，戴上帽子和深色眼镜——没穿制服，而是穿了身便服——走上街。司机已经按照他前一天晚上的指令把车停在楼门前，那里正是墨西哥大道和三月三十日大街的拐角处。车子沿着特鲁希略城（元首不在了，他们会把这座城市改名吗？肯定会）拥挤的街道向总统府驶去的时候，他想到自己把新婚妻子希塔送去墨西哥的决定是正确的。这个主意拿得太是时候了。她就等在那边吧,直到这边风波平息。

到达总统府,尽管门口的官员和卫兵都认得他,但还是在放行前让他打开了手提箱,检查了证件,还搜了身。世道大变啊!此前,每次他来总统府,卫兵总会露出谄媚的笑容,问都不问一句。

在华金·巴拉格尔博士(在元首遇刺前只是傀儡总统,现在却似乎真把自己当成了最高元首)办公室门口的等候室里,他又遭受了新的侮辱:他们让他等了一个小时,然后总统才正式接见他。

他走向办公桌,伸出冰冷的手,淡淡地吐出几句问候。一向很有教养的总统这次没有起身和他打招呼。总统又看了几份报告才站起身,带他走到几把扶手椅旁,打了个手势让他坐下。总统个子很矮,头发灰白,藏在厚重的灰色镜片后的双眼总显得目光涣散,穿得也很随便。可是阿贝斯·加西亚很清楚,在那朴素的外表下隐藏着一个狡猾、聪明、野心勃勃的人。

"事情进展如何,总统先生?"他终于开口问道,两人之间的沉默让他感到紧张。

"您应该比我清楚,上校,"总统的脸上闪电般闪过一丝笑意,"众所周知,您是这个国家消息最灵通的人。"

"我不想耽误您的时间,陛下,"阿贝斯·加西亚等了一会儿,然后回答道,"请告诉我召见我的原因。是要辞退我吗?"

"绝无此事,"巴拉格尔回答道,脸上又露出了笑容,"应该这么说,我想给您一个比现在更安全、更轻松的职务。"

这时,一位助理说着"抱歉"走了进来,对总统说元首的遗孀玛利亚·马丁内斯·德·特鲁希略夫人打来了紧急电话。

"请转告她,我马上给她回电话,"巴拉格尔博士回答道。助理出去后,他又转向阿贝斯·加西亚,脸色变得严肃了,口气也变了:"您看到了,上校,我连一分钟的闲工夫都没有,咱们就开门见山了。问题很简单。刺杀事件发生后,多米尼加共和国的一切都变了。我不必隐瞒您什么。您很清楚,您是这个国家现在最招人恨的人。在国外也是一样。这当然很不公平,因为他们野蛮地给您扣上了许多丑陋的帽子,说您犯了罪,搞酷刑折磨、绑架,是多起失踪案的主谋,说您已经干出且还将干出无数恐怖的行径。您当然也知道,如果我们想挽回特鲁希略为我们所做的某些事,您就不能继续在政府里任职了。"

他停下,等待着阿贝斯·加西亚的回应。但后者只是静静地听着,于是他只好继续说道:

"我会任命您为外交官,请您到多米尼加共和国驻日本大使馆做参赞。"

"日本?"阿贝斯·加西亚在椅子上轻轻抖动了一下,然后讽刺似的说道,"还能更远一点儿吗?"

"这已经是离多米尼加共和国最远的大使馆了,"巴拉格尔总统很严肃地回答道,"您明天中午就启程,在加拿大转机。您的外交官护照已经准备好,机票也买好了,您一走出这间办公室就会有人把它们交给您。"

阿贝斯·加西亚像是陷在了椅子里。他的脸色更加苍白,脑袋像即将喷发的火山——离开这个国家?去日本?他停顿了几秒钟,才开口说话:

"拉姆菲斯·特鲁希略将军知道您的这一决定吗,陛下?"他嘟囔道。

"我可是费了好大力气才说服了他,上校,"他用宣读演讲稿般极具说服力的口吻说道,"拉姆菲斯将军本想把你关进监狱。他认为您工作失职,还说如果军情局长是其他人,元首就不会死。我向您保证,我努力了很久才让他同意把您派到国外当外交官。所有这些都是我的功劳,您其实应该感谢我。"

此时他真的笑了,但只笑了几秒钟。

"能不能让我多待几天收拾行李?"阿贝斯·加西亚问道,但他其实很清楚会得到怎样的答复。

"您连一个小时都不能多待,必须在我告诉您的时间出发,"巴拉格尔博士拖长音说道,"拉姆菲斯将军随时可能反悔,然后收回成命。我只能祝您在新的岗位上好运了,阿贝斯·加西亚先生。我差点儿又要称呼您上校,我忘了您已经不再是上校,拉姆菲斯将军把您从军队除名了。我想您已经得知此事了吧?"

他站起来,没有向他伸出手,径直回到办公桌前坐下,再次查看文件,好像屋子里已经没有别人似的。阿贝斯·加西亚往门口走去,没有道别就出了门。他感到自己的双腿在战抖,心想自己可能要昏倒了,要出丑了。他慢慢朝大门口走去,途经一条小通道时,一位助理赶上来交给他一个文件夹,嘴里嘟囔着说里面有他的任命书、外交官护照和经加拿大转机飞往东京的机票。

他命令司机把他送回家,发现两天前还守在家门口保护他的警察都不见了。他没有感到惊讶。他忧伤地望着塞满希塔和他自己的衣服、领带、内裤、鞋子和袜子的衣柜。把衣物塞进行李箱之前,他先从衣柜里翻出一个大盒子,把里面藏着的所有美钞和比索都取出来。他数了数:两千三百四十八。足够他在路上用了。行李箱被塞满后,他又检查了书房里的写字桌,除了银行储蓄本,把所有纸张、文件和写有工作记录、政治心得的笔记本都烧了。这花了挺长时间。然后他回到依然在门口等待他的车子上。司机问道:"您要出门旅行吗,上校?"他回答道:"对,出去几天,有点儿急事。"他心想,自己可能永远都不会再见到这栋房子了,也可能自己忘了把某样重要的东西塞进箱子或烧掉。他去了储蓄银行,他在那里有两个多米尼加共和国比索账户。他把钱都取出来,销了户。但是银行工作人员对他说没办法把比索换成美元,因为自从元首遇刺,时局动荡,比索价格持续波动,所有兑换外币的业务都暂停了。储蓄银行行长在办公室里接待了阿贝斯·加西亚,压低声音对后者说道:"如果您很着急,可以去老城区的巷子里找人兑换外币,但我不建议您这么做,因为他们开价很高。现在时局不稳,所有人都想购买美元,您能想象……"

阿贝斯·加西亚立刻放弃了。如果巴拉格尔总统对他说的都是真的,也就是说,拉姆菲斯认定他应该为元首之死负责,那么特鲁希略的这位大公子随时可能改变主意,派人把他杀掉。最好还是把这些比索留在钱包里,等到了国外再换钱,如果有这个可能……

他回到军情局已经过了下午五点。对了,建筑物正门口的卫兵仍向他行礼了。拉姆菲斯真的把他逐出了军队?他在办公室里销毁、焚烧了所有文件、笔记和与工作相关的信函,只留了一小撂私人信件,把它们塞进了手提包。他望了望空出了一半的墙壁,上面挂着特鲁希略的肖像画:眼神冷峻,不怒自威,胸前挂满勋章。他的眼眶湿润了。

他指示给他办公室送来两个三明治,一个夹火腿的,一个夹奶酪的。他还要了杯冰镇啤酒,边吃喝边问自己是否要给身在墨西哥的希塔打个电话,告诉她关于这次委任的安排;或者最好明早再打电话——等到了加拿大再打。他选择了后者。吃完当天最后一顿饭,他把六名属下叫进了办公室——三名警察、一名警卫和两名士兵——他们既困惑又惊诧。留着斑白小胡须、戴着深色眼镜的簿记员兰塞斯·法尔孔代表全体在场人员问他:他们将面对怎样的局面?大家都有些惊慌失措,不知自己的处境如何,简直怕得要死。您真的要被派到国外去了?

阿贝斯·加西亚听着那些问话，没有从椅子上站起来，但已决定告诉他们真相：

"我确实要走。不是出于我的个人意愿，而是巴拉格尔辞退了我，他把我派到世界尽头当外交官去了。东京，远到天边了。至于军情局的情况，我什么都不清楚，但它不可能被撤销。任何一个政府想要存在下去，就得依赖军情局的工作，不管谁当总统都一样。巴拉格尔和拉姆菲斯现在瓜分了权力，警队追随巴拉格尔，军方则听命于拉姆菲斯，因此我猜军情局将归拉姆菲斯管。我很感激诸位的帮助。我知道大家为这份工作牺牲了很多，也干出了很多英雄业绩。特鲁希略很欣赏大家，他也很感激诸位。现在，一些鼠辈在浑水摸鱼，指责我们犯下了所谓的可怕罪行。我担心那些人会对诸位下手。因此，如果您们想让我给个建议，那么我的建议是：赶紧逃走！躲起来，别让那些混蛋拖你们出来顶罪。你们得自己救自己。"

他站起来跟每个人都握了手。他看到有几个人快哭出来了。他们离开办公室时显然比进门时更加困惑、惊慌而焦虑。阿贝斯·加西亚肯定，这六个人立刻会躲起来。

现在办公室里又只剩下他一个人，也许在这里过夜的决定不够谨慎。如果拉姆菲斯想逮捕或杀死他，肯定会派人到军情局来找他。他决定去住酒店。于是他离开大楼，上了车。司机依然把车停在大楼门口，一直在等他。他吩咐司机把他送到哈拉瓜酒店去。他给了司机三百比索的小费，跟他握了握手，祝他好运。

"我应该怎么处理这辆车，上校？"司机有些迷惘地问道。

阿贝斯·加西亚想了一会儿，耸耸肩嘀咕道："随你的便吧。"

哈拉瓜酒店的经理认识阿贝斯·加西亚，同意后者不必办理手续即可入住。阿贝斯·加西亚住进了一间套房，提前用现金付了款，此外还请经理帮忙低调安排一辆车子，明早来把他送到机场。

他泡了很长时间的泡沫盐水浴，泡完就上床睡觉了。尽管他像往常一样服用了安眠药，可还是过了很久才睡着。他试着去回忆性经验，看看自己能否勃起，但没什么效果。和五月三十日之后的每个夜晚一样，元首死去的面孔不断浮上他的脑海，想到那些人把元首特鲁希略乱枪打死，想到从此以后再也见不到、听不到元首的声音，他就冷汗直冒，感觉异常孤独。拉姆菲斯指责他对元首保护不力，这真是太不公平了。他从十年前就只为元首而活。元首有任何奇思妙想，他都会竭力满足，刀山火海都敢去。无论敌人是藏在国内还是逃去了国外，他都会把他们除掉。他不要自由，连性命也可以豁出去，然而他的命运却被那些不公正的评价决定了。

他睡一会儿就会惊醒一次，只睡了短短几个小时就起床了，刮胡子前先叫了早餐。吃过早餐，换好衣服，他上了哈拉瓜酒店经理帮他叫的出租车。到了机场，早就有数不清的记者、摄像师和相机镜头在等待他了，但是他拒绝发表任何声明。幸运的是，机场工作人员把他领到了贵宾室，他在那里等待登机。

在多部关于他的传记、无数报刊文章和历史书(有些是在他过世前出版的，有的则是在他过世多年之后才面世的)中，他最后一次现身的照片就是在那天早上拍摄的，当时他正走在将把他带去加拿大的航班的登机舷梯上。照片里的他戴着帽子，和之前当军官时相比有点儿发福。他系了条深色领带，穿着合身的三粒扣西服，其中两粒已经扣上了。他的手里提着一只大手提箱，袜子白得发光，正应了元首特鲁希略对这位军情局长衣品的评价：毫无优雅可言。他脸上的表情显得有些不自在，目光游离，看上去有些焦虑，好像已经预感到自己永远不会返回自己的祖国了。那张照片的拍摄日期是一九六一年六月十日，也就是特鲁希略遇刺十一天之后。

登机后不久，他就睡着了，还差一个多小时到达多伦多时才醒来。他感到有些迷茫。他查看了飞往东京的机票，发现有六个小时的转机时间。直接去日本？当然不。他往墨西哥给妻子打了电话，还给他在瑞士有存款的银行的经理打了电话。经理向他保证，他在日内瓦的秘密账户没有受到任何威胁。他闭上眼睛，回想自元首遇刺以来他的生活变得吉凶难测。想到特鲁希略时，他依然满怀感激与亲切：元首信任他，交给他最隐秘的任务，而他都完成得很出色。为了元首，他的双手沾满了鲜血，但他是心甘情愿的，他热爱那个超人般的存在。特鲁希略也不断奖赏他。他还记得元首那无限的慷慨，正因为有了特鲁希略，他才能在瑞士开账户，还有了积蓄。是元首亲自同意他开设那个账户的。有人知道那个账户的存在吗？不，除了元首之外再没别人了，连希塔都不知道。只有特鲁希略知道，而他现在已经不在了。拉姆菲斯不可能知道此事。他在那里到底存了多少钱？不记得了。不管怎么说，肯定超过一百万美元。他可以用那笔钱快活好一阵子。

在多伦多，他一下飞机就直奔泛美航空公司的柜台，把直飞东京的机票改成了辗转日内瓦和巴黎，再飞往东京的机票，为此多付了三千多美元。飞往日内瓦的航班还有三个小时才起飞，于是他往墨西哥打了电话。他本以为自己的消息会吓到希塔，没想到是希塔把他吓了一跳。她对他说，当天早上，墨西哥的报纸上刊登了他的一张照片，照片上的他正要离开特鲁希略城的机场，但没人知道他要去哪儿。"他们派我去日本当外交官。""日本？"她惊讶地叫道，"咱们到那里去干什么？""咱们要在那儿待很长时间。重要的是，咱们还活着。从多米尼加共和国的现状来看，能做到这一点已经很不容易。"希塔沉默了。每当陷入困境，她就习惯保持沉默。她信任他，确信她的丈夫能解决所有问题。他想："她真是个好女人。"只可惜在生孩子方面有些费劲。

挂断电话，他又给瑞士银行的经理打了电话，幸运的是接电话的是经理本人。他请他帮忙在日内瓦预订一间酒店房间，还约定两天后在银行经理办公室碰面。他挂断电话，轻松地做了个深呼吸。经理用带有当地口音的西班牙语对他说，他的账户里现存一百三十二万七千美元零五十六美分。也就是说，没人着手动他的钱：那些钱静静地躺在瑞士银行账户里赚着利息。这是他自元首遇刺以来第一次感到开心。

十二小时后，他飞抵日内瓦，住进了三年前入住的同一家湖景酒店，当时他是来开设账户的，自那以后就定期往里面存钱。他在浴缸里放满水，和前一天一样泡了泡沫盐水浴。泡澡时，他感觉自己全身都舒坦了。他试着想象未来的生活。他很清楚，自己在驻日本大使馆任职的日子不会太久，早晚会发生本该在多米尼加共和国发生的事，而且没人会再来联系他了。他依然会是那个"最招人恨的"。他们会把所有罪行都扣到他头上，使人失踪、酷刑、抓人入狱……他做过的和没做过的都会被算成他的恶行。因此他觉得自己最好还是到另一个国家重新开始自己的人生，但这就意味着他要隐姓埋名过一辈子。他突然发现自己流泪了。泪珠流到了他的嘴角，嘴唇被浸得咸咸的。他为谁而哭？是为了元首。在他的人生中再也不会出现第二个像特鲁希略那样的人了。特鲁希略如此睿智、精明、充满活力，让人心生敬意。元首曾对他说自己睡过的女人过千。元首是那种敢于打破一切阻碍和禁忌的人。阿贝斯·加西亚出身卑微，他能鼓足勇气给元首写信可真是个奇迹。他请求元首给他一笔奖学金，资助他到墨西哥去学习刑侦课程。结果元首给了他从未敢奢求的权力。所有人不是都说，在多米尼加共和国，除了元首，最让人害怕的就是他？对，没错，给元首写信之前和之后的他是截然不同的两个人。不管以后怎样，能为元首效命，能在元首身边伺候,这对他而言已经是莫大的荣誉。巴拉格尔和拉姆菲斯那对叛徒是多么可悲啊!元首尸骨未寒,他们就开始向美国摇尾乞怜!

和银行经理的会面让他平静下来。他的秘密账户很安全,被保护得很好,但即使在那里也没法兑换他身上的多米尼加比索。货币市场的政策太不稳定了,这边也停止了关于多米尼加比索的兑换业务。银行经理建议他把那些现金存进银行保险柜,等待事态出现转机再做处理。他听从了这一建议。他带着装有五万美元和两万法郎的袋子离开了银行,这些钱供他在巴黎花销。

在法国首都,他住进了乔治五世四季酒店的套房,还租了辆配有司机的轿车,当天晚上就让司机带他去了妓院。司机把他带去了皮加勒红灯区的一家酒吧,对他说可以随便挑女人带去附近的小旅馆。他照做了,那天晚上和一个阿尔及利亚女人过了夜,她会讲一点儿西班牙语;但她要他付双倍的钱,理由是:她收钱是来给男人做口活的,而非相反。那天晚上很糟糕,因为他虽然勃起很快,却一直没能射精。这是他第一次经历这种事。他试图安慰自己,对自己说是受元首遇刺造成的紧张情绪影响,一切都会好起来的。

第二天,他决定去卢浮宫——这是他第二次来到巴黎,上一次他连一家博物馆都没去过——坐上租来的轿车,他却问司机在巴黎是否有红玫瑰十字会的教堂或礼堂。司机迷惑地盯着他:"玫瑰形十字?十字形玫瑰?"于是他只好让司机把他带到塞纳河码头,从那里可以乘坐游览塞纳河的小游船,能从水上欣赏巴黎的桥梁和景点。这次参观花掉了他两个小时,却能让他散散心。后来他又请司机带他到最好的饭店吃饭,可是当车子开到里沃利街的红绿灯处,他突然看到一个女人,觉得自己认识她。古奇!古奇塔·安特萨娜!他很多年前的女朋友!他对司机说掉个头,回到刚才的地方。他下了车,追上自己青年时期的女友。当年他只有十五岁,她也一样。古查吃惊地盯着他，有些迷茫，但旋即激动起来。乔尼！是你吗？你怎么会到巴黎来？古查是六个月前来到巴黎的，正在拉斯贝大街的法语联盟学法语。有空一起吃饭吗？她有空。他们一起去了位于蒙帕纳斯街区的圆顶屋咖啡馆。不可思议的是，这是两人分手后的首次重逢，当年她刚上完中学，而他则是报道赛马的记者，还在电台做一个小栏目，能赚四个雷亚尔。

看到他拿出一条红色手帕，古奇塔问他是否依然是红玫瑰十字会的信徒。"好吧，对，可以说是，"他半认真地回答道，"你不知道在巴黎有没有红玫瑰十字会的教堂，是吗？"她和乔尼分手后就没再谈过恋爱，父母接连辞世后，她用他们留下的钱去美国学了一年英语，现在她又要在法国学习一年。而他呢？元首特鲁希略被杀害后，他现在又能做些什么？

"我要离开多米尼加共和国一阵子，"他对她说，然后开始幻想，"我要努力工作，让拉丁美洲所有右翼政府联合起来，一起合作，只有这样才能让那些国家避免重蹈我们可怜祖国的覆辙。咱们的国家陷入了民主造成的混乱，那里的人只知道依赖美国。不管从短期还是长期来看，这样的情况只对共产主义分子有利。他们知道水越浑渔获就越大。他们最后肯定会在多米尼加共和国掌权，把那里变成人民民主专政的国家，也就是说，变成苏联的卫星国。"

他越说越觉得这些幻想有可能变成现实。为什么不会呢？所有的拉丁美洲独裁者难道不是都面临着发生在元首身上的这种祸事威胁吗？必须有人把他们联合起来，说服他们共享情报，还要制定策略来阻止那些民主阴谋，因为那只不过是共产主义分子的"特洛伊木马"。要把所有那些和此时的多米尼加共和国一样听命于美国的政府都团结起来，保护它们不受敌人的破坏。除了他，还有更合适的人选吗？

把古奇塔载到拉丁区的小旅馆之后,他心里想的都是自己将成为联合加勒比海地区、中美洲和南美洲所有右翼政府的重要人物这件事了,就像他在元首特鲁希略政府所扮演的角色:政治强人、核心、团结的基石、未来的设计者。

那个下午余下的时间里,他在玛德莱娜广场和香榭丽舍大道的奢侈品店购买衣服、鞋子和领带时仍在盘算着今后的计划。那些计划若能成行,他年轻时的那位女朋友一定会两眼放光。

晚上,他又回到了皮加勒红灯区,这次他没找前一晚的阿尔及利亚妓女,而是找了个非洲妓女,她并没有因为他的要求而讨价还价。她的阴部呈赤褐色,散发着臭气,却令他立刻兴奋起来,直接射到了床上。还不错,还不错,我还能行。

两天后他抵达东京时,希塔已经到了。在大使馆里——那栋建筑物很小——商务参赞对他说,他们无法给他提供单独的办公室,因为没有足够的办公空间,而且外交部长跟他们说了,新来的领事只是"形式上的领事"。阿贝斯·加西亚没有问他"形式上的领事"到底是什么意思,他已经猜到答案了。

31

　　克里斯平·卡拉斯基亚是铁路工人的儿子，从懂事起就一直梦想着去当兵。他的父亲支持他的理想，可是他的母亲更希望他能成为工程师或医生。他出生在韦韦特南戈市周边一个叫圣佩德罗内克塔的小镇，那里离危地马拉和墨西哥边境不远。他童年时期的大部分时间都居无定所，因为父亲是铁路工人，所以全家都要根据父亲的工作地点而变换居住地，直到父亲最后被安排到危地马拉城的中央火车站工作。克里斯平去一所公立学校上了学，那里的条件比他上过的那些乡村小学要好得多。

　　他学习并不努力，但很擅长体育运动。从很年轻的时候起——那时他还是个小男孩呢——就经常练习游泳，因为有人告诉他那项运动可以帮他长个儿。他担心自己身高不够，会影响进军校，毕竟军校对学员的身高设置了最低标准。他当时还差几十厘米才能达标，为此很发愁。他人生中最幸福的日子就是得知自己被军校录取的那一天，他的成绩并非位列前茅，但也不至于垫底。后来他在军校当了三年士官生，依然既不是最好的也不是最差的学生，总是位居中游，能够完成学业任务——这不成问题。他在演习和体能训练中总是表现得非常努力。他是个不错的小伙子，人很单纯，甚至有点儿傻气，还很乐意交朋友，和所有人处得都不错，无论是和同学还是和学长；他很遵守纪律，从不惹是生非，因此军校里的校规对他不构成麻烦——不用别人说，他就会主动遵守一切规定——同学们很佩服他能做到这些，但这并没有帮助他获得同学们的尊重。

他的这种有点儿平庸的个性在哈科沃·阿本斯执政后期发生了变化。战争期间,"杀虫剂"——危地马拉城及其周边的居民就是这样称呼卡斯蒂略·阿马斯的自由军飞机的,因为它们会让人们害怕得胃部不适——中的一架在军校的荣誉广场投下了一枚炸弹。没有人死亡,却有多人受伤,其中有些伤得很重,包括"细嘴松鸡"克里斯托瓦尔·福门托。克里斯平·卡拉斯基亚当时刚上完物理课,亲眼看到炸弹落在荣誉广场边一间屋子的屋顶上,炸弹瞬间把那间屋子炸成了废墟,石块和砖瓦如雨水般倾泻,射向四面八方,击碎了周边的玻璃。他也受到冲击,摔倒在地。站起来之后,他发现自己没有受伤,却能听到有些伤者因疼痛而发出的喊叫声,还看到许多士官生、官员和员工在周围奔跑,身上覆满灰尘,有的浑身是血。几分钟后,混乱局面才平息下来,整个军校的人都在帮忙把伤者——包括他的朋友"细嘴松鸡"——送往校医院,幸运的是,那里并没有在轰炸中受损太多。

克里斯平此前从未对政治产生兴趣。他听说"十月革命"终结了豪尔赫·乌维科·卡斯塔涅达的军事独裁统治,还听说过庞塞·维德斯军政府,不过没怎么放在心上——那时他还只是个小学生——胡安·何塞·阿雷瓦洛及其继任者哈科沃·阿本斯上校参加的总统大选同样没引起过他的过多关注,而他正是在后者参选时期考入军校的。他一直觉得政治是很遥远的事,和自己关系不大。实际上,那几乎是军校中所有士官生对政治所持的态度。当卡斯蒂略·阿马斯上校在洪都拉斯发动军事政变,指责阿本斯政府是共产主义政府时,他也没有参加过周围任何一场与此相关的讨论。可是这种政治上的中立立场——或者说是冷漠态度——在"杀虫剂"盘旋于危地马拉城上空抛下宣传册或炸弹造成人员伤亡并引发恐惧、恐慌时彻底转变了,引发这种转变的重要日子就是军校遭轰炸的那一天。美国飞行员攻击危地马拉人,攻击马塔莫罗斯或圣何塞·德·布埃纳·维斯塔军营,还攻击军校,这动摇了他的信念,激发了他的爱国热情:他变了。他把这一切视作对这个国家的犯罪行为。这是任何一个热爱危地马拉、有尊严感的人都难以接受的,况且他还是个士官生,是未来要当军官的人。

从那时起,他就开始参加军校举办的所有政治讨论活动,有时还主动发起类似的活动。士官生和官员没有统一的立场,对阿本斯政府、对它的改革尤其是土地改革的态度各不相同,但总体而言,无论士官生还是官员,都对卡斯蒂略·阿马斯持敌视态度,认为他破坏了危地马拉军队的团结,还在美国的资助下攻击自己的祖国。

对他造成更大影响的是那枚落在军校荣誉广场的炸弹造成的伤亡,其中有他的同学也是好友克里斯托瓦尔·福门托,绰号"细嘴松鸡",很喜欢动物,总是聊外国的动物,那些动物在危地马拉很少有人知道。有一天,他带来一本杂志,上面有一张照片,照片里是一种在西班牙被称作"细嘴松鸡"的禽类。小伙子看那张照片时的表情过于兴奋了,因此后来其他士官生给他起了那样一个绰号。"细嘴松鸡"后来被转移到部队医院,克里斯平到那里探望他时,发现他如暗夜般忧伤。医生没办法保住他的一只眼睛。尽管成为独眼并不能算是无可挽回,却意味着他的军人生涯结束了。"细嘴松鸡"只能离开军校,另谋生路。两位朋友之间那场持续了很久的对谈实在让人伤感,克里斯平在某个时刻发现,克里斯托瓦尔的脸颊上挂着泪痕,尤其在谈到自己可能会回家当农民的时候。他说一位舅舅已经提议他回到阿尔塔韦拉帕斯一起干活,那位舅舅在当地有一小块土地,用来种植咖啡。

不止克里斯平一个,自从那枚炸弹落在荣誉广场,所有士官生都开始更多地谈论政治了。在这种氛围中发生了一件让人吃惊的事情：克里斯平性格大变，成了同学中的领袖。无论是在操场上、课间休息还是入夜宵禁之后，他们甚至会在黑暗中继续交流。他异常兴奋地谈论着旨在对抗"祖国的叛徒们"的事业，这里的"叛徒们"指的是那些为了颠覆阿本斯总统而脱离军队、投效美国的"走狗们"。他还说美国根本没把危地马拉当作主权国家，而是把它当作殖民地。当然了，他的逻辑有时是混乱的，支撑他思想的与其说是理智，不如说更多的是激情，这种激情中还夹杂着对祖国、对同胞和军队的热爱。对他而言，这些都是最神圣的情感。此外还有对那些受政治利益驱动而攻击祖国的叛徒们的憎恨之情，例如满是流氓的自由军，那支部队基本是由外国人组成的，就是他们使得美国人驾驶的飞机轰炸了危地马拉城，也是他们让"杀虫剂"朝军校投下了炸弹。

一九五四年七月初，士官生们收到通知，所有人都要到奥罗拉机场迎接卡斯蒂略·阿马斯，此人在美国大使约翰·埃米尔·普里弗伊和军队高官们的陪同下，从萨尔瓦多回到了危地马拉。自由军已经和政府签订了和平协议，还组成了临时委员会来管理这个国家。卡斯蒂略·阿马斯本人就是委员会成员。得知此消息，克里斯平·卡拉斯基亚向同学们提议发动游行示威。

同一天，他被军校校长埃乌费米奥·门多萨上校叫到了办公室：

"我不应该叫你来办公室，而应该把你关进监狱，"上校阴沉着脸，声音里夹杂着愤怒和惊愕，"你……你疯了吗，卡拉斯基亚？在军事设施里搞游行示威？你不知道这意味着叛乱吗？你将因为这种野蛮行径而被赶出军校，被关进监狱，你知道吗？"

埃乌费米奥·门多萨上校不是坏人。他很注意锻炼，保持着运动员般的身材。他还总喜欢抚摸自己的小胡子。他也曾因军校遭轰炸而怒火中烧，因此很理解士官生们对发生这种事情感到恼火。但军队是讲纪律的，也要有等级观念。校长提醒卡拉斯基亚士官生专心听他说话，不要乱眨眼，在军队里就得服从命令，不能迟疑，更不能打小算盘。如果不这样，军队就没有存在的价值，就不可能完成任何一项任务，更不可能保卫国家，也就是说，保卫祖国。

训话持续了很久。最后，上校的语气和缓了一些，他说能理解士官生们的痛苦和愤怒，这是人之常情。但在军队里，命令就是命令，不管喜欢与否，下面的人都要服从。现在上面给出的命令十分明确：全体士官生都要到奥罗拉机场列队欢迎军队长官卡斯蒂略·阿马斯和在圣萨尔瓦多签署了和平协议的自由军。

"我也不喜欢这样，"门多萨上校突然坦陈道，把声音压得很低，像同谋那样看了士官生一眼，"但我还是会去，而且会站在军校队伍的最前方。我必须完成接收到的命令。如果您现在对违抗军令、组织示威游行的事感到后悔了，那您也必须去，也要站到队伍里去，还得穿上制服，把枪擦好油，擦得亮亮的。"

最后，克里斯平请求原谅。他承认门多萨上校说得在理，必须负责任地行动，还说自己当天下午会在全体同学面前作自我批评。

士官生们和军队及警方的队伍一样，赶去奥罗拉机场迎接卡斯蒂略·阿马斯及其同僚。欢迎仪式十分盛大——他们不仅庆祝政府军和自由军达成了协议，也庆祝战争终结，这意味着不安全感、不确定性及恐惧情绪都是过去时了——没人能想到这场仪式差点儿被军校士官生和自由军士兵之间的冲突毁掉，当时自由军也来到了机场，准备迎接他们的领袖。大家都全神贯注地等待着，几乎没人注意到那起冲突，如今已完全倒向卡斯蒂略·阿马斯的报纸和电台也不曾对此有过任何报道，人们后来只是通过个别目击者的证词才了解到当日爆发了冲突。

来到现场的是最早抵达首都的一支自由军队伍，那支队伍刚好被安排在军校士官生队伍旁边。队伍里,士兵的军服又破又脏,穿戴也不整齐,很是自由散漫;武器也五花八门,有人拿步枪,有人拿猎枪,还有人拿手枪,此外有人举着小旗,有人戴着眼罩,还有人戴着劣质帽子。他们取笑穿着干净、妥帖制服的士官生。士官生们列队整齐,一言不发,听着他们的讽刺和嘲笑,这些嘲笑他们的人除了真正的危地马拉人,还有其他中美洲国家的人,只因他们是战胜方,才获得了这样的特权。事态愈演愈烈,这些人除了嘲笑,也开始侮辱危地马拉军队未来的官员。

士官生们正准备回击自由军的挑衅时,站在队伍最前列的指挥官和班长们压制住了他们。不过平静的局面没有维持太久,当从圣萨尔瓦多抵达的那架飞机的舱门刚刚打开,约翰·埃米尔·普里弗伊大使和卡斯蒂略·阿马斯陆续现身时,人群失去了控制,挤断了围栏,想更靠近刚刚抵达的重要人物。现场一片混乱,一些士官生,加上个别官员和副官,利用这一时机开始了报复行动,对刚才侮辱他们、称他们为"阿本斯主义者"的自由军士兵拳打脚踢,还用头顶。克里斯平是其中一员。在那之前,他从没对任何一个人动过手,但此时性格大变的他成了最早利用现场无序状况发起攻击的士官生之一。他冲出队伍,举起步枪猛击那些离自己最近的流氓,同时不断咒骂着他们。

这一冲突激化了军校和自由军之间紧张的敌对情绪。当晚在军校里举行了学位授予仪式,学生家长们受邀观礼,结果有一群士官生在位于第一区第六大道上的卡比托尔电影院引发了又一场严重的暴力冲突。这群士官生走出电影院时,迎面遇上了早就等着伤害他们的敌人。那场械斗结束后,两位毕业班年级的士官生受伤严重,被送去公立医院接受治疗。克里斯平不在现场,但有人给他讲述了那一事件的细节。那段时间里,军校里的所有人都只谈论这一件事,士官生们因此有了一个想法——这个想法是许多人同时想到的——去找驻扎于仍在建设的罗斯福医院里的自由军算账。就在大家不无困惑地低声议论着这件事——是采取军事行动还是游击战——时发生了另一起暴力事件，不仅点燃了士官生们的怒火，也惹恼了军校里的许多官员。

事情发生在赫罗纳区由米莉亚姆·里切尔夫人开设的妓院里，那位略带法国风情的美国女人(实际上出生在哈瓦那)总是习惯染一头发亮的金发。三名士官生正在吧台喝酒，一群自由军士兵逼近，他们先是对士官生们进行了辱骂，后来还摔碎了许多瓶子、杯子。不过士官生们的自卫能力很强，那些人无可奈何之下只能去罗斯福医院求援。就在大家以为事情已然结束之际，六名手持冲锋枪的自由军士兵闯进了妓院，把手中的武器对准三位士官生，然后肆意羞辱他们——脱光了士官生的衣服，勒令他们跳裸体舞、唱歌、扮娘娘腔，后来还冲士官生吐痰、撒尿。

但引爆火药桶的还得算是一九五四年八月二日举行的所谓"胜利阅兵式"。政府军和自由军的士兵们需要联合进行，展示两支武装力量的团结，可是卡洛斯·卡斯蒂略·阿马斯总统在演讲中仅向反共产主义的那支部队致敬，把所有的溢美之辞都送给了这场内战的获胜方，甚至允许现场观众在军校士官生的队列行进时报以嘘声或进行辱骂。

当天夜里，在几位年轻长官的支持下，军校士官生们袭击了罗斯福医院，也就是自由军的大本营。大家一致决定，即将毕业的高年级士官生不参加此次行动，以免影响正常毕业。但还是有两名高年级士官生表示希望参与行动，其他人也同意了。他们还一致约定要把校长埃乌费米奥·门多萨上校关押在校长室里，同时，军校官员不插手此次行动。士官生和志愿加入的长官们准备好武器，戴好头盔，分别上了几辆驶往罗斯福医院的公交车。他们早就派去了几名侦察兵勘察敌情，监视对方的行动，甚至还有一小群官员听了他们的想法，和他们争论起来。当然大多数时候是在否定他们的决策，例如他们曾逐一询问一年级的士官生是否自愿参加此次行动。所有人都给出了肯定的答案。

凌晨四点半，战斗打响。进攻方出其不意，占据上风；自由军没想到对方胆敢发动袭击，有些茫然，不知所措。当时天还没亮，又下着蒙蒙细雨，突然之间，刀光剑影，枪炮齐鸣。克里斯平冲在最前面，他属于从右侧攻击罗斯福医院的两支队伍中的一支。克里斯平身边几乎立刻有人受伤或死去，他在枪火中显得有些迷茫，到处是喊叫声和呻吟声，连最靠近他的战友的声音也听不清了。他有些疲惫，四周一片混乱。在震天响的枪声中，他仿佛感到自己的梦想终于变成了现实。冲击罗斯福医院的正门时，他似乎压根没有察觉自己已身中数枪。

起初被袭击吓了一跳的自由军很快回过神来。战斗持续很久，天逐渐亮起来，雨慢慢停了，太阳升起，照亮了危地马拉城的这个角落。枪声时而消失，时而又响起，且更加猛烈，居住在这片区域的居民本以为和平终于降临这个国家了，此时又赶忙拖家带口，带着大包小包逃出了家门。

中午时分，士官生们从奥罗拉军事基地搞来了一架迫击炮。可是没过多久，他们就听到了轰鸣声，几架从尼加拉瓜飞来的美国"杀虫剂"在他们头顶盘旋，是来援助自由军的。后来人们才知道，参与那次战斗的飞行员正是杰瑞·弗雷德·德拉姆，可是这次他没能给士官生们造成太大的麻烦。为了给飞机加油，他降落在了奥罗拉机场，那里的卫兵逮捕了他。由于没有收到上层的命令，他们禁止他再次起飞。当他终于再次把飞机升上天空的时候，在罗塞尔·伊阿雷亚诺主教和约翰·埃米尔·普里弗伊大使的调停下，战斗已经结束了。那两人都是阿本斯总统的敌人，都在第一时间为卡斯蒂略·阿马斯获得胜利而拍案叫好，因此士官生尤其是克里斯平对他们的公正性表示怀疑。但军校官员坚持接受调停。主教非常瘦削，几乎是皮包骨，总是挥动长长的手臂做祷告，眼神中充满悔恨和怜悯。他向他们保证，说一定会保持中立；他的任务不仅是阻止这场流血冲突，还要保证战斗双方都能体面地停火；他承诺——以圣母的名义起誓，圣母正在天堂里聆听他的祈祷——必将两全其美地解决问题，让这场冲突既没有胜利者，也没有失败者。

商讨停战协定时，拉米罗·亚诺斯少尉走到克里斯平身边，他发现少尉显得有些慌乱。少尉提出要把克里斯平送到医务室去，那是在不远处一家面包房里临时设立的

"去医务室？为什么？"克里斯平问道，这时才发现自己浑身是血。在这场持续数小时的战斗中，他压根没有感觉到疼痛，此时才发现自己的左肩和胸口都受了伤。

亚诺斯少尉搀着他的胳膊——克里斯平知道自己要晕倒了——又叫了另外两名士官生来帮忙，那两人应该是一年级的，头盔戴在他们头上显得格外大。他们的脸上满是灰尘和汗水，帮少尉扶着克里斯平。克里斯平发现步枪已经不在自己手里了，眼前仿佛起了团雾气，一切变得灰蒙蒙的。父亲和母亲的面孔浮现出来，他俩都在场，正关切地望着他，带着敬意，也带着悲伤。他本想对他们说些亲近的话，但没有力气开口了。走入被临时改造成医务室的面包房时，克里斯平什么都看不见了，但还能听到声音，却分辨不出那些声音是谁发出的。万事万物都在无情地离他远去。

克里斯平永远也看不到更不会知道由狡猾的危地马拉大主教马里亚诺·罗塞尔·伊阿雷亚诺先生主持磋商的结果了。他带着一队士官生去了总统府，卡斯蒂略·阿马斯总统亲自接见了他们。士官

生们向这位领导人解释说他们在最近几天里不断受到自由军士兵的羞辱,还详细描述了之前发生的几次事件。他们要求战败的自由军一方承认失败,举起双手走出罗斯福医院,并把武器交给当局。卡斯蒂略·阿马斯面带笑容地接受了他们的请求。克里斯平没能看到自由军士兵举起双手走出罗斯福医院的场景,也没能亲眼看到他们把步枪、卡宾枪、手枪和大炮交给军校的士官生们。

实际上,他们从未兑现协议约定的三个承诺:战败方把武器交给政府,然后回到他们的故乡或祖国;起义的士官生们不会因那天的行动而遭受任何处罚,他们的行为不会被记录在案,还能回军校继续学习;支持那次行动的官员和副官们不会遭受惩罚,将继续回归军队,他们的行为不会被记录在军人档案中。

当天下午被送到正规医院之前,克里斯平·卡拉斯基亚就离世了。他不知道那份协议果真像他和其他士官生担心的那样只是一纸空文,停战当天就失效了。尽管士官生们在战斗中占了上风,可真正获胜的是自由军。未来,无论在报刊媒体还是在史书里,都找不到关于那次战斗的任何记载,像无足轻重的事件,被遗忘了。军校立刻被勒令关闭了数月之久。在这段时间里,军校管理层进行了重组,所有支持起义的官员和副官都被赶出了军队,连获得抚恤金的权利都被剥夺了。至于那些士官生,除了六名因在卡斯蒂略·阿马斯政府里有颇具影响力的军人亲戚而获得了前往友邦——如索摩查的尼加拉瓜或佩雷斯·希门内斯的委内瑞拉——军校继续学习的机会,其他人都没机会完成学业了。更换了校长和官员的军校重新开学后,压根没人为他们办理注册手续。

不久,卡斯蒂略·阿马斯总统在大教堂的礼堂亲自给罗塞尔·伊阿雷亚诺主教颁发荣誉勋章,还在马里奥·埃弗拉因·纳赫拉·法尔范撰写的演讲词中称他为"杰出的爱国主义者、英雄、圣人"。

克里斯平·卡拉斯基亚的父母本想领走儿子的尸体，但没有获准。军队官员说那具尸体和在那次革命行动中死亡的其他人的尸体一道被埋在了公墓里，而且埋尸点需要保密，因为他们不希望有朝一日那个埋尸之处变成共产主义分子的朝圣地。

32

他满身大汗。不是因为热,躺在床上就能看到风扇的扇叶在头顶旋转,也能感觉到凉风吹到脸上。流汗是因为恐惧。他从未体验过此刻这般的恐惧,至少他不记得有过,即使在得知元首遇刺身亡当天也没有。也许正是因为那次刺杀事件,他的命运才发生了巨大转变,从此不得不担惊受怕地过日子,还要逃亡海外。但那次事件带给他更多的是悲伤、愤怒和孤独,而非恐惧。可是他现在感受到的分明是恐惧,这种恐惧足以让他直冒冷汗。汗水浸透了他的衬衫和内裤,他把牙齿咬得咯咯作响。有时他甚至怕得缩成一团,得付出很大努力才能控制住自己不哭喊"救命"。向谁求救?向上帝吗?难道他相信上帝、相信克里斯托瓦尔修士说过的话?

天渐渐亮了。一缕蓝色的光线从地平线上升起,慢慢扩大,照亮了他位于佩蒂翁维尔的住宅,也照亮了门前的花园和花园中的果树、蓝花楹及蔓生植物。很快,母鸡们就会咯咯叫了,狗也快要狂吠了。随着白日逐渐来临,他的恐惧慢慢减退。上午十一点去多米尼加大使馆赴约前,他一定得控制好自己的情绪。大使会亲自接见他吗?还是说他依然要和那位穿着紧身西服、戴着大圆眼镜、声音尖细的领事交谈?巴拉格尔给他答复了吗?他有些羞耻地想到自己从未料到有朝一日会因为恐惧而向那个令人恶心的小个子求助,那个人现在成了华金·巴拉格尔总统,他求总统救救自己、救救自己的妻子希塔和他们两个女儿的性命。巴拉格尔会亲自答复吗?他会不会展现风度地"原谅他",允许他和家人回到祖国?巴拉格尔可能是叛徒，但同时也是知识分子，对历史很敏感，想流芳百世；也许这会促使他决心把这个"多米尼加共和国最招人恨的男人"从残酷的死亡边缘拯救回来，就像他当年在特鲁希略城编了个故事让他去日本当领事、命令他离开祖国的那次对话中所表示的那样。

"真是个编故事的好手！"他想道。那只是一个邪恶的谎言，他记起了自己在东京度过的那段可怕的日子，他们连办公室都不给他。他和希塔住在昂贵的酒店里，外交官的安家费从没拨给他，他连一笔工资都未领到过。过了短短几周，那位商务参赞就通知他，"因为预算问题"，他的任命被中止了，因此日本方面只留了两周时间让他和妻子收拾行囊离开这个他还什么都没做的国家。他们不得不返回巴黎，在那里生活了近一年。希塔是在巴黎生下他们第一个女儿的，也是在那里，他们花掉了他存在瑞士银行那一百多万美元中的大半。那笔钱存着不用的时候看起来很多，还能赚利息，可是当他们没有任何收入，只能靠那笔钱生活时，那些钱就只是杯水车薪了。

流亡的那些年里，阿贝斯·加西亚都做过些什么？策划阴谋。他给所有认识且被他视为朋友的多米尼加军人和警察写信、打电话，试图说服他们发动颠覆巴拉格尔的政变。他们嘴上答应得好，却一根手指都没动过，倒是都想让他出钱给他们买去欧洲或加拿大和他见面的机票。不过那些密谈没起到任何效果。某天，阿贝斯·加西亚突然发现，如果他不能先搞定拉姆菲斯·特鲁希略，一切都将是白费功夫。于是他厚着脸皮给拉姆菲斯写了封信，让他惊讶的是，当时已经定居西班牙的拉姆菲斯竟然回复了，还飞到巴黎来见他，表现得很亲切、健谈。他对巴拉格尔的仇恨不亚于阿贝斯·加西亚。他发现就连他——特鲁希略的大公子！——都被巴拉格尔那只狡诈的老狐狸耍了。拉姆菲斯极度渴望权力，想成为那个背弃了他父亲和他家人所给予的恩德的那个小国家的主人。阿贝斯·加西亚策划数月的阴谋现在得到了元首长子的支持，他似乎看到了胜利的曙光。就在他们即将实施行动之际，情况却急转直下，那些本来答应参与政变的军人退缩了，声称如果没有美国的支持，政变是不会成功的。他们最后全部退出了。当然，阿贝斯·加西亚依然幻想着独自实施计划。他试着节省花销，因为才过了两年，那一百多万美元的存款就只剩一半了，而且他很清楚自己是永远找不到工作的——他只懂得折磨人、扔炸弹、监视人或杀人。在欧洲，谁会雇用像他这样的人？

当他们于一九六四年决定搬去加拿大居住的时候，希塔怀上了第二个女儿。他希望她把孩子打掉，但她拒绝，最后他遂了她的意。在多伦多的开销不像在巴黎那么高，但他只获得了六个月的居留许可，申请延长居留期限的时候被拒绝了。他们认为他手头的钱不足以支撑他在加拿大再生活半年。

在这种情况下，阿贝斯·加西亚出人意料地接受了移居海地的建议，摇身一变成了弗朗索瓦·杜瓦利埃总统的国家安全事务顾问。

在多伦多，他在几个朋友家里认识了一个海地人，那人说着一口流利的西班牙语，还曾在多米尼加共和国居住过。那人立刻认出了他："您怎么在这儿？堂乔尼·阿贝斯·加西亚上校在多伦多做什么？""做生意。"他回答道，想转移话题。那个海地人名叫弗朗索瓦·德洛尼，朋友们都说他是个记者，其实他是为"医生老爹"工作的。"医生老爹"自一九五七年起成了海地无可争议的主人。德洛尼要了他的电话，几天后打了过来，请他共进午餐。德洛尼带他去了一家海鲜餐厅，给了他一个令他当时有些茫然的提议。

"我对您做了许多调查，阿贝斯·加西亚先生。我知道巴拉格尔总统把您从您的祖国赶出来了，从那时起，您就满世界流浪，像被遗弃了。我有一个很严肃的建议，您看看是否感兴趣：搬到太子港去住，为海地政府工作。"

阿贝斯·加西亚吃了一惊，隔了几秒钟才作出回答。

"您是认真的吗？"最后，他说道，"我能问一下这是不是弗朗索瓦·杜瓦利埃总统的邀请？"

"是总统亲自发出邀请，"德洛尼点了点头，"您感兴趣吗？您的职务将是总统的国家安全事务顾问。"

他立刻接受了，连工作条件和报酬情况都没问。"我真没用。"他想道。天已经完全亮了，母鸡开始咯咯叫了，狗也开始狂吠了，三个用人在厨房里来回走动，发出各种声响。

一周后，他、希塔和两个女儿一起来到了太子港，住进了大使酒店。阿贝斯·加西亚还记得刚到那里的前几天是最美好的。气候温暖，阳光明媚，能闻到海水的味道，植物茂密，还有梅伦盖舞，到处洋溢着加勒比风情。他本以为那里的人都会讲一口甜美的多米尼加口音的西班牙语，然而那些黑人和黑白混血种人只会说克里奥尔语和法语，这两门语言他一个字都听不懂。两天后，有人带他去总统办公室拜见了杜瓦利埃总统。那是他第一次见到总统本人，也是最后一次。总统身上透着一股神秘气息，他曾当过医生，但是所有人都说其实他是个巫师。他曾经展示的神迹折服了所有海地人，因此他们心甘情愿地把至高权力交到他手上。他个子很高，很瘦，衣着优雅，很难判断多大年纪。接待穿着深色西服和锃亮鞋子的阿贝斯·加西亚时，总统表现得十分亲切，用流利的西班牙语与阿贝斯·加西亚交谈。总统感谢他愿意前来与政府合作，为国家安全问题建言献策。关于这方面，总统对他说，他知道他是"专家"。总统说了元首特鲁希略的许多好话，还说幸运的是，他和巴拉格尔总统相处得也很融洽。此时总统说了一句略显神秘的玩笑话。

"现在，要是他得知您开始为我的政府工作，巴拉格尔总统怕是要紧张起来了，您说是吧？"

他那深沉的面孔上快速闪过一丝微笑。在厚重的镜片后面，他深邃的眼睛中闪烁着某种光芒。然后他对阿贝斯·加西亚解释说，政府里的某位部长会全权负责和他联系的相关事宜。他站起来，与总统握手道别。

后来生活在海地的两年里，阿贝斯·加西亚再也没能私下见过总统，只在官方活动中远远地看到过他两次。他曾不下十次请求拜见总统，但是据那位部长所言，总统一直十分忙碌，没有时间见他。也许那正是导致阿贝斯·加西亚愚蠢地和杜瓦利埃总统的女婿，也就是"医生老爹"之女"黛黛"玛丽-丹尼斯的丈夫马科斯·多米尼克上校一起密谋造反的原因之一。想到"黛黛"，阿贝斯·加西亚不禁感觉下体有些瘙痒难耐。他几乎从未见过像她一样高挑又高傲的女性，她的体形如此匀称，目光坚毅冰冷，所有人都说她身上的那股霸道气质和她父亲一模一样。但想到马科斯·多米尼克上校，阿贝斯·加西亚想起了自己当下的处境，于是极度的恐惧再次袭来，使他从头到脚战抖不停。

他是在佩蒂翁维尔的军事学校里认识马科斯·多米尼克的，当时他还在那所学校教授国家安全方面的课程。由于与"医生老爹"的政治姻亲关系，所有人都很妒忌上校，上校却对他这位初来乍到者表现得很友善，甚至有一天还请他到家里吃晚饭。阿贝斯·加西亚就是在那里认识上校那位有着修长双腿的美艳妻子"黛黛"的，这位女主人让这位国家安全事务顾问欲火难耐，一吃完晚饭就跑去市中心的低级妓院随便找了个妓女。他和马科斯·多米尼克上校之间的联系就是从那时开始的。慢慢地，他秘密参与了——"太蠢了。"他想——由弗朗索瓦·杜瓦利埃总统的女婿领头的阴谋，阻止"黛黛"的弟弟"娃娃医生"让-克洛德·杜瓦利埃在"医生老爹"死后继承大位,"医生老爹"已经把此人指定为自己的接班人。为了推动那个荒唐、诡异的阴谋,阿贝斯·加西亚参加了多次秘密会议。支持马科斯·多米尼克的那几名军人只是自说自话,没有确定日期,也没有提前勘查地形,更没有准备武器或考虑可能引发的政治风波,好像一切还只是处在萌芽阶段。直到突然有一天,虽然报纸和官方通报中未提一字,却出现了种种传言,说"医生老爹"的政府枪决了十九名军官,因为他们密谋发动政变。

阿贝斯·加西亚冷静了一点儿,下了床,冲了澡。他在水柱中站了很久。水并不凉,只是有些浑浊。他又刷了牙,还仔细地刮了胡子。最后他换好衣服,穿上最好的西装和有领衬衫。如果是多米尼加大使亲自接见他,他就得给大使留下好印象。就连吃早饭的时候——他没吃水果,还说不想吃鸡蛋,只喝了杯咖啡,吃了一小块黑面包——他也忍不住一直想着多米尼加大使和巴拉格尔。由于最近这些天他几乎什么都没吃,不得不让女佣给他在皮带上打了几个新孔。那时是早上七点钟,于是他准备翻看一下女佣给他放在桌子上的报纸。

报纸上既没提及政变也没提及枪决了十九名涉案军官,更只字未提马科斯·多米尼克上校被任命为新任驻西班牙大使并于前一天携妻子玛丽-丹尼斯赴马德里上任。

为什么杜瓦利埃总统放过了政变主谋,没有像对待其他军官一样把他杀掉,反倒把他派去西班牙当大使?毫无疑问,因为他太爱自己的女儿玛丽-丹尼斯了。难道"医生老爹"不知道正是"黛黛"往她丈夫的脑子里灌输了除掉总统并取而代之的想法?他肯定知道。弗朗索瓦·杜瓦利埃什么都知道,不可能觉察不到"黛黛"的不满和痛苦——整个海地都在讨论此事——因为他选择了由她的弟弟继承权力而不是她。尽管如此,巫师还是原谅了他那残暴的女儿,把她和马科斯·多米尼克派去西班牙当外交官。在那之前,他已经把那些参与此事的军官都秘密处决了。

为什么杜瓦利埃还没有来处决他?难道是要来点儿特殊的惩罚,让他体验一下他从两年前开始在佩蒂翁维尔的军事学校里给"通顿马库特"①的学员们教授的酷刑吗?他又忍不住从头到脚发起抖来,牙齿直打战。他又出了一身冷汗,汗水浸透了新换的衬衫和裤子。他必须平复自己的紧张情绪,被多米尼加大使看到他这副样子可不是什么好事,因为他肯定立刻会向巴拉格尔总统汇报。如果巴拉格尔得知阿贝斯·加西亚因为参与杜瓦利埃的女儿女婿策划的阴谋而即将受到严惩,会多么心满意足啊!

早上八点钟,他走进了希塔和两个女儿睡觉的房间。他的妻子已经醒了,正在吃用人送去的早餐:一杯茶、一盘菠萝加番木瓜,还有几块抹了黄油和果酱的饼。她看上去是多么平静、镇定啊。她发觉他们正身处险境吗?肯定已经发觉了,只不过她对他有一种盲目的信任,认为他可以解决所有的问题。真是个可怜的女人!

"姑娘们怎么还没起床?"他没说早安,只是这样问道,"她们今天不用去学校吗?"

"是你不让她们去的,"希塔提醒他,"你不记得了?我只希望你的动脉没再硬化。"

"对,我想起来了,"他说道,"事情解决之前,孩子们最好留在家里。你也一样。"

她点了点头。他有点儿嫉妒她。他们随时有可能凄惨地死去,而她却还吃得下水果,好像这只是极为寻常的一天。他也有点儿同

---

① 又称海地国家安全志愿军,由弗朗索瓦·杜瓦利埃于1959年建立。

情她。每次他去"黛黛"和马科斯·多米尼克的家里参加那些秘密会议时,她都没有表现出任何不安;得知弗朗索瓦·杜瓦利埃枪决了十九名参与叛乱的军官之后,她也只是保持沉默,没作任何评论。她以为他是超级英雄,一定能保证他们毫发无损地摆脱眼下这种危机局面吗?直到目前为止,说实话,尽管他们遇到过不少麻烦,但他总能找到解决问题的办法。阿贝斯·加西亚预感到这次自己找不到任何逃出生天的法门了。他无奈地想起了墨西哥的克里斯托瓦尔修士讲述红玫瑰十字会的历史时的场景。他很怀念那些时光,每次听克里斯托瓦尔修士传教,他都能感到自己的内心变得无比宁静、平和。

"你要到大使馆去?你觉得他们会允许咱们回国吗?"她问道,好像自己的丈夫理所当然知道答案。

"当然,"他说道,"我希望巴拉格尔能明白,我肯去求他已经算是作出了巨大让步。"

"如果他们不同意呢?"她不依不饶地问道。

"走着瞧吧,"他耸了耸肩,说道,"你别出门。我会从大使馆直接回家,把消息带回来。"

他出了门,司机不在。这不是个好兆头,他昨晚就吩咐过司机要早点儿来。他已经跑了?有人命令他别来?他只好自己拿钥匙开车。他开得很慢,以防不负责任的行人横穿马路或突然冲到车前,他们总觉得应该是司机而非他们自己要把心思放在避免交通事故上。半小时后,他把车停在位于太子港市中心的多米尼加使馆的门前。还差几分钟才到十一点,于是他在开着空调的车里等了一会儿。当他看到表盘显示的时间是十一点时,就熄了火,走出车子,敲响了使馆的大门。开门的是三天前为他开门的同一位皮肤黝黑的姑娘。

"领事先生已经在等着您了,"她十分和善地笑着对他说道,

"请进。"

这么说,这次接见他的依然不是大使。姑娘把他引至他上次来过的那间办公室。领事依然穿着那件灰色西服,太紧了,看上去他很难呼吸。他强挤出一丝笑容,炯炯有神的小眼睛令阿贝斯·加西亚印象深刻。

"有消息吗,领事先生?"阿贝斯·加西亚立刻问道。

"很遗憾,还没有,上校,"领事回答道,同时示意他坐下,"还没有答复。"

阿贝斯·加西亚感觉自己满头是汗,心脏在胸口剧烈地跳动。

"我想和大使先生谈谈,"他请求道,用了哀求的语气,"我只占用他十分钟,不,五分钟。求您了,领事先生。这是一件很严肃的事情,我必须当面和他解释。"

"大使不在,上校,"领事说道,"我的意思是,他不在海地。他被召回圣多明各了。"

阿贝斯·加西亚知道领事在撒谎。他确信如果自己往大使办公室的门上踢一脚,肯定会看到坐在写字台后方一脸惊恐的大使本人,然后大使会对他说另一番谎言。

"您不清楚我的处境,"他艰难地开了口,"我的性命、我妻子和两个女儿的性命危在旦夕。我在给巴拉格尔总统的信中写得很明白。如果他们把我们杀了,对他而言也将会是一桩国际大丑闻,这桩丑闻将给他的政府带来巨大的负面影响。您能明白吗?"

"我很清楚这些,上校,我发誓,"领事点着头说道,"我们把此事详细地向多米尼加外交部作了解释,他们肯定正在研究您的事情。一有消息,我就会立刻通知您。"

"您要么没搞清楚,要么在对我撒谎,"阿贝斯·加西亚忍耐不住了,"您认为我还等得起?他们可能今天就会把我们杀掉,很可能是今天下午。我们是多米尼加公民，理应受到保护，也有权立刻回国。"

领事从写字台后方站起来，过来坐到了他身边。他似乎在纠结着要不要说些什么，但是没敢说出口。他那双小眼睛透着惊恐，左看看，右望望。当他再次开口说话时，竭力压低了嗓门。

"请允许我给您一个建议，上校，快逃难去吧，别再等了，例如逃到墨西哥使馆去。我是以朋友的身份而非以领事的身份对您说这些话的，您写给巴拉格尔总统的信永远不会收到回复，我十分清楚。我是冒着被罢免的风险告诉您这个情况的，上校。我这么做纯粹是因为我主仁慈，因为我清楚您和您家人的处境。别再等了。"

阿贝斯·加西亚试着撑起身子，但又浑身战抖起来，因而再次跌坐在椅子上。这个建议有什么意义？也许有，但是多年前他就被墨西哥驱逐过，还被列入了不受欢迎之人的名单。那就去阿根廷或者巴西，或者巴拉圭。尽管他的腿抖得厉害，可是第二次尝试时还是站了起来。他没向领事告别，像个机器人似的往正门口走去。他也没有回应那位黑皮肤姑娘的道别。他坐回车子上，没有发动车子，剧烈的战抖终于停止了。没错，就这么干，到某个拉丁美洲国家的使馆去寻求庇护，除了墨西哥。巴西，对，就去巴西使馆，或者巴拉圭使馆。那些国家在太子港有大使馆吗？他得翻翻电话黄页。那个婊子养的巴拉格尔收到了他的信却故意不回，还拐弯抹角的。巴拉格尔当然希望"医生老爹"把他杀掉，也许杜瓦利埃总统早就询问他的意见。"我要怎么处置他，总统先生？"那只老狐狸肯定会这样回答："任您处置，陛下。"巴拉格尔害怕再次看到他出现在多米尼加共和国的土地上，因为他有能力动员那些依然对元首十分忠诚的人，那些人不仅仅分布在军队里。巴拉格尔希望"医生老爹"干这脏活，结果了他。

路过佩蒂翁维尔军事学校时，他回忆起两年来在这里干过的工作，也回忆起自己对士官生们发表的那一场场关于国家安全、令人难以置信的讲话。他曾给那些官员、那些曾是登记在册的囚犯如今却成了"通顿马库特"辅助人员的人讲过那么多奇特的案例。他总是讲得很慢，口译员会根据笔记把他的话翻译成克里奥尔语。那些课程能起到什么作用？至少士官生们、官员们和辅助人员们看上去都挺感兴趣。他们就如何让囚犯开口招供问了他许多问题。那就要靠恐惧了，他给他们解释过无数遍这个道理。必须让囚犯感到极度恐惧，比如把他们阉了。再比如把他们活活烧死。又比如挖掉他们的眼睛。再比如把木棍或酒瓶插入他们的屁眼。他甚至曾经给他们买过一把电椅，那把电椅和特鲁希略城夸伦塔监狱里的电椅以及拉姆菲斯将军放在空军基地里的电椅非常相似，只有一个区别：佩蒂翁维尔的这把电椅从没展示过它的真正威力——这把电椅那么贵，却不能调节电量，因此不能被用来慢慢地折磨那些囚犯直到他们招供；这把电椅一下子就把囚犯烤焦了。他不自觉地笑了，他记得当时他的学生们也都笑了，因为他给他们讲了个故事：以前在特鲁希略城，在审讯过程中，每当犯人们发出尖叫或向他摇尾乞怜，他总会想背诵几首阿玛多·内尔沃写的那些感人诗句，或哼几首阿古斯丁·拉腊的曲子。

他真是疯了才会和马科斯·多米尼克上校搅在一起。愚蠢又可悲的疯狂，这可能会让他坐上佩蒂翁维尔军事学校里的那把电椅。那把电椅不会慢慢折磨犯人，只会使他们在电流通过身体的一瞬间就立刻死去。真是大错特错。来到海地是他犯的第一个错误，自从来到这里，在他身上就没发生过好事。为什么"医生老爹"还没像枪决那些军官那样把他杀掉？他想用怎样的酷刑对付他？不过可以肯定的是，他已经和朋友巴拉格尔谈过了。回到佩蒂翁维尔的家中，阿贝斯·加西亚的裤子、衬衫、外套和领带全被汗水浸透了。

希塔正在客厅里给两个小姑娘读故事书，一看到他的样子，她的脸色瞬间变得苍白了。他摇了摇头，表明了事情的结果。

"大使没有接见我，还是上次那个小员工。"他的声音在颤抖。他想，如果自己哭出声来，妻子肯定会害怕，女儿们也一样。他努力调整着情绪，冷静了一些，然后慢慢说了句话，声音揭示了他的恐惧："巴拉格尔没回信。咱们得逃难去了，我现在就给巴西大使馆打电话。帮我把电话黄页拿来吧。"

希塔去找黄页时，两个女孩依然坐在沙发上，很安静。她们俩更像妈妈，而不像他。她们穿的衣服很漂亮，还戴着蓝色围兜，小鞋子则是白色的。她们发现爸爸一动也不动，还很严肃，这意味着发生了某些不好的事，还是别问爸爸比较好。

希塔回来时，阿贝斯·加西亚发现她手里没有电话黄页，正要责备她，却发现妻子的脸色不对，眼神中满是惊恐。她原本高大而结实，但是最近这些日子里消瘦了许多。她抬起一条胳膊，指向窗户。"怎么了？"他嘟囔了一句，然后往朝向花园和街道的大窗户走去。几辆卡车刚刚停在他们的花园门口，一共是三辆卡车。现在第四辆也挨着它们停了下来。一群男人从卡车上跳下来，一袭黑衣，帽子也是黑色的，是"通顿马库特"的制服。他们手里拿着粗棍和匕首，他确信——尽管并没有看到——他们宽大的黑色腰带上一定别着手枪。他们在围栏前排成一列，却没有闯进来，明显是在等待命令。"到底来了。"他想道。他不知道自己应该做些什么、说些什么。

"你还在等什么，乔尼？"希塔在他背后喊道。他转过身，看到妻子已经抱起了两个女儿，她们正靠在妈妈身上哭泣。"做点儿什么，做点儿什么啊，乔尼。"

"我的手枪。"想到这里,他立刻向卧室跑去,从上锁的床头柜里取出了手枪。他要杀死希塔,杀死女儿们,然后自杀。

但是,他从卧室窗户向外望去,"通顿马库特"的兵士们(这里面有多少人曾是他在佩蒂翁维尔军事学校教过的学生?)依然站在那里,齐齐围住了围栏和花园大门。为什么不干脆冲进来?对了,现在要进来了。其中一名兵士一脚踢飞了花园的小木门,其他兵士纷纷踹倒围栏,成队地向鸡舍逼近,完全不理睬冲着他们吠叫的两条看门狗。不管他是否相信,握着手枪的阿贝斯·加西亚还看到"通顿马库特"的兵士们占领了整个花园,肆意践踏着鲜花及其他植物,还乱棍加乱刀杀死了两条狗,此时正在屠杀鸡舍中的母鸡。羽毛漫天飞舞,鸡叫声和入侵者的吼叫声夹杂在一起,震耳欲聋。

"他们杀了狗和鸡,"他听到希塔喊道,"要轮到我们了。"

三个用人跪在地上,边哭泣边祷告。这场屠杀和这些喊叫声似乎永无终结。阿贝斯·加西亚荒唐地命令三个用人把大门钥匙扔掉,但他们根本没听到他的吩咐,又或是已经没力气照他说的去做。

他看到房门被踢开,紧接着看到几颗黑脑袋和几双呆滞的眼睛("他们被下蛊了。"他甚至这样想)。他举起手枪开始射击。他没听到枪响,只听到撞针撞击空弹夹时发出的干涩响声。他忘记装子弹了。他连自卫都没做就要死了,甚至连一个令人作呕的对手都没能杀死。这些兵士就像是在严格地执行命令,他们没有冲向他、希塔或两个小女孩,而是先用粗棍和匕首猛敲、捅杀三个用人,嘴里喊着些没人能听懂的话,肯定是在咒骂。他抱紧希塔和女儿们,她们把头埋进他的胸口,一家人都在战抖,连哭的力气都没了。

"通顿马库特"的兵士们此时像跳舞般在三个用人的尸体或残骸边跳来跳去。阿贝斯·加西亚看到他们的手上、脸上、衣服上、棍棒上都是血,这不像是一场屠杀,更像是一场野蛮而又原始的庆典或仪式。哪怕是在最可怕的噩梦中,他都从没想过自己会这样死去:被一群发狂的野蛮人屠戮,尽管带着手枪,却更喜欢用棍棒和刀杀人,像遥远的从前,像那些居住在史前洞窟和丛林中的野人。

无论是乔尼·阿贝斯·加西亚、希塔还是两个小女孩都没能看到那场惨事的结局,却有一位目击者见证了一切:多萝西·桑德斯嬷嬷。她是他们的邻居,尽管大家都住在同一条街上,却只有见面打声招呼的交情。后来她只能靠服用镇定药来控制紧张情绪,最后终于决定辞去传教士的工作,尽早返回美国。据她所言,那场可怕的屠杀结束后,那群黑人四处泼洒煤油,最后点了火。她亲眼看到那幢房屋被烧成了灰烬,还看到那些杀人凶手、纵火犯跳上卡车,扬长而去。他们肯定认为已经十分出色地完成了任务。

尾　声

她的住处位于华盛顿特区和弗吉尼亚州之间，离兰利不远。可能仅仅是巧合，美国中情局的总部就位于兰利。她居住的那片住宅区入口处设有围栏和门岗，想进去必须出示证件。那里到处是参天大树，是一个十分静谧的所在，尤其是在那个春日午后，天空澄净，柔和的阳光洒在住宅区五颜六色的鲜花上，给它们镀了层金边。到处都有鸟叫声，却看不到鸟儿在何处，要说能看到什么，只有几只从海岸飞来的海鸥时不时从天空划过。住宅区都是大房子，还带有宽敞的花园，车库里停放的也都是豪车；众多房屋中间有一间带马厩的茅屋，一位年轻的女骑手正骑在一头小马驹上，散开的长发正随风飘扬。不过玛尔塔·博雷罗·帕拉的住处却比较小，是我这辈子见过的最离奇、古怪的屋子，无论是屋外还是屋内，那幢房屋都像镜子般反映出女主人的性格和喜好。

索莱达·阿尔瓦雷斯是我的一位多米尼加老朋友，也是一位优秀的诗人。托尼·拉夫尔则是多米尼加诗人、记者和历史学家，他们俩花了几个月的时间，动用了各种关系，最终帮我促成了这次访问。他们不约而同地对我说，今天下午我肯定会获得许多惊喜。托尼曾经来过这里，他是危地马拉女人玛尔塔的好朋友——如果她这辈子曾真心交过朋友的话。她的屋子从外墙开始就有装饰物，四堵墙上都有，都是各种各样的植被，应该是塑料制品。那些"花花草草"把这幢房子装饰得像一片难以用语言描述的丛林。在那些人工制造的植被中还有一些用纸板、木头或毛绒制作的小动物，还有许多人造小动物趴在被涂成红色的墙壁上。屋顶则是用亮瓦片铺成的，也有些锦葵和九重葛，看上去像真的。

刚进门，我就听到了一阵吵闹的鸟叫声。鸟儿们都被关在笼子里，我和年迈的"危地马拉小姐"（当然，她从没真正当选过）对话的至少两个小时里，鸟叫声一刻未停，这倒把我们的对话烘托得更加轻松、有趣。我承认我有点儿紧张。我最近两年一直在想象这个女人的情况、虚构她、把各种各样的冒险经历安插在她身上，再解构她，这样就不会有人——连她也不会——在我虚构的故事中看出她的痕迹了。我设想过很多场景，唯独没想到这里会像个吵闹的大鸟笼。她养了非洲金丝雀、颈毛异色的鸽子、小鹦鹉、白鹦鹉、金刚鹦鹉及许多我辨识不出是何种类的鸟。"对空旷的恐惧"使得她把整个屋子塞得满满的，一点儿闲置空间都没有。屋子里到处是摆放着大小花盆的架子，很难在移动的时候不碰倒什么东西。此外还有雕像、半身像和宗教塑像——佛祖、耶稣、圣母和圣徒。还有埃及灵台、木乃伊塑像以及向诸如元首特鲁希略、卡洛斯·卡斯蒂略·阿马斯——最后这一位是她的"毕生所爱"，这是我们对谈时她对我亲口承认的，她用整整一面墙来纪念他，墙上悬挂着巨大的照片——等拉美独裁者致敬的标语及画像，还有一盏许愿灯没日没夜地亮着，看上去也是塑料制品，和那些数不清的花——玫瑰、剑兰、石竹花、含羞草、兰花、郁金香和天竺葵——是一样的。屋子里还摆着些玩具以及玛尔塔·博雷罗·帕拉在世界各地旅游时带回的纪念品。以我所见到的来判断，她可能已经做过多次环球旅行。

我们的谈话风格和这幢令人难以置信的房屋很像：无序、独特、含糊、稀奇。我查阅过大量书籍、报纸和传记，作者都是在她冒险人生的不同时期曾与她结识的人，他们一致认为她是个非常美丽、躁动不安的女人。她的眼睛是灰绿色的，眼神能让与她交谈的人魂不守舍、慌乱焦躁。此时的她应该年过八十了——我没有冒昧问她这个问题——时间让她的身形变得更矮、更胖了些,尽管如此,还是能看出她往日的些许风采,让人相信她的那些风流韵事、冒险传奇、无数爱她和她爱上的男人的故事都不是空穴来风。她见我时穿的是一身打满褶的黑色和服,看得出来精心打扮了一番,还戴上了耳环和项链。她的睫毛很长,指甲涂成了雨林绿。她穿了一双吸引眼球的青柠檬色天鹅绒拖鞋。她应该做过多次美容手术,因为她的面部依然富有光泽,神情也依旧高傲,还有那双谜一样的眼睛——多少认识她的人曾被那双眼睛迷住,尤其是男人。

我们刚在那片"盘根错节的丛林"中的某处空地坐下,她就对我说她知道我"讨厌水果籽"(这是事实),还知道我从小时候起最喜欢的歌曲就一直是《灵魂、心灵与生命》,那是一九四六年,也就是我十岁去皮乌拉时那里正流行的秘鲁华尔兹舞曲,我是在皮乌拉第一次听到那首曲子的,哼曲的是给我们的住处看门的卫兵(我外公是当地政府官员)。当我问她是如何得知关于我私生活的诸多细节时,她微微一笑,就像我这本小说中的人物西姆拉那样简练地答道:"我自有办法。"她喜欢拖音,语气充满热情,很有中美洲特色,这是时间、流亡和旅行都不曾抹掉的东西。但最让我难忘的还是她那双灰绿色眼睛以及坚定、大胆、具有穿透力的眼神。

她在未进行任何铺垫的情况下突然对我说,她有过十个丈夫,而且他们都是她亲手埋葬的。她说话的语气很柔和,丝毫没有炫耀之意。她说说停停,说话很有节奏感,富有音乐性,一直在寻找合适的措辞。她补充道,当她还是个小女孩的时候,一个当医生的危地马拉共产主义分子把她强奸了,从那时起,她就成了坚定的反共产主义者。这一点,我之前就已经知道了,然而让我惊讶的是她说她这辈子最爱的男人是那位危地马拉上校,共和国总统卡洛斯·卡斯蒂略·

阿马斯，还称他为"优雅、细腻的绅士"，曾试图和他的妻子奥蒂莉亚·巴洛莫离婚以迎娶她，只不过没有成功，因为"在那之前，可能正是为了阻止此事发生，他们把他杀了"。

她的语速很慢，每个音都发得很清晰，没等我作出回应或评价就继续慢慢地说着。有时我甚至感觉她已经忘记了我的存在。

多米尼加共和国上校、元首特鲁希略的安保事务主管乔尼·阿贝斯·加西亚是酷刑与谋杀专家，他完成过多项海外暗杀任务并进行过无数犯罪尝试，其中包括在加拉加斯针对委内瑞拉总统罗慕洛·贝坦科尔特的失败的刺杀行动以及托尼·拉夫尔所讲述的在危地马拉成功暗杀卡斯蒂略·阿马斯的行动。谈及和此人的关系，玛尔蒂塔的回答就谨慎多了，很多时候给出的都是模棱两可的说法。她对我说，阿贝斯·加西亚是"另一位绅士"，非常贴心，还很和善，他们俩一起吃饭的时候，阿贝斯·加西亚总会先帮她把面包和牛排切成小块。他很爱他的母亲，钱包里放着母亲的照片。有一天晚上，他的母亲生病了，玛尔塔看到他跪在母亲床边给她按摩双脚。如此孝顺母亲的人肯定是个好人，不是吗？他和所有人一样有怪癖。他的怪癖是到处寻找红玫瑰十字会。要是他能来美国，肯定会很开心，因为这里到处都有红玫瑰十字会。阿贝斯·加西亚很爱她，很关照她，总是给她送礼物，先是在危地马拉两人相识的时候，然后是在当时的特鲁希略城。她在特鲁希略城度过了青年时期的几个年头，当时的职业是政治记者。在那里，阿贝斯总是带她去赌场，其中有一次，他给了她三百美元让她玩轮盘赌，还请她把赢来的钱留下。但是，她向我保证道，她从没接受过他的示好，也没和他睡过觉。

然而当我提醒她有很多传言说她和这位特鲁希略主义者生过一个儿子，还有人声称与这位私生子有私交，说他年纪轻轻就死在多米尼加共和国时，她不动声色地反驳道："这都是毫无事实依据的臆想。"

谈到很多报道和历史书中都有记载的那起著名事件时,她的答案也很含糊。一九五七年七月二十六日卡斯蒂略·阿马斯遇刺当晚,阿贝斯·加西亚是怎样带着她逃出危地马拉的?当时总统的朋友和战友,那些自由军兵士尤其是疑凶之一恩里克·特里尼达·奥利瓦上校拼命追寻她的踪迹,还指控她——以此来混淆视听——是造成总统身亡的共犯之一。

"那些事早就过去了,那段记忆已经随风消散。"她丝毫没有慌乱,依然面带微笑,然后耸了耸肩,装出冷漠的样子,总结道:"何必再去回想?"

她旋即露出神秘的笑容,这肯定是她年轻时最有效的武器之一。

"总统遇刺当晚,是古巴枪手卡洛斯·加塞尔·卡斯特罗开车从危地马拉城把您载到圣萨尔瓦多去的,是吗?"我问她,"第二天,阿贝斯·加西亚用一架私人飞机把您从圣萨尔瓦多转移到了多米尼加共和国,对吗?所有的历史书里都是这样写的。这是真的还是说这也是人们的臆想?"

"我真的这么有名,都出现在历史书里了?"她露出了嘲讽式的微笑,然后调皮地耸了耸肩,"好吧,我只能说,肯定有真实的成分。您别忘了,我已经是个老太太了,不可能记得所有经历过的事情。老年人的记忆总是不太可靠,咱们会忘掉许多事。"

她立刻短暂地大笑一声,旋即用手捂住了嘴巴,但这无疑证明她刚才那番话并非全都是真的。

尽管以她的年纪来说,她的身体还十分健康、硬朗,不过走动的时候有些吃力,必须借助拐杖。有时我感觉她已经在脑子里把真实和虚构混在一起了,而她自己却并未察觉。还有些时候,我感到她是刻意制造出那种令人困惑的效果。她知道的事情肯定比讲给我听的要多得多，有时还会胡言乱语一番，当然都是故意的。例如她对我说她坚信外星人的存在，却没作更多解释，不让我去猜她是不是疯了。她还时不时调皮地微笑一下，露出一口好牙："很多人都这么说嘛。"

最后，我鼓足勇气进入最主要的话题，也是把我带到那里的主要原因，无论是在演讲中还是在报刊文章、访谈、每日更新的线上论坛中，只有她一个人坚持己见。

"阿贝斯·加西亚和他的第二任妻子希塔以及他们的两个女儿在海地被'医生老爹'手下的'通顿马库特'兵士杀死了，一起被屠戮的还有他们的用人、狗和鸡，后来他们的房子也被烧了。巴拉格尔总统在自传（《"特鲁希略时期"宠臣回忆录》）中也是这样描述的，美国传教士多萝西·桑德斯嬷嬷也是这样和警察说的，她是阿贝斯·加西亚一家在佩蒂翁维尔的邻居，也是那起案件的目击证人。您却坚持认为阿贝斯·加西亚及其家人只是假死。"

玛尔蒂塔听我提到此事，表情严肃了起来。她想了一会儿，最后作了回答。她的语速依旧缓慢，也依旧平静，好像没有什么能改变。

"那只是美国中情局导演的一出戏，好让乔尼摆脱追捕，然后把他悄悄地带到美国来。我说的都是事实。乔尼在这边用化名生活，后来还通过外科手术改变了样貌，但声音变不了。他现在依然生活在美国。"

"如果他还活着，阿贝斯·加西亚应该有八十多岁了，"我打断了她，"或者将近九十岁。"

"啊，是吗？"她有些惊讶，"我还以为他的年纪会更大。"

"您是怎么想出这样的故事来的，玛尔塔夫人？"我坚持自己的看法，"您在美国亲眼见到过阿贝斯·加西亚吗？"

此时她依然镇定自若。她从上到下打量了我一番，好像在思考是不是值得花费时间来说服我相信那件没人肯信的事,尽管她认为那件事千真万确。

她深呼吸了一下,很久没再说话,鸟儿们唧唧喳喳,叫得更欢了。最后,她又开了口:

"我只见过他一次,是很多年前的事了。不过我们经常通电话,每次都是他打给我,当然是用公用电话。我不知道他的电话号码,也不知道他住在哪里。纽约、加利福尼亚、得克萨斯……谁知道呢。当然了,他很注意保护自己。他搞政治的时候结了太多仇家,这您是很清楚的。但是现在最坏的是那些记者,尤其是花边媒体的记者,他们靠丑闻过活。"

许多年前的一个冬夜,她听到有人敲门,敲的正是此时我们聊天的这幢房子的门。她觉得很稀奇,于是去开了门,发现门外站着个男人,那人穿了件很大的外套,围巾长得拖到脚面上,把他整个人都裹了起来。可是当他一开口说话,她立刻听出了他的声音:"你认不出我了吗,玛尔蒂塔?"她有些吃惊,又有些迷茫,这也是人之常情。她让他进入了我们谈话的这个小厅,屋子里当时还没有这么多鸟。他们聊了好几个小时,一直聊到天亮。他们一起喝茶,回忆那些惊心动魄的往事。他对她承认,在他以前的朋友中,她是唯一一个知道他还活着的。

她又停顿了挺长一段时间,然后用英语背诵了斯蒂芬·斯彭德的一句诗。我很吃惊从她的嘴里听到这样的诗句:"黎明孤独地走开,恍若远去的英雄。"(我从没想过她会读这么美的诗)离开前,他请求她保守秘密。她在很多年里都对此守口如瓶,现在已经无需如此谨慎了:所有那些他可能犯过的罪行都已过了法律追诉期,所有他的敌人也几乎都被埋入黄土。除此之外,难道还有人记得阿贝斯·加西亚是谁?"显而易见,唯一记得他的人是你,堂马里奥。"

她再没见过他，但她确信他还活着，而且随时有可能再给她打来电话。或许可能在某一天夜里，他会再来敲响她的屋门，像上次一样。玛尔蒂塔会给他讲述我们的这场对话，会告诉他我正在写一本小说，里面充斥着与他俩的人生有关的谎言和虚构。她还问我，故事的最后，会不会让他俩结婚，就像那些浪漫爱情小说的结局。她笑了好一会儿，看上去心情很好。她觉得自己的玩笑很有趣，还用那双灰绿色的眼睛紧紧地盯着我。

玛尔塔·博雷罗·帕拉是和一位女管家一起生活的，那位女管家是秘鲁万卡约人，谨慎低调，给我们端来两杯柠檬水之后就不见了。后来只在让玛尔塔就着水吃药或女主人请她拿来些东西时才现身。事实上，她并不像是雇员，更像是秘书和旅伴，或是好朋友。

玛尔塔很快就抛开了政治话题，感伤起来。她对我说她现在的生活很平静，就靠回忆过日子了——说话时，她的手还在摆弄着周围的花和别的物件——她也经常回忆自己在世界各地漫游的那些日子。我强忍住没有问那个已经滑到嘴边的问题："您还在继续为美国中情局工作吗？"尽管她会"时不时地出去遛弯儿"，但已经很少去旅游了，原因显而易见。但幸亏有电视，她依然能在每天晚上跟随那些旅行节目的镜头环游世界，至少环游一小时，然后她就会上床睡觉。有的纪录片拍得特别好。前一天晚上，她还看了一部介绍不丹王国的片子，那些山真美啊，还有他们的国王，胖胖的，面无表情，像个活图腾。尽管在超过半个世纪的时间里再也没回去过，但她会经常回想起她的祖国危地马拉，想起那里的丛林、火山、印第安人五颜六色的服饰以及每周六都会在村落里出现的集市。她很遗憾自己从未见到过活的凤尾绿咬鹃飞翔的样子，那种鸟是他们国家的象征，她只在图画和照片里见过。她最后一次踏上危地马拉的土地时，那里正在举行总统大选，她难过地发现危地马拉仍是那么贫穷。共产主义分子让那里布满鲜血和火焰,搞得山里全是游击队,恐怖分子则在城市里扔炸弹、绑架、杀害那些正派人。还好军队依然坚定,依然在对抗他们。要是没有强有力的军队,可怜的拉丁美洲会变成什么样子啊!因此她每天都会在自己的博客上向拉丁美洲的军人致敬。那些勇敢的士兵收入微薄,还一直被赤色分子诽谤,可要是没有他们,整个美洲大陆早就都效仿古巴模式了。"一想到那些军人,我就忍不住流眼泪。"她喃喃道,像演戏一样用手帕擦了擦眼睛。

她的座位旁边有一张巨幅照片,照片中,布什家族三代人围在她周围要拥抱她。这个家族出了两位美国总统,杰布·布什则曾出任佛罗里达州州长。她对我说,她曾是共和党内非常活跃的党员,认同共和党人的观点,就像她认同由古巴流亡者组建的古巴正统党的观点。每次美国总统大选,她都会帮共和党在拉美裔移民中拉票,这里是她的第二祖国,她像热爱危地马拉一样热爱美国。她最近非常高兴,不仅因为唐纳德·特朗普入主白宫且不断兑现竞选承诺,还因为她购入或继承的某些中国债券——我到最后也没搞清楚她指的到底是什么——终于得到了中国政府的认可。因此,如果一切顺利,她很快就会变成百万富翁。她年事已高,肯定花不完那么多钱,不过她会用那笔钱成立一个基金,用来支持全世界的反共组织。

托尼·拉夫尔很熟悉她,曾花很大精力调查过她的过去,因此他向我描述的关于她的很多情况应该都属实。同样没有疑问的是,从年轻时候起,她就是个精明、勇敢、手段多、爱冒险、有能力应对任何突发状况的女人。她还是个没有畏惧心的强女人,经历了如此多的可怕事件都活了下来。托尼本人曾在《罪之狂想曲:特鲁希略对卡斯蒂略·阿马斯》(圣多明各,格里哈尔博出版社,2017年)一书的前几页中讲述她靠阿贝斯·加西亚的帮助在特鲁希略城安顿下来,当时多米尼加共和国的傀儡总统埃克托尔·本贝尼多·特鲁希略(绰号"黑特鲁希略",元首的弟弟)把她叫到了总统办公室,想收买她,让她陪他睡觉:给了她一张支票,还对她说"你自己填金额"。却没想到这位暴怒的危地马拉女人扑到他身上大喊着"我不是婊子",然后抓他,挠他,还差点儿咬掉他一只耳朵,直到卫队冲进来把他和这只发狂的母兽分开。

我问她那件事是不是真的。她点了点头,像个小女孩一样开心地笑个不停:

"我的嘴上现在还留有那只斗牛犬的耳朵的味道呢。我竟然没把它咬下来,对他而言真是个奇迹!"

但是我没像她那样乐起来,而是追问在"黑特鲁希略"或他那位显赫的兄长堂拉斐尔·莱昂尼达斯本人试图杀掉她之前,是不是美国中情局帮助她成功逃离特鲁希略城的。

"我不记得当时的情况了。已经过去太久了!"

她立刻换了话题,对我说她当时"是个很迷人的女人",还说如果我不信,可以看看屋子里的几面墙。

她给我指了指一些巨大的照片,照片里的她确实年轻、漂亮,戴着极具热带风情的头巾,挡不住一头秀发滑落在裸肩。

我不知道我们的谈话是怎样立刻转向哈科沃·阿本斯的。"我从年轻时起就无比厌恨那个人",她对我承认,但是既然"现在他已经死了",她叹了口气,补充道,"我倒是有些同情他了"。

"那些年的流亡生活肯定让他和家人受了不少罪,"她又叹了口气,"无论他们走到哪儿,左翼和共产党都指责他是懦夫,说他本应拿起武器来抗争,却主动辞职逃到国外了。菲德尔·卡斯特罗甚至曾当面羞辱他,他在一次演讲中指责哈科沃·阿本斯没有钻进大山训练游击队,以对抗卡斯蒂略·阿马斯。换句话说,他指责阿本斯没有自寻死路。"

"您现在知道阿本斯从来就不是共产主义者了?"我问道,"他只是民主人士,也许有点儿天真,不过他确实想把危地马拉变成民主、现代化的资本主义国家。尽管流亡之后他加入了危地马拉劳动党,却从来不是真正的共产主义者。"

"他确实很天真,但是他被赤色分子利用了,"她纠正我,"我只同情流亡时期的他和他的家人。他们东跑西跑,从未在任何一个地方扎根:墨西哥、捷克斯洛伐克、苏联、中国、乌拉圭……走到哪儿都不受待见,甚至似乎还吃不饱饭。不管怎么说,这都是家庭悲剧。所有认识他们的人都说他的女儿阿拉贝娅长得很漂亮,后来嫁给了平庸的斗牛士海梅·布拉沃,更过分的是他还出轨了。她最后在他和他情人的住处饮弹自尽。甚至有人说阿本斯的妻子,那位以聪明才智和高雅气质著称的玛利亚·克里斯蒂娜·维拉诺瓦也背着丈夫跟一个古巴人搞在了一起,那人是她的德语老师。阿本斯知道此事,却什么也没说,默默地戴着那顶绿帽子。更有甚者,他的另一个女儿莱奥诺拉曾经进过好几家疯人院,几年前也自杀了。所有这些事加在一起,最终摧毁了阿本斯。他沉迷酒精,某次醉酒后竟然溺死在自家的浴缸中,这件事是在墨西哥发生的。不过也许是自杀。总之,我希望他在临死前曾对自己的罪行产生过悔意,这样上帝或许还会原谅他,让他进入天国。"

她显得十分悲伤,画了好几次十字,还不断做着深呼吸。

我问她,这么多年过去了,她是不是也在胡安·何塞·阿雷瓦洛身上看到了某些优点?

"完全没有,"她略带怒意,斩钉截铁地答道,"作为总统,他为给危地马拉带来不幸的阿本斯政府上台打下了基础。除此之外,阿本斯在私生活方面很检点,可是阿雷瓦洛很喜欢玩女人。您难道不记得被阿雷瓦洛及其狐朋狗友带出去玩乐的那两个俄国舞女是怎么死的了？他们在路上发生了交通事故，那两个女人死掉了，他们当时都喝醉了。当然，无论是阿雷瓦洛还是和他一起坐在车里的那个混蛋都没受到任何处罚。"

她停顿了一会儿，吃了几片药。女管家又一次消失不见之后，我问她道：

"您能和我谈谈您与美国中情局之间的关系吗，玛尔塔夫人？卡斯蒂略·阿马斯的许多朋友认为，当美国人不再支持上校时，您却在为该组织效命。当时美国人觉得他没能力继续领导危地马拉了，决定找一个更有精力、更具吸引力的人来取代他，例如米格尔·伊迪戈拉斯·富恩特斯将军。"

"这是一个很微妙的话题，咱们最好还是别聊这个了。"她这样答道，虽说没有生气，但态度十分坚决，而且表情严肃。她紧盯着我的双眼，仿佛想把我钉在椅子上。

尽管如此，尽管考虑到了最糟糕的后果，我还是坚持说完。

"还有，您不得不立刻离开多米尼加共和国的时候很快就获得允许来到了美国，而且先拿到了长期居留，后来几乎立刻取得了美国国籍。很多人认为，这些正是您为美国中情局做过许多有价值的工作的证据，玛尔塔夫人。"

"如果您继续说这些，我恐怕只能请您立刻离开。"她嘟囔道。

她没有抬高声量，但是每个单词都发得力道十足。她借助拐杖，费了很大力气，终于站了起来。

我请求了她的原谅，保证再也不会提这类让她不快的问题，才使她又坐了下来。但很明显，我触碰到了敏感话题，这让她十分不快，甚至有些恼怒。从那时起，她的态度变了。她不主动多谈，表情有些麻木，眼神也带着敌意，这使得整个谈话的氛围都冷淡下来。她现在把我当作敌人了？甚至看作给她下套的共产主义者？她不会恢复常态了，也不会再开俏皮的玩笑了。当我发现对话的气氛越来越沉重，又没有什么好办法把这种情况扭转时，别无他法，只得感谢她的接见，并向她道别。把我送到门口时，她像是发表版权声明似的补充了一句：

"这本书出版后请给我寄一本来，堂马里奥。当然，我肯定是不会读的，但是我提醒您，我的律师们会读的。"

当天晚上，索莱达·阿尔瓦雷斯、托尼·拉夫尔和我约定在华盛顿乔治城的米兰咖啡餐厅聊一聊我们的这场谈话，那是个热闹的地方，总是挤满人，还很吵闹，不过可以吃到很正宗的意大利菜，喝到很棒的意大利红酒。我们预订了好位子，这样就可以安心交谈了。索莱达和我一致认为托尼不把他的最新著作寄给玛尔塔是正确的，因为她肯定不会为那本书的内容而感到高兴。托尼对她的态度亲近、友好，不过他给我们讲了许多她肯定不希望别人谈论的事情，就算谈起，也不能像我们当时那样谈得如此热火朝天。

我们仨都认为，我对"危地马拉小姐"的拜访是值得的，尽管我从此行中收获的问题比答案更多。从玛尔塔对我说的事情、不愿意对我说的事情，尤其是和我谈话的方式以及她最后的恼怒，我推测出她当年肯定是为美国中情局效力的，而且为这一世界驰名组织作出过重大贡献。他们俩也都对此表示同意。但是在她是否参与了刺杀卡斯蒂略·阿马斯的行动上，我们之间产生了分歧。早在行动开始前她就得知此事，还是说她甚至曾有意识地参与那次行动，又或者她是因为和阿贝斯·加西亚及美国中情局在危地马拉的特工之间的关系而在无意间被慢慢拖入那起阴谋？我们意见不一，最终没能讨论出什么结论，但还是一致认为，当她得知恩里克·特里尼达·奥利瓦上校要把她卷入那起刺杀事件时，她除了逃亡再无其他选择，这就更显得她和该案有关，阿贝斯·加西亚和那个实际上不叫迈克的男人也是同样的情况。她宣称的自己对卡斯蒂略·阿马斯的爱应该是真的，并非因为她有意或无意被卷入该案而心生悔恨才那么说，当然了，不能完全排除她想借此误导调查方向、洗清自己嫌疑的可能性。

我们仨都认为，美国在准备发起旨在颠覆阿本斯政府的军事行动时选择卡斯蒂略·阿马斯作为领头人是一个愚蠢透顶的选择。这一选择直接导致了那次政变产生的影响与美国人的预想南辕北辙，得手的喜悦只持续了很短的时间，作用也很有限。政变在整个拉丁美洲范围内激化了反美情绪，壮大了信奉马克思主义、托洛茨基主义和以菲德尔·卡斯特罗为典范的政党的力量。它的直接后果是使菲德尔·卡斯特罗领导的"七·二六运动"更加激进，进而投向了共产主义。菲德尔·卡斯特罗从危地马拉发生的事情上得出了许多显而易见的结论。我们也不能忘记古巴革命的二号人物切·格瓦拉在自由军开始入侵时正身处危地马拉，但他当时正在挨家挨户地推销百科全书，以此来养活自己。他正是在那里认识了他的第一任妻子——秘鲁人希尔达·加蒂亚。在卡斯蒂略·阿马斯的入侵行动开始后，切·格瓦拉甚至想加入民兵组织，但阿本斯始终没能成功地把民兵组织起来，于是他不得不逃往阿根廷大使馆避难，免受那段时期在整个国家弥漫开来的反共情绪的危害。但很可能就是在那里，他得出了对古巴的结论：要以一场真正的革命彻底摧毁军方。毫无疑问，这就解释了为何埃内斯托·格瓦拉后来会在圣卡洛斯卡巴纳城堡主持大规模枪决军人的行动。以下观点也是从发生在危地马拉的事情中衍生出来的：古巴革命想要成功，想要抵挡住压力、封锁和美国人可能发起的武力入侵，就必须倒向苏联和共产主义。如果美国接受了阿雷瓦洛和阿本斯试图在危地马拉推行的现代化、民主化改革，古巴的历史可能会被改写。一九五三年七月二十六日，在古巴的圣地亚哥攻击蒙卡达兵营时，菲德尔·卡斯特罗还表示自己希望给古巴社会带来的是民主化和现代化，他的思想当时离强权和集体主义相去甚远，可是如今在古巴实行统治的成了不合潮流的政权，一个很好的例证是菲德尔·卡斯特罗那篇题为《历史将宣判我无罪》的演讲，那是他因为发动了对蒙卡达兵营的袭击而上庭接受审判时宣读的。卡斯蒂略·阿马斯的得手在接下来的几十年里给拉丁美洲其他国家带来的影响同样巨大，尤其是危地马拉。美国对危地马拉的干涉使得这片大陆的民主化进程放缓了脚步，耽搁了数十年，还导致成千上万人牺牲，因为它促使武装革命和社会主义在整个拉丁美洲发展起来，至少三代年轻人为了那个梦想兵戎相向。比起哈科沃·阿本斯，后来者们无疑更加激进，也更加悲壮。

致　谢

　　感谢危地马拉国家期刊保管室的玛利亚·欧亨尼娅·戈尔迪略女士。为了完成这部小说的创作，我查阅了大量相关时期的报纸和杂志，她在这方面为我提供了便利。

　　感谢危地马拉弗朗西斯科·马罗金大学，尤其是时任副校长的哈维尔·费尔南德斯-拉斯奎迪先生，感谢他允许我查阅、使用该校藏书丰富的图书馆中的资料以便进行创作。

　　感谢我的朋友珀西·斯托蒙特，他十分了解那片土地，带我去洪都拉斯和危地马拉边境进行了大量实地调查工作。我们还一起考察了卡斯蒂略·阿马斯军发起军事行动的地点，他带我深入了解了危地马拉城。

　　感谢弗朗西斯科·佩雷斯·德安东、玛伊特·里科、贝特朗·德拉格兰杰、豪尔赫·曼萨尼亚、卡洛斯·格拉内斯、葛洛莉亚·古铁雷斯、比拉尔·雷耶斯和阿尔瓦罗·巴尔加斯·略萨，感谢你们为我提供的慷慨帮助。在此，我还要特别感谢我在这部小说的献辞中提到的三位朋友：托尼·拉夫尔、索莱达·阿尔瓦雷斯和贝纳尔多·维加。

译后记:"拉丁美洲是什么时候倒霉的?"

二〇一六年,巴尔加斯·略萨再次来到多米尼加共和国。他曾在这里的大学教书,这里也是他的名作《公羊的节日》中故事发生的舞台。他在那里出席了一场大型晚宴,然而他并不喜欢类似的场合,于是默默地坐到了靠近门边的座位上,准备一有合适的机会就起身离开。但是还未等他行动,一个留着小胡子、体型微胖的男人就坐到了他身边。对方和他攀谈起来。他一开始并没有认出对方,过了一会儿才辨认出此人是记者、历史学家、诗人托尼·拉夫尔。托尼·拉夫尔对他说道:"马里奥,我有个故事想让你写。"巴尔加斯·略萨礼貌性地笑了笑,想用一句玩笑话搪塞过去:"天啊!但是别人想让我写的故事,我是绝对不会写的!"

可他后来还是把这个故事写了出来。

托尼·拉夫尔曾经写过一本叫做《罪行狂想曲》的历史书,内容是一九五七年七月二十六日危地马拉总统卡斯蒂略·阿马斯遇刺身亡事件。经过调查研究,托尼·拉夫尔认为,多米尼加共和国独裁者拉斐尔·特鲁希略是刺杀事件的幕后黑手,这个结论成了《罪行狂想曲》的主要线索,也是他给巴尔加斯·略萨讲述的主要内容。巴尔加斯·略萨曾经让特鲁希略以主要人物的身份出现在《公羊的节日》中,他立刻对此产生了兴趣,于是习惯性地开始了写作准备:阅读参考书目、制作大量写作卡片、实地走访调研……他阅读了近年出版的很多研究著作,惊讶地发现特鲁希略插手卡斯蒂略·阿马斯遇刺事件在史学界已经不是新鲜事,更令他震惊的是,史学家们还证实了另一处细节：在卡斯蒂略·阿马斯遇刺当晚，特鲁希略的左膀右臂乔尼·阿贝斯·加西亚从危地马拉逃到了萨尔瓦多，然后回到多米尼加共和国，与他同行的竟然还有卡斯蒂略·阿马斯的情人。

巴尔加斯·略萨认为，自己在写文论作品时能够有意识地控制、掌握、表达自己的想法，可写小说不同，他总是不能确定写成的小说是否真正展现出了自己想要表达的东西。他能够确定的是，小说可以更好地传递情感、直觉和激情，因此他始终认为自己对小说并没有真正意义上的完全掌控力。这部关于危地马拉的小说也是如此。首先，他从未想过自己会写一部关于危地马拉的小说，可是他写了。在调研过程中，他发现危地马拉是世界上最美的国家之一，同时，它的历史是一部世间罕见的暴力史；其次，在写作过程中，他的写作计划总是会被打乱，笔下的人物仿佛真的有了生命，牵引着他下笔。

在巴尔加斯·略萨最初的设想中，这部小说的主角应该是阿贝斯·加西亚。这是一个早在《公羊的节日》中就曾出场的关键人物，他的完整命运将会在这部小说中得以披露。然而在最终成书时，阿贝斯·加西亚成了次要角色，那位在刺杀之夜和他一起逃走的女人——卡斯蒂略·阿马斯的情人（在书中化名玛尔塔）却摇身一变，成了这部小说真正的主角。巴尔加斯·略萨发现这个人物身上充满了谜团：她怎样成为卡斯蒂略·阿马斯的情人？她和刺杀事件到底有无关联？她是同谋还是无辜的幸存者？包括历史学家在内，没人知道这些问题的答案，而这正是小说家应当去做的事情：用想象力来填补历史的空隙。

玛尔塔逃到多米尼加共和国之后，成了当地很有名气的广播电台的主播，她在节目中捍卫拉丁美洲的所有独裁者，同时一再指控危地马拉军方，后者认为是一个在刺杀当晚死去的士兵为父报仇而杀死了卡斯蒂略·阿马斯，她则认为这是弥天大谎。巴尔加斯·略萨费了很大力气才让那个如今已上了年纪的女人同意会面。他们约定在她位于美国的家中会面。巴尔加斯·略萨发现她的家中挂有卡斯蒂略·阿马斯的画像，而她解释说她有过十个丈夫，而且他们全都是被她亲手埋葬的，但她这辈子最爱的男人还是那位危地马拉上校、共和国总统卡洛斯·卡斯蒂略·阿马斯。

  随着谈话的深入，巴尔加斯·略萨发现这是他这辈子做过的最艰难的一次对谈，因为那个女人十分狡黠，总是能巧妙地避开他提问的重点。在多米尼加共和国生活期间，某日，傀儡总统"黑特鲁希略"突然召见她，在前者的办公室里，那个女人拿到了一张空白支票。"你给自己估个价，你估的价值就是我估的价值。""黑特鲁希略"肯定以为这次和往常没什么不同，他可以随意玩弄眼前的女人，可她像发狂的猛兽般扑到了他身上，和他扭打在一起，甚至用牙齿撕咬他的耳朵。"这是真的吗？"巴尔加斯·略萨问道。她笑起来："我的嘴上现在还残留着那只斗牛犬的耳朵的味道呢！"巴尔加斯·略萨心想：在这种情况下，"黑特鲁希略"无疑会杀她泄愤，虽然特鲁希略后来要求傀儡总统向她道歉，但这一行为也明白无误地证实了特鲁希略才是那个国家真正的掌权者这一事实，提高了她被灭口的风险。"您不得不立刻离开多米尼加共和国的时候，很快就获得允许来到美国，而且先是有了长期居留，后来几乎立刻获得了美国国籍。很多人认为，这些正是您为美国中情局做过许多有价值的工作的证据。"巴尔加斯·略萨终于抛出了这个最重要的问题。可是这个问题惹恼了她，她的态度变了，整个谈话的氛围也变了。谈话结束，巴尔加斯·略萨并没有得到答案，可是这种神秘感使得她对他的吸引力有增无减，于是他改变了她的名字、外形和住处,她逐渐从次要角色变成了故事的主人公之一。

　　吸引巴尔加斯·略萨的另一个人物是阿本斯总统。搜集刻画这一人物的资料时,许多往事涌上巴尔加斯·略萨的心头。他想起大学时期自己和周围的年轻人们对阿本斯政府的支持,也想起阿本斯政府被颠覆后,大家一起走上街头进行示威游行的场景。"因为阿本斯想做的是和平改革,是在不流血的情况下让危地马拉变成民主国家,这些都是我们拉丁美洲人早就希望出现的东西,因此阿本斯的改革是一个范例,是对我们的理想的检验。"然而这场改革尤其是土地改革触动了美国人的利益。美国联合果品公司早在阿本斯的前任阿雷瓦洛总统执政时期就感受到了威胁,于是他们决定反对土地改革。在冷战背景下,联合果品公司出其不意地利用自由派媒体煽动舆论,使得上至美国政府、下至美国平民,举国相信危地马拉是苏联设置在拉丁美洲的桥头堡。最终,美国政府策划并支持了卡斯蒂略·阿马斯的颠覆行动。危地马拉人的理想破灭了,包括巴尔加斯·略萨在内的拉丁美洲人的理想也破灭了。

*　*　*

　　二〇一九年十月二十八日晚,在马德里的拉美之家举办了巴尔加斯·略萨小说新作的发布会,上文所记录的一切都是我在发布会现场从作家本人口中听到的信息。当时的我对于一九五四年和一九五七年在危地马拉发生的事情了解不多,也不知道马德里的拉美之家是有名的闹鬼胜地(这是数日后我的导师在塞维利亚告诉我的)。次日,在巴尔加斯·略萨的住处,作家的爱人伊莎贝尔·普瑞斯勒(我导师的两个分别上小学和中学的女儿听说我见到了这位西班牙社交名媛,兴奋地尖叫起来)询问我,是否将由我把这部小说翻译成中文,我的答案也是"不确定""不知道",可是在发布会现场听了作家讲述这部小说的创作过程之后,直觉告诉我,这肯定是一部杰作。我在接下来的几天里把书读完，验证了自己的想法：无论在情节还是在技巧上，这部小说都堪称巴尔加斯·略萨自本书姐妹篇《公羊的节日》（2000年）出版后，在新世纪里创作的质量最高的作品。

回到发布会现场，让我们补全刚才遗漏的一个重要信息：在巴尔加斯·略萨看来，为自己的作品选择好的书名是一件十分重要的工作，可是这部作品的名字一直难以确定下来。同样的困境，作家三年前创作《五个街角》时也曾遇到过，那时的巴尔加斯·略萨在深入利马城内危机四伏的五个街角街区之后才灵光乍现，决定以该街区的名字命名自己的那本小说。这次的书名灵感则来自阅读：某日，巴尔加斯·略萨阅读阿维拉的圣特雷莎的信件时看到了这样一句话："这是艰辛时刻！"就是它了！《艰辛时刻》！还有什么比"艰辛时刻"这四个字更能刻画出拉丁美洲在上世纪五十年代所经历的那段历史呢？

阿本斯政府垮台后，拉丁美洲的诸多改革派人士得出结论：和平改革是行不通的，拉丁美洲若想改变落后的现状，只能走武装起义的道路。古巴革命的胜利进一步激化了这种思潮，于是在拉丁美洲各国纷纷爆发了武装革命运动。然而古巴模式是难以复制的，后来的那些革命不仅没有取得成功，反而激起了传统势力、军人集团的反扑，拉丁美洲的许多国家陷入了比以往更加残酷的独裁统治，甚至连该大陆最具民主传统的哥斯达黎加、智利、乌拉圭等国也难逃厄运。

发布会开始时，丰泉出版社主编庇拉尔·雷耶斯致辞时有一句精彩点评，她说："如果说《酒吧长谈》探讨的问题是'秘鲁是什么时候倒霉的'，那么《艰辛时刻》的核心主题就是'拉丁美洲是什么时候倒霉的'"。已然著作等身、功成名就的巴尔加斯·略萨依然在思考拉丁美洲的历史和命运问题,他依然是那个在弱肉强食的军校中观察秘鲁社会的士官生,依然是那个和奥德里亚将军独裁统治做斗争的有志青年,依然是那个远赴欧洲追寻文学梦的写作者,依然是那个出政治淤泥而不染的总统候选人,依然是那个为自由和民主疾呼的思考者,也依然是那个"勇敢的小萨特"。

侯健
二〇二一年五月三十一日,西安